銀の砂

柴田よしき

光文社

目次

装丁　片岡忠彦

銀の砂

月は沈んでいた。
空は黒さを薄れさせ、やがて来る東からの朝を待っている。

なぜ、こんなに明るいのだろう。
どこから光が来るのだろう。

銀色の砂が足下でふかりと動く。
さらさらと、音もなく崩れる。

あたしは今、物語の一部なのだ、と思う。
物語に取り込まれ、なすすべもない。
自分がつむいでいると信じていた物語だったのに。
気がついてみれば、あたしはただの、素材なのだ。

痛い。
何かに躓《つまず》く。
銀色の砂の上に横たわった、奇妙な形のもの。
流木？

手で触れると、湿って、とても冷たかった。

物語の中に流されてたどり着いた、ねじくれた、植物の死骸。
銀色の砂が輝く。
輝く。

あたしは、深呼吸した。

白い部屋

1

病室の中は白い花で埋まっていた。胡蝶蘭やデンファレ、カトレア、皆、蘭だ。鉢植えは、根が付いているから、根付くと寝つくをかけて縁起が悪いと、病人の見舞いにはつかわないのが常識だったはずなのに、窓辺に行儀よく並べられた花々には、皆、鉢がついている。この習慣は今でも変わっていないのだ。今でも。

白い花の中に埋もれるようにして、藤子《ふじこ》は眠っていた。化粧っけのまったくない素顔。懐かしかった。その素顔を見るのは、もう何年ぶりだろう。

さほど老けたとは思わない。けれど、そこにあるのはもう、五十を超えてしまった女の顔には違いなかった。薄く繊細な皮膚には老化を示すしみが点々と散り、口元の皺《しわ》は痛々しいほどに深い。

けれど、睫毛は長く、濃かった。昔のままに。

素顔は美しいひとだった。笑いものになるほど濃い化粧で隠していなければ、誰もがそのことに気づいていただろう。なのに、藤子は、顔の表情がなくなるほど厚くファンデーションを塗り、濃くアイラインをひき、紅く唇を塗った。むせるほど強い香水をつけ、蘭の花に囲まれて写真に収まった。藤子の著者近影は、三十代の半ばに撮った写真のまま、ずっと変わっていない。

藤子の寝息は穏やかで、幸せそうに聞こえる。そばに寄り、枕元に立ってそっと藤子の頰に指をすべらせると、それは今でも昔のままに滑らかで、しっとりと濡れたように柔らかだった。

不意に、藤子が目を開いた。大きな二重まぶたに隠れるようにして、丸い瞳があった。不思議そうな顔で見ていた。それから、口がゆっくりと動いた。

「……珠《たま》……ちゃん？」

「はい」

珠美《たまみ》は答える。

「わたしです。お久しぶりです。……柘植《つげ》さんから、藤子さんが入院したって聞いて、それで」

藤子は微笑んだ。怒りはその目の中にない。もう。珠美は悲しくなる。

「わざわざありがとう。でもたいしたことないのよ……病気じゃないし」

藤子は目を細めた。顔が笑っている。

「またやっちゃったの。信じられる？　自分でも驚いたけど、医者も驚いたでしょうね。流産だなんて……わたし、五十一になったのに」

ベージュ色の毛布の中から白い手が伸ばされ、珠美の指先を摑んだ。珠美もその掌を握りかえす。藤子の手は冷たい。ずっと冷たいままだ。

「生理はまだ来てたけど、まさかね、もういくらなんでも妊娠はしないと思ってたから、油断しちゃった。でもいつもの通りよ。五週で流産。これまでの最長記録って、七週だものね。まったく、いくつになるまで女やってないとならないのか、うんざりだわ」

藤子は上半身を起こそうとした。珠美は慌てて、背中に手を添えた。

「ご無理なさらないでください。寝ていらした方がいいんじゃありませんか」

「珠ちゃん」

藤子は少しだけ、昔を感じさせる居丈高な口調になった。

「あんまり丁寧に喋らないで。いらいらする」

珠美は答えなかった。自分はもう、藤子の秘書ではない。命令されるいわれはないのだ。それでも、なぜなのか、珠美は込み上げて来る嬉しさに酔っていた。藤子にはそれが似合う。命令し、あざ笑い、もてあそび。

「プリン食べたい」

唐突に藤子が言った。

「ジュリアーノ、のプリン、食べたいなぁ」

「ジュリアーノは閉店しちゃったんですよ。藤子さんもご存知でしょ」

珠美は藤子のわがままが愛しくて、幼い子供をさとすように言った。

「フレンチレストランで働いていた息子さんが勤めを辞めて、八ケ岳でオーベルジュを開くからそれを手伝うって、ご夫婦で息子さんのところに行っちゃいました」

「あのプリン、今でも焼いてるのかしら」

「かも知れませんね。オーベルジュなら喫茶室とかあるかも知れませんし」

「行きたいわ。珠ちゃん、調べてよ。すぐ調べて。一泊しましょうよ、そこに。予約しといてよ、プリンが食べられるかどうかも訊いてちょうだいね」

珠美はこらえ切れず笑った。

「藤子さん……わたし、もう藤子さんのところで働いてないんですよ」

藤子は、きょとん、とした顔で珠美を見つめる。いつもこうだった。どんな理不尽なことを要求する時でも、藤子は、それがなぜ理不尽なのかまるで理解できない、という顔で相手を見つめる。本当はわかっているのに。本当は、ちゃんとわかっているのだ。けれど、わからないふりを通す。相手が根負けして要求を呑むまで、藤子はこの顔のまま、決して妥協しない。

「だったら」

藤子はにっこりした。

「戻って来てよ。わたしのところに戻って来て、また前みたいに、わたしの面倒をみてちょうだい」

あなたがわたしを、あの部屋にいられない状態に追い込んだんですよ、と言いかけて、珠美は言葉を呑み込んだ。そんなことは藤子にとって何の意味もなさないことなのだ。ただ気が変わった、それだけのこと、何をそんなに深刻ぶってるの？　さっさとわたしが言うとおりにしたらいいじゃないの。

藤子の反応はすべて予測できる。そして珠美は、もし藤子にそう言われ、微笑まれたら、はい、と頷いてしまうだろう自分にも気づいていた。

珠美は小さく首を横に振って、囁《ささや》いた。

「無理ですよ、藤子さん。わたしもう……藤子さんの同業者なんですもの」

藤子は、傷ついた顔になった。

珠美は心の中で嘆息する。なぜ意地を張るのだろう。別に構わないじゃないか。どうせあたしなんか、たいして売れてるわけでもないんだから。藤子の秘書をしながら自分の作品を書くことだって、無理をすればできるはずだ。普通に会社勤めして、残業もこなしながら職業作家として活躍している人だってたくさんいるんだし。藤子の秘書ならば、拘束される時間は長いが、藤子が仕事に没頭している時は電話番しかすることがないのだから、その間に自分も書けばいい。そう、できないことはない。藤子のところに戻って、藤子の面倒をみて、世話を焼いて、それで……

だが、できないのだ。

もう、できない。

珠美は自分が、生涯、藤子のことをゆるさないだろうことを自覚している。心の奥底に藤子に対する殺意を飼ったままで藤子のそばに居続けることなど、できるはずがない。

殺意。あの時抱いた、あれは確かに、殺意。

それでも今、珠美はこの白い部屋から外に出たくないと感じている自分を持て余していた。今でも、藤子のそばにいることは、自分にとって喜びなのだ。

「果物、何か食べます？」

珠美は話題をそらすように、枕元のテーブルの上に載せられた立派な果物かごを手にした。見るからに高級な、大きくて形のいい果物がセンスよく盛りつけられている。銀座の有名な果物屋のかごだ。小さなカードには、珠美もよく知っている、業界では中堅出版社の邂逅舎《かいこうしゃ》、その編集局長の名前が書かれていた。加山大輔。長身痩軀《そうく》ですっきりとした目鼻立ちの、見た目のいい男だ。まだ五十になったばかりで編集局長、平ではあるが取締役に名を連ねている。藤子とは、もう二十年近いつきあいになるだろう。男と女であった時期もあったことを、珠美も、そして業界の古株の編集者はたいていが知っている。加山は今でも、藤子からプレゼントされたロレックスを腕にはめている。それにどんな意味があるのか、または意味などまったくないのか、珠美にはわからない。珠美が藤子の秘書として働いていた頃にはもう、加山と藤子は旧友のような間柄で、生臭さを感じる様子はなくなっていた。と言うよりも、加山の方はまだ未練でもあるのか思わせぶりな態度を見せることもあったのだが、藤子がまるで加山への興味を失っていたのだ。加山がどれほど親しげに振る舞い、親切にいろいろと藤子に尽くしても、藤子は冷たい微笑を顔に浮かべているだけだった。

「何があるの」

藤子はかごの方を見ようともせずに言う。

「いろいろ入ってますよ。パパイア、アップルマンゴー、すごく大きな林檎、オレンジ、かわいいバナナ。珍しいですね、このバナナ、皮もピンク色。グレープフルーツと、それから、キウイ」

「キウイ」

藤子はそれだけ言って、欠伸をした。真っ白な歯がきれいに並んでいるのがちらりと見える。珠美はキウイを二つかごから取り出し、中にセットされている白い果物ナイフを手にとった。セラミック製で、とても薄く、真っ白な鞘《さや》に収まっている。これでは人は殺せないな、と、珠美は脈絡もなく思う。


新品とは言え、洗っていないナイフを使うのには抵抗があったので、珠美はナイフを持って病室を出た。藤子が入院している個室にも洗面台はあるが、食器洗いのスポンジがなかった。共同の流し場まで来たところで、病室には皿があるのだろうか、と心配になる。結局、ナイフをハンカチでくるんで上着のポケットに入れてから、エレベーターで地下に下り、コンビニに入った。病院の中にもコンビニやＡＴＭができているなんて、もう何十年も入院などしたことのない珠美には新鮮な驚きだった。藤子のことで何度か病院に詰めていたことはあるが、家事をしてくれる家政婦がいつも一緒だったので、買い物は任せっきりだった。あの、田村という家政婦はどうしているのだろう。藤子のところを辞めたという噂は聞いているが。

コンビニで、紙皿や紙コップ、スポンジ、それにミニサイズの食器洗い洗剤を買う。ついでに女性誌の新しいものや新聞、文芸誌なども適当に選び、ミネラルウォーターと、藤子の好物だと知っている菓子も買い込んだ。

大きな袋を下げて病室のある階に戻ってみると、藤子の病室の前に男が立っていた。

珠美の顔を見て、驚いたように目を見開き、それから慌てて一礼する。顔には見覚えがあるので、業界の人間だ。何かのパーティーで名刺ぐらいはもらっていたかも知れない。だが名前は思い出せなかった。まだ三十代の前半くらいだろうか。襟足よりだいぶ長い長髪をやわらかな焦げ茶色に染めている。なんとなく似合わないスーツ姿だが、手には編集者らしく大きな鞄を提げていた。

珠美は思わず、笑い出しそうになった。神経質そうな眼鏡顔に細い顎、長い首や手足。藤子の好みは相変わらずだ。この男が、父親になり損ねた男だというのにはお金を賭けてもいい。

珠美は、わざと目礼だけして男の横を通り過ぎ、病室のドアに手をかけた。背後で男が躊躇《ためら》っているのが感じられたが、構わずにドアを開けて中に入り、意地悪くドアを閉めた。この白い部屋に入りたいのならば、自分の力と意志とで入って来い。どうせ出世欲と好奇心とで、十五、六も年上の女と寝ただけのくせに。藤子は馬鹿だ。なんでいつもいつも、ああいう軽そうな男ばかり選ぶのだろう。

珠美は、自分が腹を立てている、と気づいて、なんとなく恥ずかしさをおぼえた。今さら藤子のことで怒る資格など、自分にはない。と言うか、どうして自分が藤子のことなど真剣に心配してやらないとならないのか、そっちの方がわからない。

ポケットからナイフを取り出してハンカチを開いてから、さっきの男の脇腹にこれをぐっさりと刺してやればよかった、などと小さな妄想をもてあそぶ。別にあの男がそれほど憎いわけでも嫌いなわけでもなく、ただ、こんな薄いセラミックの刃物でも、人間の皮膚を切り裂いて血を流させることができるのかどうか、それを試してみたいとこっそり思っただけ。

キウイを薄い輪切りにして紙皿に並べ、つまようじを添えてベッドサイドに戻ると、藤子はまた寝てしまっていた。冷蔵庫の上に置いてあったラップをとり、キウイの皿にかけ、冷蔵庫にしまう。枕元のメモ用紙に、『また明日来ます。キウイは冷蔵庫です』とだけ書きつけて部屋を出た。流産だけで他に異状が見つからなければ、明日か明後日には退院ということになるだろう。看護師にその点を確認して帰るつもりで、廊下に出るとすぐにナースセンターに向かった。廊下にはもう、さっきの男の姿はなかった。臆病者。珠美は心の中で毒づいた。

2

自宅に戻り、部屋のドアを開けた途端に、見張られてでもいたかのように電話のベルが鳴り出した。が、すぐに留守電に切り替わる。珠美は電話が嫌いだった。四六時中留守電のままにしてあり、仕事の用件もメールかＦＡＸにして欲しいと留守電の応答メッセージに吹き込んである。

珠美はゆっくりとブーツを脱ぎ、廊下のクロゼットにコートをかけてからリビングに入った。ちょうど応答メッセージが終わり、電話をかけて来た相手が伝言を喋り出した。

「あ、岡本です。お留守にすみません。豪徳寺《ごうとくじ》先生のお見舞いに行かれたのでしょうか。先生のご様子はいかがでしたでしょうか。こちらからも後ほどまたお電話いたしますが、もしお手すきでしたら、わたしの携帯にでもご連絡いただければと思います。わたし、今、大阪におりまして、仕事のため明後日まで戻れな……」

「もしもし？」

珠美は受話器をとった。

「妙《たえ》ちゃん？　あたし、珠美です」

「佐古《さこ》さん！　すみません、お仕事中でした？」

「ううん、今、ちょうど戻ったとこ。藤子さんのお見舞い行ってたの」

「あ、やっぱり。知らせを聞いてわたし、たぶん、佐古さんが行かれただろうなと思ったものですから。わたし今、大阪なんです。東海林寛一郎さんのサイン会が今日と明日、関西であるものですから……」

「うん、大丈夫よ。藤子さん、とっても元気だったし、ナースの話だと、明日の午前中に検査して、どこも異状なかったら退院できるみたいだから。明日病院に電話して、退院ってことになったら手伝いに行くつもりだけど」

「うちの社から誰か行かせます」

「いいわよ、そんな大袈裟にしないで。それに……病気じゃないしね。会社の人とか来ると、また噂、広まるでしょう。今度はどう言い訳するつもりなのか……盲腸を散らしたってのは二回くらい使ったしなぁ。過労が無難かしらね、やっぱり」

「そうですね……過労でいいと思います。あの、ただ」

「ただ？」

「いえ……その……豪徳寺さん、もう連載持ってらっしゃらないですよね……新刊も二年、出ていらっしゃらないから」

「あ」

珠美は小さく溜め息をついた。

「過労になるほど仕事してるのか、って言われるか」

「気にすることはないと思います。無責任な噂なんか、ほっておけば。ただ豪徳寺さん、プライドが高い人なので……」

「つまらない言い訳して、陰口叩かれたらかわいそうね。やっぱ妙ちゃん、あたしより藤子さんのこと、よくわかってるね」

受話器の向こうで、息を吐いた音だけが聞こえた。妙子が笑ったのだ。妙子はたまに、声を出さずにこっそりと笑う。

別に皮肉を言ったつもりはなかった。実際、妙子は驚くほど藤子の心が読めると珠美は思っている。血は水よりも濃し。結局はそういうことなのだろうか。たとえ生まれてまもなく離れることになったとしても、妙子が藤子の娘であるという事実は動かしようがない。妙子は決して藤子のことを、おかあさん、とか母、とは呼ばない。ペンネームである豪徳寺、という名字に、さん、を付けて呼ぶ。

今は編集者でも、作家に、先生、と付けて呼ぶ人は少ない。大部分は、さん付けだ。作家の側が、先生、と呼ばれるのを嫌うケースが多いせいだろう。珠美も、先生、と呼ばれると、なぜかとても馬鹿にされている気がして不愉快になる。藤子はあまり気にしていなかった。藤子のことは、妙子のように、豪徳寺さん、と呼ぶ編集者もいるし、昔ふうに、豪徳寺先生、と呼ぶ者も多い。藤子がデビューした頃は、まだ、作家には先生を付けて呼ぶほうが普通だったらしい。

「佐古さんひとりでは、退院、大変ですよ。お見舞いの蘭、鉢植えがたくさんあるんでしょう、また」

妙子は言って、受話器の向こうで、そうだ、と嬉しそうに声をあげた。

「業界の知りあいに行かせます。大丈夫です、すごく口のかたい男だから。わたしの大学の後輩なんで、わたしが黙っていろと言えば、絶対、黙ってますから。それに、入院した理由を、そいつに正直に話す必要、ないですから。うちの社の人間じゃないし、文芸でもないし」

「でも編集者なんでしょう?」

「そうですけど、料理関係ですよ。ほんとに大丈夫です。日曜日に仕事なんかしないタイプの人間だから、家でごろごろしてるはずです」

「お願いできれば助かるけど。蘭、六鉢あるのよ。どうせまた近所の人にあげてしまうことになるんでしょうけどね、一度はサンルームに飾らないと、藤子さんの気が済まないから。わたし、車の免許持ってないし、これからタクシー会社に電話して、ワゴンタクシーの手配しようかと思ってたの」

「必要ないと思います。その男《ひと》、ハッチバックの車、持ってますから。えっと、今から電話して話をつけますので、十五分後にかけ直しますけれど、よろしいですか」

「わかった。ごめんなさいね、お手数かけて」

「佐古さんに謝っていただくなんて、とんでもないです。わたしの方が謝らないとならないんですから。ほんとにいつまでも、ご迷惑をおかけします。佐古さん、もう豪徳寺さんの秘書ではないのに……」

珠美は少しだけ不愉快になる。秘書ではなくなったから藤子の世話をやくことが不自然だ、と言われているような気がする。確かに自分はもう、藤子の秘書ではない。けれど、藤子にとってまったく意味のない、藤子とは無縁の人間になってしまったわけではないのだ。

嫉妬だ。

珠美は受話器を持ったまま、自分で自分のことを嗤《わら》った。声をたてずに。自分は、妙子に嫉妬している。藤子のお腹から生まれたというだけで、生涯、決して、藤子と縁が切れることのない妙子に対して、嫉妬しているのだ。

あんたなんかに、娘づらして謝られたくないわよ。珠美はそう言いそうになるのをこらえた。それが理不尽な言い様だというのはわかっている。妙子はいい子だ。本当に素直で、悪意のない子。理由はどうあれ、結果として母親に捨てられた子なのに、どうして妙子はこんなに善良でいられるのだろう。

が、そう思う端から、やっぱり不自然だ、と思う気持ちも湧いて来る。本当に妙子は善良なのだろうか。藤子に対して、悪意や憎悪を持っていないのだろうか。そんなこと、あり得るんだろうか。

自分が妙子だったら、藤子をゆるすことなどできないと思う。生まれたばかりの赤ん坊を、何があったとしても、手放してしまった母。そんな母親に対して、ひとかけらの憎しみも抱かずに育つということが、本当にできるのだろうか。

妙子はなぜ、わざわざ上京して出版社になど就職したのだろう。男手ひとつで自分を育ててくれた父親を故郷に残して、東京に出て、わざわざ藤子のそばに、藤子の生きている世界に飛び込んだ理由は何なのか。いや、理由など特にないのかも知れない。理由などは必要ないのだ。妙子にとって、藤子は、この世の終わりまで母であり、その母のそばに子がいたいと思う気持ちに理屈は不要なのだ……たぶん。

「それじゃ、十五分くらいでまたお電話いたしますね」

妙子の明るい声が耳に響いて、それからツーという音が聞こえて来る。珠美は受話器をおいた。

電話を切って耳に静寂が戻ると、がらんとした部屋の寒さが背中を這い登った。

まだ最低限、生活できるだけの家具しか置いていないので、十畳ほどの部屋が、とても広く思える。ベッドと背の低いテーブルがひとつ、クッションが二つ、それに段ボールの箱が壁際に積み上げられている。ただそれだけの、マイホーム。

服を入れるケースと、本棚は買わないと。ソファはしばらく我慢しよう。ソファだけは、あまり安い物だと、あとあと後悔することになると自分でわかっていた。珠美はソファが好きで、ソファに寝そべって本を読んでいる時がいちばんリラックスできる。だからなおさら、ソファには妥協したくない。が、良いソファはそれなりに高い。今の珠美には、高価な家具など買う金銭的余裕はまったくなかった。短い結婚生活の間もほとんど手をつけていなかった、独身時代からの自分名義の貯金は、この部屋を借りる金で三分の一近く消えてしまった。これからまだ、買いそろえなくてはならない生活必需品がたくさんある。生活費としてもいくらか残して置かないと、いざとなった時に路頭に迷うことになるかも知れない。

これからは、今までとは違うのだ。夫の給与から生活費を出してもらって、たまに入って来る印税は、夫婦の楽しみのためにつかう、そんな優雅な、三年ばかりの主婦作家生活は、十日前に終わった。珠美は、クッションを抱えてフローリングの床に直座りした。

何もないこの部屋から、自分は出直さなくてはならない。

小さなテーブルの上に、ノートパソコンが一台。そのパソコンの中に収まっている作品世界、それがたったひとつのわたしの財産。

3

藤子の退院手続きにはさほどの時間はかからなかった。午前中の検査というのも簡単に済んだようで、珠美が病室に到着した時には、着替えを済ませた藤子が手持ち無沙汰な顔でベッドの上に座っていた。

「今日のお昼ご飯まで、入院料に入ってるんですって」

藤子が肩をすくめた。

「食べて帰ってください、って言われたけど、わたし、いらない。ここの食事、おいしくないもの」

「わかりました。わたしが片づけておきます。あの、退院手続きは？」

「何をどうしたらいいのかわからないし、珠ちゃんが来てからにしようと思って」

最初から自分でする気なんてなかったくせに、と、珠美はお腹の中で笑いながら頷く。

「十一時に、菅野《かんの》さんという男性が来ることになっているんです」

「菅野？　誰、それ」

「味菜《みさい》書店の編集者です」

「味菜書店って、料理本専門のとこじゃない。なんでそんなとこの編集者が来るの？」

「妙子さんの大学の後輩なんだそうです。妙子さんが大阪出張で退院の手伝いに来られないからって、ピンチヒッターを頼んでくれたんですよ。車も持っているらしくて、蘭を全部、お宅まで運んでくれるんです」

藤子は小首を傾げ、探るような目で珠美を見た。

「妙子の……恋人か何か？」

「違うと思いますけど……ええっと、わたしも詳しいことは。妙子さんの口ぶりだと、学生時代からうまが合っていた飲み友達だったとか」

「ほんとにそれだけなのかしらね」

「さあ。でも、妙子さんにそういう人がいても、別におかしくはないじゃないですか。彼女ももう、二十七、八になるんでしょう？」

「二十九よ、今年で。あたしが二十二の時に産んだんだもん。びっくりしちゃうわよね、妙子が来年は三十になるだなんて。妙子、結婚する気ってないのかしらね」

しらじらしい。

さすがに、その瞬間、珠美は藤子を憎たらしい女だと思った。妙子が結婚をせずに仕事に打ち込んでいるのは、結婚するつもりだった男を、あなたに奪われたからだ、とは考えないのだろうか。

考えないのだろう。珠美はまた、おかしくなって笑いをこらえる。考えたりしないのだ。それが藤子だった。藤子は、娘の思いびとを奪ったなどとセンチメンタルに物事を考えたりはしない。彼女の思考はもっとシンプルだ。藤子の目の前に、藤子好みの男がいた。誘いをかけたらのって来た。だから寝た。気に入ったので、しばらく遊んだ。飽きたので捨てた。それだけのこと。妙子とは無関係な話じゃないか、と、藤子ならば結論づける。

が、どちらにしても、もう過去のことだ。妙子も、藤子も、共に岩崎という男を忘れてしまっている。少なくとも、忘れたふりをしている。だとすれば、部外者の自分がこうやって藤子に対して、ひどい女、ひどい母親だと義憤を感じること自体、ふたりには余計なお世話だろう。珠美はひとりで考えをめぐらせ、結論に至り、笑顔をつくって藤子の顔を見た。

「仕事が面白いんでしょうね。去年はヒット作を何作か手がけたし、今年も、これまでぱっとしなかった逸見景《いつみけい》が、ブレイクして二十万部超えてるし」

「逸見景って、なんか記憶ある」

「藤子さんが推した人ですよ、文秋社の新人賞で。五年くらい前です。まだわたしが藤子さんのところで仕事していた時ですから。最終選考で、藤子さんひとりが推してて、強引に同時受賞にさせちゃった」

「ああ、あの……五十人も連続殺人が起きるってプロットの」

「藤子さん、すごく気に入ってらしたでしょう。わたし、あの時、審査会場にいましたから」

「あれ、すっごくばかみたいな小説だったのよね。でもなんか、あっけらかんとしてて好みだったの。そう、あの人ブレイクしたんだ。新作が二十万部いってるって？」

「版元の公称ですから、実売はまだ、その半分くらいでしょうけど。でも、今、ハードカバーは誰が出しても惨敗でしょう、二十万刷れたら、公論社としては万万歳ですよ。しかもこの五年、ぜんぜんぱっとしなくて、妙子さんが担当になった途端化けたんですから」

「タイミングが合っただけよ。あの子の手柄じゃないわよ」

「妙子さんは優秀だと思いますよ。わたしの友達にも、彼女が担当してる作家がいますけど、評判、いいです。真面目で熱心で、それに繊細だって。我々が気にするような失言がないんでしょうね。仕事のできる編集者には無神経な人がけっこう多いから」

「長所にはならないわ。繊細だなんて、編集者の長所になんかならない。胃に穴があくか、十二指腸潰瘍か、神経症か鬱病がオチね」

珠美は笑って、退院手続きをして来ます、と告げて病室を出た。菅野という男の容貌を妙子に聞いておくのを忘れていたが、病室を間違わないでくれれば問題はないだろう。

入院患者用の会計は、藤子がいるフロアの下の階にあったので、わざわざ一階の会計まで行かずに済んだ。藤子も何らかの疾病保険には加入しているはずだが、古いタイプの保険だと、二日程度の入院では保険金がおりない契約のことが多いし、仮におりるとしても、一度病院の支払いは自腹で済ませて、その領収書を出さないとだめだろう。第一、藤子は、保険証書をどこにしまったのかも記憶していないに違いない。藤子のマンションに行ったついでに、探してやらないとならない。

珠美は、出がけに銀行からおろして来た自分の金で支払いを済ませた。藤子は現金を持ち歩かない。一階に行けばＡＴＭはあるが、どうせこのあと一階まで下りることになるのだから、その時に藤子自身がカードで金を引き出して、それを返してくれる方がいい。藤子のキャッシュカードを預かって暗証番号など教わるのは嫌だし、藤子自身に、自分で一階まで下りて金をおろして来てくれと頼んでも、面倒なので立て替えといて、と言われるだけだ。

二日の入院で支払いが十万を超えたのは、一泊三万五千円の個室にいたせいだ。それでも、前に入院した時はもっと豪華な部屋だったと、藤子はぶつぶつ言っている。この病院にも一泊十五万かかる特別室があるが、珠美はそのことを藤子に教えなかった。部屋を替わるなんて面倒で、ナースにも迷惑をかけるし、ただ寝ているだけで十五万も支払うなど、馬鹿げている。藤子の経済状態など知ったことではない、という気持ちはあるが、まがりなりにも自分が世話をしている以上、その間だけは、藤子のために良かれと思うことだけをしたい。それは本心なのだ。

会計を済ませ、ナースセンターに、昼食が不要だと告げに行ったが、もう用意されてしまっているはずだと言われ、仕方なく配膳室のカウンターで昼食のトレイを受け取る。メニューは、ロールキャベツのスープ煮とロールパン、ポテトサラダ、カップのプリン。学校給食みたいでなんとなく懐かしい。そのまま捨てるのはあんまりなので、いちおう藤子の部屋に持ち帰ることにした。

部屋のドアを開ける前に、来客の存在に気づいた。男の声だ。菅野だろう。ドアを軽くノックするが、返事は待たずにドアを開けた。藤子は話に夢中になっていると、ドアのノックにいちいち応えてくれたりしない。

背の高い、顔の浅黒い男が立っていた。妙子の後輩ということは、まだ二十代の後半。ちゃらちゃらした軽さは感じなかったが、堅苦しいタイプでもないように見える。ジーンズにトレーナーという軽装だったが、料理関係の本ばかり作っている出版社だと、休みの日でなくてもそのくらいのラフな服装でいるのかも知れない。髪が中途半端に伸びているのが珠美の気にかかった。もう少しまめに床屋に行けよ、と思う。それとも、長髪にでもする途中なのだろうか。

「菅野です」

男は、にこにこしながら軽く頭を下げた。

「あの、もうしたくできてるようでしたら、荷物、運びますけど。台車持って来ましたから、一気に行けますよ」

あたしの名前も聞こうとしない。珠美は少し、むっとした。妙子から何も説明されていないのかも知れない。あるいは、藤子の家政婦か何かだと思ったのかしら。

珠美は自分が、昼食の盆を手にしているのに気づいて苦笑した。これでは家政婦と間違われても仕方ないか。

「お昼、いらないって言ったじゃないの」

藤子が唇をとがらせる。

「ここのはおいしくないんだもの。家に帰ってから何か食べるわ」

「もう作ってあったんです。一口も食べないで捨てるのもなんだか気がひけて」

「いいのよ、どうせ入院費の内なんだから」

「でも」

珠美が盆の上のロールキャベツに視線を落とすと、菅野が言った。

「僕、いただいてもいいですか。実は朝飯、食ってなくて」

「あ、ええそれは……でも藤子さんのおうちに行ってから、お寿司でもとりますけど……」

「それはそれってことで、朝飯としていただきますよ。捨てるのはもったいないです。僕、料理本の仕事してるでしょ、写真だけ撮って捨てられちゃう食べ物をいつも見てて、すごく罪悪感を抱いてるんです。だから、仕事でない時は、食べ物を粗末にしたくないんだな」

「あら、お料理本の写真って、そうなの？」

藤子が無邪気な顔で訊く。菅野は珠美から盆を受け取り、藤子の枕元の椅子に座って、すぐにスプーンを握った。

「いろんなケースはありますよ。ちゃんと食べられるものを作って、撮影して、終わったらスタッフで食べて帰れる理想的なケースもあります。でもたいていは違います。一度にいくつも料理の写真を撮らないとならないから、どんどん作ってばしゃばしゃ撮影して、そんなのいちいち食べてる時間なんてありませんからね、どんどん捨てて次を盛りつけて、って流れ作業になっちゃうことが多いです。レシピの通りに作ったんじゃ色が悪くなるからって、写真撮影用は醤油の分量を減らしたり、仕上がりがきれいに写るようにオイルを塗ったり、トマトや人参の赤さが足りない時なんか、絵具垂らしたって話も聞いてます。幸い、僕がやった仕事では、そんないい加減なのはなかったけど。盛りつけも、上げ底に小麦粉練ったやつを使って野菜や肉が動かないように固定したり、裏から楊枝で突き刺して形を整えたり、舞台裏は大変なんです。撮影が終わった料理なんか、とても食べられる状態じゃないこともあります」

「レースクィーンと同じね」

藤子の言葉に、菅野は目を丸くした。意味がわからないのだ。珠美は吹き出しそうになった。藤子の思考がそうやってあちこち飛んでいくのはいつものことで、慣れて来ると何が言いたいのか見当が付くようになる。

「レース……クィーンですか？　あの、Ｆ１の時に水着で歩いてる……」

「おっぱいをガムテープで寄せて持ち上げるのよ、谷間ができるように」

藤子は自分の胸を両脇からぐっと寄せて見せた。

「裸にしたら、とても見られたもんじゃないわ。ガムテープだもの。あと年増の芸能人がアップの写真撮る時は、首とか顎のたるみをサージカルテープで引っ張りあげるの。あれもいっしょね」

「ああ、そういうことですか」

菅野はやっと納得して、頷きながらポテトサラダを平らげた。かなりの健啖家《けんたんか》なのだろう、一人前の病院食をものの五分ほどでかたづけてしまった。

「プリン、食べませんか」

菅野がいきなり、プリンの容器を藤子に突き出した。

「僕、甘いものはいまひとつ苦手で」

「あら」

藤子がプリンの容器を手にとる。安物の、市販のプリンだ。ちゃんと焼いてあるものではなくて、ゼラチンで固めてあるもの。藤子が口にするような代物ではない。が、藤子はそれを掌にのせ、蓋をはがし始めた。菅野がさりげなくスプーンを差し出す。藤子は上機嫌で、安物のプリンを口に運んだ。

「なんだか懐かしい味ね。子供の頃、こんなプリン、よく食べてた」

藤子の口調に、かすかな甘さが混じっていた。珠美は、痛々しい思いで藤子のそんな姿を見つめた。菅野は確かに、少し藤子好みと言えなくはない容貌をしている。だが、自分の娘の大学の後輩なのだ。娘よりも年下の男なのだ。そんな男にまで、こうして媚態を見せてしまうのが、藤子の心の空虚をあらわしているのではないか。

やめよう。珠美は心の中で首を振る。藤子がどんな男に関心を示そうが、自分には関係ない。第一、こんなのは底意地の悪い勘ぐりだ。藤子はただ、機嫌がいいだけなのだ。少なくとも、菅野の存在は、妙子が自分を気にかけていてくれたということの証なのだから。

珠美は空になったプリンの容器を盆に載せて、足早に廊下に出て、食器を片づけた。急いで部屋に引き返すと、もう藤子は立ち上がってコートを羽織っていた。いちおう、自分の持ち物だけはバッグに自分で入れたようだ。それだけでも、藤子は藤子なりに遠慮していることがわかる。

「忘れ物はありませんか？」

菅野が実に手際よく、台車の上に蘭の鉢を載せてくれた。きちんとすべての鉢が、小さな台車の上に二段になって載っている。花や葉を傷めないよう、大きな鉢二つにまたがるように小さな鉢が積まれていた。菅野は花屋でアルバイトでもしたことがあるのかも知れない。

珠美は枕元の引き出しを開け、ひとつずつ中身を確認した。何か忘れていると後でやっかいだ。藤子が自分の足でここまで出向いて、忘れ物を引き取る場面など想像できない。珠美には頼まなくても、どこかの社の担当編集者がその仕事を引き受けることになる。

「ないわよ、もともと何も持って来てないんだから。早く出ましょうよ。お会計は済んでるんでしょう？　いくらかかったの？」

「あとで、明細をお渡しします」

「いいわよ、立て替えてくれたんでしょう。今、払うわ」

「現金、お持ちなんですか？」

「少しならね」

「お宅に戻られてからでいいです、本当に」

それでも珠美は、病院がくれた明細書と領収書を手渡した。藤子は片方の眉をちょっとだけ上げると、バッグを開けて財布を取り出し、無造作に一万円札を摑み出した。

「藤子さん、病室にそんな大金、置いてらしたんですか！」

「あらだって、お金がないと不安じゃない」

突き出された札を受け取り、立て替えた金額よりも数万円、多いことに気づいた。だがそれを返そうと差し出す珠美の手を、藤子は完璧に無視してさっさと廊下に出てしまった。

「藤子さん、あのおつり」

「早くして」

藤子はサングラスをどこかから取り出してかける。まるで女優だ。確かに藤子の顔写真は彼女のどの本にも載っているが、十年以上前に撮影した、いちばん気に入っている写真ばかりで、最近のものはないはずだった。素顔のままで歩いても、人気作家、いや、かつて人気作家だった人だとは、誰も気づかないだろう。珠美は迷ったが、ここで押し問答しても藤子が金を受け取るとは思わなかったので、そのまま一度、ポケットにしまった。藤子の自宅に戻ってから、メモか何かをつけて目立つところに置いて帰るしかないだろう。

余分な金を渡してつりを受け取らない、それは藤子の、癖のようなものだった。受け取る相手の気持ちによっては、ひどく傲慢で不愉快な態度と感じられるだろうが、藤子に悪気はない。藤子の著作が出せば必ずベストセラー入りし、作家の長者番付の常連だった時代から、彼女は誰かれ構わずものを頼み、それをこなしてくれた相手に、つり銭というか、お駄賃を与えていた。お駄賃と言っても、小銭ではない。いつも万単位、あるいは、もうひとケタ上の金額でないと買えないような高価な品々だ。そうした行為の品のなさ、はしたなさについて、今さら藤子に説教する気もその資格も、自分にはないし、と珠美は思う。珠美自身、藤子からもらったお駄賃に、舞い上がっていた時代もあったのだから。

駐車場に置いてあったのは、珠美の予想に反して、なんとベンツのワゴンだった。

「わ、すごい」

思わず呟いた珠美に、菅野が決まり悪そうに頭をかく。

「いや、中古ですから、安いんですよ」

ベンツなのに安い。そんなものがあるのだろうか。と考え始めた珠美の思考を、菅野の言葉が払拭する。

「ちょっとワケありで手に入れた中古なんで、五百万くらいです。ワゴンの四駆なんで、それでも割高なんですけどね」

五百万が安い、とは思わない。が、ベンツ、と聞くと、一千万円くらいは軽くするに違いない、と、これまで漠然と思っていたことと比較すれば、それは確かに、安いのかも知れない。菅野は、珠美の顔を見て、また頭をかいた。自分がよほど複雑な顔をしていたのだろうと、珠美も恥ずかしくなって下を向いた。

藤子は別段、何も言わず、もちろん顔色も変えず、無関心に車を眺めていた。藤子は車にはまったく興味がなく、外出する時にはいつも、電話でハイヤーを呼びつけていた。運転免許も持っていない。そんな藤子の目から見れば、いくらベンツでもワゴン車はワゴン車、荷物を積むのに都合がいい車、にしか見えないだろう。

菅野はそつなく、藤子と珠美を後部座席に座らせてから、蘭を積み込んだ。

「彼っていいところのお坊ちゃんなんでしょうか。味菜書店って、組合がないし、お給料、そんなに高いとは思えないんだけど」

珠美が囁くと、藤子は、ふん、と顎を上向ける。

「五百万くらいの車、今どきの子は平気で買うわよ、給料なんて安くても。分相応、って考え方を知らないんだから」

「……そうですね」

珠美は曖昧に頷いた。確かにそれは言えると思った。女子高校生がシャネルだのエルメスだのを、バイト代をつぎ込んで買い漁る時代なのだ。十代の子供が、派手な化粧をしてキャミソール一枚にミニのスカートを穿《は》き、生足を剝き出して、腕にエルメスをぶら下げて闊歩する姿など、本国フランス人の感覚からしたら、何かのジョークにしか見えないだろう。まがりなりにもまともな職についている成人男性が、中古のベンツを買うくらいのことでいちいち驚いている自分の方が、ずれているのだ。

「珠ちゃん、やっぱ主婦やって、こまかくなったわね」

藤子がくすくすと笑った。

「やっぱり結婚してると、新聞の折り込みチラシとか熱心に見たりするの？　どこそこのスーパーで大根が安いとかなんとかいうのをみつけたくて。あれってなんか、不思議よねぇ。大根が五十円安かったとしても、五十円よ、しょせん。その五十円を節約するために、わざわざ遠いスーパーまで行って、余計な運動してお腹空いてからスーパーの売り場を歩いたら、買わなくていいお菓子とか飲み物、買っちゃうと思わない？　人間って、何かひとつ成し遂げるとご褒美が欲しくなるものよ。五十円節約して安い大根を買ったら、五十円、何か自分のためにつかおうかしら、なんて思うわけでしょ。それって、節約にも何もなってないじゃない」

「でもその五十円を毎日貯めておけば、月に千五百円になります。年間だと一万八千円。一万八千円あれば、欲しかった靴くらい買えます。主婦って、靴が欲しいと思っても、家計から靴代なんか簡単に捻出できないんですよ。我慢するしかないんです」

「どうして？　働けばいいじゃない。お金を稼ぐこと考えれば」

「主婦は働いているんです。遊んでいるわけじゃありません。家事労働しているんですよ」

「だったら堂々と、その対価を要求すべきよ。家政婦雇うと、掃除と買い物と炊事と洗濯で、一日四時間来てもらったとして、時給千五百円くらい？　週に二、三回としても月額で七、八万円はとられるんじゃない？　それだけ、夫からもらえばいいのよ」

「理屈ではそうですけど……そんな金銭的余裕のある家庭ばかりではないでしょう」

「なんだかんだ、全部言い訳」

藤子は唇をとがらせた。

「だから主婦って大嫌いなの、わたし。自分がしてる家事労働に誇りを持ってるんなら、なんとしてでも夫に対価を要求すればいい。それだけのお金が払えないなら、夫の側に、家事労働を他人に任せる資格がないってことなのよ。つまりね、安い給料なのに妻を専業主婦にしとくなんて、分不相応だ、ってこと。そういう家は二人で働かないとだめなの。もともと、計算が合わないのよ」

「一度家庭に入ってしまうと、働き口だってそんなに簡単に見つからないんですよ」

「死ぬ気で探しても？　信じないわよ、そんなこと。本気で探さないから見つからないのよ。求人広告だっていっぱい出てるし、街にも貼り紙がたくさんしてあるじゃないの。贅沢に、楽できれいな仕事ばかり探してるから見つからないのよ」

「藤子さん」

珠美は藤子の憎まれ口を遮った。

「それって、小説のネタになりますよ、きっと。名前と経歴をでっちあげて、一度、職探ししてみたらどうですか。藤子さんの年齢で、資格も持ってなくて、それでいったい、どんな仕事が見つかるのか、ご自分で体験されると面白いんじゃないかしら」


「嫌な女」

藤子が吐き捨てた。

「珠ちゃん、あんたって変わってない。やっぱりすごく、嫌な女よ。結婚して少しは変わるかと思ってたけど」

「変わったんですよ」

珠美は笑った。

「一度はね、かわいい女になりました。でも離婚して、元に戻ったんです」

蘭の積込みが終わると、菅野は車をスタートさせた。菅野の運転は滑らかで、渋滞にかかっても苛つく様子がない。やはり育ちのいい男なのだろう、と珠美は思った。

車の中では、藤子は目を閉じてシートにからだを預けたままだった。二晩とは言えほとんど寝て過ごしていたので、起き上がって車に乗るだけでも疲れるのだろう。珠美が配慮して黙っていたので、菅野も余計なお喋りはしなかった。察しのいい男でもあるようだ。
病院はお茶の水にあり、藤子の自宅マンションは南青山である。救急車で運ばれたので、そんなに遠いところになってしまったのだろう。もし自分がそばについていたのなら、すぐに、行きつけの産婦人科に連れて行ったのだが。珠美は後悔とも何とも言えない妙な気分で、車窓を見つめ続けた。何度も渋滞にひっかかりながら、やがて車は青山通りに出る。菅野は妙子から藤子のマンションの住所をちゃんと聞いていて、カーナビに指示させていた。青山通りから細い道に曲がり、住宅街に入ると、懐かしさが珠美の胸をぎゅっと摑んだ。

そこには、珠美の人生において、ある特別な時代のすべてがあった。

自分より、たった二歳年上なだけの女子高校生が、文芸雑誌の文学新人賞をとり、A賞の候補になって「時の人」としてもてはやされていたのは、珠美が中学三年生の時だった。珠美は羨望と激しい嫉妬でその若い作家を雑誌で見つめ、原稿用紙を買込んで来た。そして夢中になって升目を埋めた。来る日も来る日も、ほとばしる言葉を原稿用紙に書きつけることだけで過ぎて行った。それが、受験生にありがちな逃避行動だったと気づいたのは、それから十年も経ってからのこと。あの当時は、自分は心の底から小説が書きたいのだと信じて疑わなかったのだ。ただ、何が書きたいのか、どんな小説が書きたいのか、という具体的なものは何も見えていなかった。その頃、原稿用紙に書き綴っていたものは、たぶん、小説などとは呼べない、独り言のようなものだったのだと思う。それでも、一文字一文字、升目が埋められていることそのものに、言い知れない快感があった。自分が今、何かを創り出そうとしている、そのことの快感。人生で初めて、創作の喜びを知った時だった。

あまり夢中になり過ぎて、二ヶ月ほどで成績ががくんと下がった。受験勉強からの逃避願望が創作の原動力になっていたのだから当たり前なのだが、親も驚いたし、自分もショックを受け、それから高校受験が終わるまでは、勉強に飽きた時、たまに数枚の原稿用紙を埋めるにとどめた。そして受験が終わり、なんとか進学先の高校が決まって、その春休み、珠美は運命の出逢いをすることになる。

背伸びをして毎月買っていた、女子大生をターゲットにしたファッション誌のページの中に、豪徳寺ふじ子の姿があった。本名は漢字で藤子だが、筆名は平仮名でふじ。古風な、というよりは、古くさい名前だと思った。だが名前の古くささがかえって、豪徳寺ふじ子の現代的で華やかな容貌に不思議な色合いを添えていた。その、大きな活字の名前の横に書かれたキャプション。OLから作家へ。初めての小説がラバーズ・ストーリー新人賞を受賞。

海外のペーパーバック・ロマンス小説の翻訳シリーズが流行り始めていた頃だった。女性誌を多く出している華水社が企画した、新設の小説新人賞。その第一回の受賞者が、豪徳寺ふじ子だったのだ。華水社はその賞に、ある意味、社運を賭けていたのかも知れない。雑誌の扱いも破格で、女優のインタビュー並に数ページを割き、何枚もの顔写真がページごとに載せられていた。

豪徳寺ふじ子は美人で、華水社としては、第一回の受賞者として彼女のような女性が現れたことを、願ってもないシチュエーションだととらえていたのだろう。

珠美自身は、ラバーズ・ストーリー新人賞には興味がなかった。恋愛小説、それも、なんとかロマンスと呼ばれてテレビで盛んに宣伝されているようなジャンルの小説など、絶対に書かない、と思っていたのだ。当時の珠美にとって、ライバルはそんな読み捨て小説の作家ではなく、A賞の候補になるような小説の作家たちだった。思い返してみれば、赤面するどころか、穴があったら入りたくなるような傲慢と無知。身の程知らず。が、十五歳の少女というのは、自分の才能は世界を支配すると本気で信じられる生き物なのだ。

だが、OLからいきなり作家への転身、それも、初めて書いた作品で賞金五百万円のついた賞をとって、こうして雑誌にインタビューされている、その姿には、強い印象を受けた。豪徳寺ふじ子。綺麗なひと。ただのOLだったのに。珠美はその時、たぶん初めて、自分も作家になりたい、と思った。それまではただ、自分と同年代の少女が天才と騒がれていることに嫉妬し、自分も小説を書けばあの子に勝てる、そんな単純な願望から原稿用紙に向かっていたのだ。それがその時、作家、という立場、存在になりたいという、より具体的な形に成長した。


車が停止した。藤子のマンションが目の前にある。

「地下駐車場に入れてください。ゲスト用ではなくて、A−6の区画に。藤子さんの部屋用の駐車場ですから」

「へえ、贅沢だなあ。こんなところのマンションなのに、全戸駐車場付なんだ」

Ａ−６のスペースは、昔と同じ、いつも空いている。青山通りから徒歩五分足らず、交通の便のいい場所なので、以前から、車での来客などほとんどなかった。だがそこにいつも同じ、赤いポルシェが停まっていた時期もある。一年足らずの間、藤子の恋人だった、芝崎夕貴斗《しばざきゆきと》の愛車。珠美は、がらんとした空きスペースに、一瞬、真っ赤な車の幻影を見たような気がして、瞬きした。赤い車の幻影と共に、夕貴斗の笑顔までがそこに甦って来るような気がする。それは、懐かしさと共に、背筋が震えるような思いを珠美に抱かせた。

菅野は手際よく、また台車に蘭を積み上げ、三人は地下のオートロック・エントランスから建物に入った。

住宅地区なので、建物は四階までしかない。藤子の部屋は最上階の南東の角部屋、広さは百平米程度だが、リビングを広くとったゆったりとした二ＬＤＫだ。十畳の一室が寝室、もう一室は十二畳ほどあって、書庫と書斎を兼ねており、本棚の迷路の奥に、大きな机と仕事用のパソコンだけが置かれている。珠美が藤子の秘書をしていた頃は、二十畳以上ある広いリビングの片隅に、自分のデスクを置いてもらっていた。

藤子の住居に入るのは、四年ぶりだ。結婚する一年ほど前に、珠美は藤子の秘書を辞めた。

リビングのインテリアは昔と変わっていない。重厚な濃い茶色のフローリングに、ひたすら大きくて大勢が座れそうなソファセットがコの字型に並べられ、ダイニングスペースには、六人がゆったり座って食事ができるダイニングセットが置かれている。どちらのセットも、軽自動車一台分よりはるかに高価な輸入物だ。テレビだけは買い替えられ、液晶の大型に替わっていた。他には家具らしい家具がないのも、藤子の好みだ。藤子はあまり物を買わない。買う時は、思い切っていいものを買う。

驚いたことに、秘書用の机は今でもリビングの隅に置かれていた。電話もＦＡＸもプリンターも、機器類はすべて、この秘書用の机を囲むようにして配置されている。藤子には今、秘書がいるという話は聞いていない。仕事部屋に電話がなくては不便ではないのだろうか。そう考えた途端に苦笑が顔に浮かぶのを感じた。自分が心配するようなことではないのに、どのみち。

藤子がソファに座り込んでしまったので、珠美はキッチンに立ち、茶をいれる用意をした。キッチンの中も、家電の配置がほとんど変わっていないので戸惑うことはない。ただ、長いこと調理した形跡がないのは気になった。藤子は料理などできないが、珠美がいた頃は、通いの家政婦が食事のしたくもすべて調えてくれていたのだ。部屋の掃除は行き届いているようなので、家政婦は今でも雇っているのかも知れないが、それならばどうして、入院中の彼女の世話はしなかったのだろう。自分には関係がない、気にすまい、としても、ここに来てしまうと藤子の生活について、根掘り葉掘り訊き出したくなる。これも、嫉妬のひとつの形なのだろう。

「蘭はどうします？　えっと、温室に置けばいいのかな」

菅野が玄関に置いた台車から、二鉢の蘭を両腕に抱えて来た。湯沸かしポットのスイッチを入れてから、菅野を温室に案内した。温室は、広く張り出したルーフテラスの一部に設けられている。畳やっと二枚分ほどの小さなもので、組立式だ。芝崎夕貴斗が器用に組み立ててくれたものだった。その中にぎっしりと、白い花をつけた蘭が置かれている。いつもほぼ満杯で、それでも新しい花を買うのをやめられず、自分が飽きた鉢は同じマンションの顔見知りや、編集者や、その他、気ままに欲しいと言う人にあげてしまっていた。藤子が白い蘭を好むことは、業界で数年編集者をしている人間ならば誰でも知っていることで、何かあるとお祝いには白い蘭の鉢が届いた。

温室を開けると、生暖かさと湿気とが肌にまとわりついた。

相変わらず、新しい鉢を置くスペースを見つけるのに苦労するほど、鉢の数が多い。藤子は、家事と名のつくもの一切が苦手だったのに、蘭の手入れだけはこまめにしていた。風邪をひいて熱があっても、蘭の世話は欠かした日がなかった。旅行で留守にする間は、オーキッド専門の花屋から店員を呼んで世話を頼んでいた。

菅野に運んでもらって、六鉢の蘭をなんとか隙間に並べる。

花を見渡して、珠美はどきり、とした。

高価な蘭が減っている。かつてここには、何本も株立ちした見事な胡蝶蘭の大鉢がいくつも並んでいた。今は、デンファレやカトレア、ミニ胡蝶蘭などの、比較的安価な花が多い。それらの花も、もちろん美しいと思う。珠美はむしろ、これみよがしな胡蝶蘭よりデンファレの花の方が好みだ。そして藤子もまた、胡蝶蘭だけを好んでいたわけではない。が、贈り物というのは、値段によって品物の種類もある程度決まる。マスクメロンとアンデスメロンが届いたら、値段は知らなくてもマスクメロンの方が高価なことはわかる。

呼吸が少し苦しくなった。

誰の目にも、藤子の全盛期は終わったと映っているのだ。今でも珠美の出した本の十倍は売り上げる藤子であっても、一時のすさまじい売れっ子ぶりと比較すれば、それは凋落、と言われても仕方ない状態なのだろう。

それにしても、と、珠美はむかつきをおぼえる。三万円の胡蝶蘭と五千円のデンファレ、その差なんてたったの二万五千円なのだ。そのくらい、今でも藤子の本が出版社にもたらす利益からすれば、本当に微々たるものではないのか。儲けられる時にはむしり取るようにして儲けて置いて、下り坂になると、贈る花までケチるようになるのか。

あたしが怒っても仕方ないんだけど。

珠美は、藤子のことになると傍観者でいられない自分、にあらためて気づいて、また苦笑した。

リビングに戻ると、藤子の好きな紅茶をいれた。紅茶の缶も、ロイヤルコペンハーゲンのティーセットも、すべて、昔と同じ場所にあった。紅茶には牛乳、それが藤子の好みなので、冷蔵庫を開ける。週に二度、一リットル瓶で配達される、契約牧場の牛乳。それも変わっていなかった。珠美は、少し安堵した。紙パックのまずい牛乳が入っていたりしたら、思わず、明日からここに戻ります、と宣言してしまったかも知れない。

牛乳を温め、ポットを湯で熱くして、湯を捨て、茶葉をいれ、沸騰させないよう温度調節した湯を注ぎ、蓋をする。カップを温め、牛乳と共にトレイに載せた。

菅野は藤子と話がはずんでいた。珠美もその中にくわわり、三十分ほどお喋りに興じた。菅野は如才なく話題が豊富で、しかも人を飽きさせない話し方のこつを心得ていた。午後のお茶を一緒に楽しむ相手としては最高だろう。途中、藤子に、昼食を用意するが何が食べたいか、と訊いたが、藤子は、あまり食欲がないのでいらない、と言った。夕飯の材料が冷蔵庫に入っていないみたいだがとも水を向けてみたが、今夜はピザでも頼むから、と言われたので、それ以上はしつこくせず、話題が途切れたところで腰を上げた。藤子が疲れているのは本当のように見えた。

帰り際にキッチンにティーセットを下げ、入院代のおつりをメモと共に調理台に載せた。ティーセットも洗って帰りたかったが、高価で繊細な品なので食洗機に入れられず、時間がかかるので諦めた。

部屋の玄関ポーチで挨拶する時に、藤子はもう一度、冗談めかして、ここに戻って来てよ、珠ちゃん、と言った。珠美は笑顔のまま、そっと首を横に振った。藤子は、頷いて、じゃあまたね、ばいばい、とドアを閉めた。もし藤子にあと一回、戻って来て、と言われたら、自分は戻ったかも知れない、と珠美は感じていた。久しぶりに藤子の城に入り、珠美自身、考えてもいなかったほどくつろいで、楽しかったのだ。

あの部屋にはすべてが揃っている。大きなバスタブ、使いやすいシステムキッチン、座り心地抜群のソファ、音も画面も申し分ないテレビ。毎月、不要な本を古書店に売却してもなお、数千冊がいつもぎっしりと詰まっている、天井まで届く七つの本棚。

東南角部屋の、明るい陽射しにいつもあふれたリビング。白い蘭。

自分の机もまだ置いてあった。藤子の寝室の奥に、小さな多目的部屋があって、そこにベッドを入れて寝ていた。四畳ほどの空間で、ベッド以外には家具らしい家具を入れるスペースがなく、服は天井に突っ張りポールを渡してそこに吊るしておくような生活だったけれど、どうせ寝るだけの部屋などどこでもよかったし、リビングもキッチンも、自分の家のように自由に使えたのだ。藤子はそうしたことには本当に無頓着で、パーティに出る時などは、自分のドレスやスーツを珠美に着せようとまでした。

そして、物質的に恵まれているということよりはるかに重要だったのは、そこに藤子がいる、ということそのものだった。

帰りは菅野が車で送ってくれると言うので、厚意に甘えることにした。藤子の世話をしたこの二日間、張っていた気が、藤子の部屋を出た途端にゆるみ、電車を乗り継ぐのがひどく億劫に思えたのだ。

今度は助手席を勧められ、拒否するまでのことでもないので、菅野の隣りに座った。座った途端、空気が漏れるように溜め息が出た。

「疲れました?」

車をスタートさせて菅野が訊いた。

「なんだか、すごく気をつかってらっしゃったから。佐古先生、本当にいろいろなことに気のつく方ですね。見ていて感心しました」

「あなたこそ、男性にしてはとても気がまわるじゃないですか。あ、ごめんなさい、先生、はいいわ。普通に呼んでください。妙子さんから聞いていると思うけど、わたし、以前はあの人の秘書をしていたんです。だからあの人の好みもわかってるし、いろんなことの勝手を知っている、それだけのことなんですよ」

「豪徳寺先生、佐古せ、あ、佐古さんに任せきって、安心しているみたいに見えましたよ」

「あの人はいつもああよ。他人が自分のために働くのは当然だと思っているところがあるから」

珠美は笑った。

「でも、それがいいのね。藤子さんは、あの女王然としたところが魅力の人なの。彼女が他人に遠慮するようになったら、つまらない」

「そうですね。僕らは同じ出版業界にいても、豪徳寺先生みたいなスターと仕事するチャンスはないですから、今日はまじに、本持って来てサインして貰おうかと思ったんですよ。ターコ先輩にそう言ったら、お願いだからやめて、と言われましたが」

「妙子さんのこと、ターコ先輩、って呼ぶの」

「あ、つい」

菅野は前を向いたままで照れた顔になった。

「学生時代、グループでいつもつるんでましたから。飲み仲間って言うのかな、相手が女の子だっていうの意識しないでつき合える友達です」

「彼女が……藤子さんの娘さんだっていうのは」

「知ってます。ずっと前にターコ先輩が教えてくれましたから。でも最初は冗談かと思いました。だって、豪徳寺ふじ子に子供がいるなんて、どこにも出てなかったし」

「藤子さんは隠してるわけじゃないのよ。訊かれれば、あっさりと言ってた。公論社の岡本妙子は、わたしの娘よ、って」

「最初の結婚の時のお子さんなんですね」

「藤子さんは一度しか結婚してないわ。入籍することを結婚する、と定義するなら。妙子さんを産んだのは二十二歳の時で、まだ作家デビューする前だった。離婚して、単身東京に出て、会社勤めしながら書いた小説が、ラバーズ・ストーリー新人賞を受賞。もともと美人だったから、あっという間に人気作家。たぶん出版社の意向だったと思うけど、その頃は藤子さん、離婚歴があることも、元のご主人に娘さんを渡して上京したことも伏せていたの。だからデビューした時は、OLからいきなり作家へ、っていうんで話題になったのよね」

「今なら離婚して子供がいることも、宣伝になったでしょうね」

「そうかも知れない。ただ、ラバーズ・ストーリー新人賞って、ロマンス小説全盛時代の賞だったでしょ、出版社にとっては、作家のイメージってのも大事だったんだと思うわ。藤子さんが過去を隠そうとしたわけじゃないのよ。でもほら、その後、ロマンス小説のブームはパッと終わっちゃって、あの賞もなくなっちゃったでしょ。藤子さんも一時、まったく本が出なくなって。三十代前半は、ほんとに苦しかったって今でも言ってる。売れっ子時代の貯金があったからなんとか生きていられたらしいけど、それでも、生活費を稼ぐのにゴーストライターの仕事を引き受けたり、ペンネームを変えていろんな賞の新人賞に応募したりしてたんですって。なんか、我々のイメージだと、しばらく執筆を休んでいて、それから二度目のブレイクをした、って感じだったけど、休んでいたんじゃなくて、どの版元にも作品を引き受けてもらえなかったのね」

「なまじっかペンネームが有名になってたから、かえって、難しかったのかも知れませんね。読者の方に先入観ができあがってると、今さらこの作家の本は、もういいよ、ってなっちゃうから。でもすごいですよ。日本推理小説大賞の新人賞を堂々と受賞して、再デビューされたんですから」

「あの賞、藤子さん、別のペンネームで応募してたのよ。もちろん、最終選考に残った時点で版元から確認されて、認めたわけだけど。でも藤子さん、未だに言ってる。もし豪徳寺ふじ子の名前で応募していたら、途中で編集部に落とされていただろう、って。彼女、戸籍上の本名は山口藤子なの。だからばれなかったのね。豪徳寺、って言うのはお母さんの旧姓なんですって。で、離婚して東京に出て来て賞に応募する時、山口よりペンネームっぽいからって、豪徳寺ふじ子の名前で応募した」

「いろいろ、複雑なんだなあ」

菅野はのんびりした口調でハンドルを切った。

「料理本の世界は、ぜんぜん違いますからね。あ、でも、料理の先生ってのにもスターはいるんですよ。テレビやマスコミによく出て、顔と名前を売ってる人たちです。たいていは気さくな人が多いんだけど、たまにはいますよ、おまえ何様だよ、って言いたくなるようなタイプ。あ、いけね、編集者がこういう言い方するのって最低ですね。すみません、聞かなかったことにしていただけますか、ターコ先輩に知られたら、怒りの鉄拳を食らうんです」

「いいけど、妙子さんってそんなに強いの？」

「あ、ご存知なかったんですか。彼女、合気道三段ですよ。僕なんか、投げられます」

「知らなかったわ。そんなふうに見えないじゃない、彼女。小柄だし、ぽちゃっとしてるし」

「強いですよ。お酒も強いし、合気道もしてるし、腕相撲も強いんです。前から知っていたからびっくりはしなかったけど、母と娘でも、タイプが違いますねえ。豪徳寺先生は、なんか、色っぽくてふんわりしてるのに」

性格はきついけどね、と言いたいのをこらえて、珠美は頷いた。

「妙子さんはお父さま似なのかもね。でも、とてもいい編集者よ。業界でも評判いいし、実力もあるし」

「それ聞いたらターコ先輩喜びます。彼女、仕事に関してはなんか、いつも悩んでるみたいなとこあるから」

「悩んでる？　妙子さんが、あなたにいろいろ相談してるってこと？」

「いや、飲んでる時は仕事の話は出ないです。出さないようにしてるんだろうな。たまには愚痴もこぼして欲しいし、その方が先輩も楽だろうと思うから、水を向けることもあるんだけど……本心はなかなか、言わないですね。でも長いつきあいなんで、まあその、雰囲気でわかるって言うか。彼女もそろそろ中堅って呼ばれる歳だし、いろいろ考えるんじゃないですか」

「難しい人も担当してるみたいだしね……」

「少しくらい困難なのは、彼女の場合、むしろファイトが湧くタイプだと思うんですよ。そう言えばターコ先輩、何年か前にもすごく落ち込んでた時期があって、精神科に通っていたこともあるでしょう。当時、僕はまだ学生で、東京にはいなかったから、何があったのか知らないんですが、田舎に二ヶ月くらい戻っていたことがありましたよね？」

「今も精神科に通ってるの？」

「眠れないから、寝つきのよくなる薬はもらってるって言ってました。でも僕らの業界、睡眠障害は職業病みたいなもんですからね」

数年前の妙子の不調の原因が岩崎聡一《そういち》にあることを、珠美は知っている。岩崎聡一。藤子が再デビューを果たしたきっかけになった、日本推理小説大賞新人賞でデビューした、新進作家だった。当時、やっと三十を超えたばかり、若々しく爽やかな容貌で、デビューしてまもなく、女性読者を中心に売れた。妙子は二十四、五歳、営業から編集に異動になり、編集者としてのスタートを切ったばかりだった。その時の藤子に、妙子を泣かせてやろうなどという醜い邪心があったとは、さすがに、思えない。藤子は藤子なりに、世間的には結婚適齢期にさしかかった実の娘の恋愛を、微笑ましい気持ちで眺めていたのだと信じたい。

だが結果は、さんざんなことになってしまった。誰が誰を裏切ったのか、そんなことを今さらあれこれ考えても仕方ないが、要するに、藤子と岩崎とが男女の仲になってしまい、妙子は泣く泣く、身をひくことになったのだ。妙子の受けた精神的ダメージは大きく、数ヶ月休職した。しかし、藤子は岩崎のことを本気で好きになっていた、というわけではなかったらしい。藤子と岩崎との関係は、一年も経たずに終わってしまった。

今では岩崎も結婚して子供も生まれている。妙子は、復職してからは何事もなかったかのように明るく、以前の彼女に戻り、それから立て続けにヒット作を生み出して、敏腕編集者の仲間入りをした。藤子は岩崎と別れてからすぐに、芝崎夕貴斗に出逢った。そしていつものように周囲を巻き込み、もつれてこじれて、あげく、芝崎夕貴斗も過去の男となった。

過去の男に。

「えっと、このへんかな」

カーナビが何か言ったな、と気づいたのと同時に、菅野の声が聞こえた。

「佐古さんって、時々、遠い目をして何かを見てますね」

菅野がくすりと笑う。珠美は、理由もなく恥ずかしくなった。

「ごめんなさい、ちょっと仕事のこと考えてて」

見回すと、アパートのすぐ近くにいた。

「あ、ここでいいです。ありがとう、送っていただいて」

「いいえ、どうせ帰り道でしたから」

「今日は本当にご苦労様でした。助かりました」

「お役に立ったのならいいんですが」

「わたしひとりだと、あの蘭をどうやって運んだらいいのかわかりませんでしたから。あの、藤子さんからも、後日またちゃんと御礼を」

「よしてくださいよ、この程度のことでお礼なんてされたら、またターコ先輩に投げ飛ばされます」

珠美が車を降りると、菅野は笑って手を振り、車を走らせて去った。

住んでいる部屋までは、まだ歩いて二、三分かかる。見栄をはっても仕方ないとわかってはいても、学生が住むような古いワンルームの、それも、マンションとはお世辞にも呼べない建物の前まで、ベンツで送ってもらうのは気後れがした。

建物は四階建てだがエレベーターがない。そのため、四階は少し家賃が安い。珠美は、四十を過ぎて、体力の衰えをはっきりと感じるようになっている。毎日、どこに行くにも四階分の階段を昇り下りするのは、かなりきつい、と思う。

ようやくの思いで四階の廊下に出ると、自分の部屋の前に誰かが座っているのに気づいた。息を整えてから近づいて、それが、藤子の病室の外に立っていた編集者だと気づいた。

「あの」

珠美が声をかけると、うたた寝していたのか、びくっ、とからだを震わせて男が珠美を見上げ、慌てて立ち上がった。

「す、すみません、失礼しました」

男は頭を下げながら名刺入れを取り出し、頭を上げると同時に名刺を珠美に差し出した。せっかちな人だ、と珠美は笑いそうになる。

「本郷書店の、相川さん。あの、パーティでお顔をお見かけしたことはあると思うんですが、えっと、わたしに何か？」

言ってから、珠美は鍵を取り出した。

「とりあえず中にお入りください。お待たせしてすみませんでした」

「いいえ、突然押し掛けるような真似をいたしまして。お電話をさしあげたんですが、お留守のようでしたので……その、仕事の帰りなんですが、わたしの家もこの近くなもので、少し待たせていただこうかと、その」

「どうぞ、中へ」

廊下に立ったままあれこれ言い訳している相川を、押し込むようにして玄関に入れ、ドアを閉める。同じアパートの住人に、作家だということを知られたくはなかった。

あまりにもがらんとした部屋に、相川は素直に呆れて半分口を開けていた。珠美はそんな率直さが嫌いではない。藤子を妊娠させ、見舞いに来て部屋に入る勇気もなかった卑怯な男だが、悪い人間ではないのだろう、と思った。

「ごめんなさいね、驚いたでしょう。まだ引っ越して何日も経たないのよ。家具も揃ってなくて。あ、そのクッションの上に座ってください。まともにお茶もいれられないけど、ウーロン茶でいいですか」

「お、おかまいなく。ほんとに、お気遣いなくお願いします。こんな、お休みの日に勝手に押し掛けて……」

「専業作家に休日は関係ないですよ。それに相川さんだって、休日出勤だったんでしょう?」

冷蔵庫からペットボトルをとり出し、冷たいウーロン茶を紙コップに注いで出した。引っ越しの時、食器だのガラス製品だのはすべて残して来た。自分用のコップはとりあえずひとつ買ったが、来客用まではまだ揃えていない。

相川は紙コップを受け取り、喉がひきつってでもいるのか、一気に飲んだ。よほど緊張しているのだろう。つまり、よほど言いにくいことをこれから言うつもりでいるのだ。それが藤子のことなのは間違いないので、珠美は余裕を持って、相川の向かいに座りこんだ。

「藤子さんのことでしょう?」

珠美の方から切り出すと、相川の額にどっと汗が吹き出した。本当にわかりやすい性格だ。

「入院した本当の病名、知ってるんですか、相川さんは」

相川は、こくり、と頷く。

「だとしたら、あなたは関係者、ということね。今回も、急性胃炎としか言ってないはずだから、業界の人には。藤子さんから直接、連絡があったの?」

「……携帯電話の留守電に……メッセージが入ってました。流産したから入院します。まだ初期だから、すぐ退院できると思います、それだけです。……本当に……流産だったんですか?」

「第五週。本人も気づいていなかったみたいよ。油断してたって笑ってたわ」

相川はハンカチで額の汗をさかんにぬぐうが、ぬぐってもぬぐっても、汗の粒はひっこむことがなかった。気の毒な気もするが、自業自得は自業自得だろう。

「隠さないでいいわ、わたし、藤子さんのことに関しては口が堅いの。他のことは保証しないけど、あの人に関することは、何があっても何を知っても、他人には喋らない習慣がついてるから」

そう言って、珠美は笑った。本当に、これはまさしく、習慣、だ。もう自分は藤子とは無関係な、ただの同業者なのに。義理を感じる必要もないのに。

「あなたが父親だったんでしょう？　残念ながらだめだった、赤ちゃんの。少なくとも、心当たりはあるのよね？　それに藤子さんも、あなただと確信してるから、あなたにだけは連絡したのね？」

「……そうだと……思います」

相川は空の紙コップを手にしたままでうなだれる。そのしょげ様に、珠美は退屈を感じた。この男では、藤子とは格が違い過ぎる。

「そんなに心配しなくて大丈夫よ。藤子さん、責任とれとか何とかわめくような人じゃないから。でもね、いくら藤子さんの年齢が年齢だからって、あなたもこういうことになったらまずいって自覚はあったわけでしょう？　ちゃんと用心するくらいのこと、できなかったの？　初期だったからたいしたことないって言っても、流産は流産なのよ。女のからだに、大きな負担がかかったことは間違いないのよ。彼女はああいう性格なんだから、男の方がしっかりしてないとだめじゃないの。あなた、いくつだか知らないけど、年下だから自分に責任はないなんて、まさかそんなふうに思ってるわけじゃないわよね？」

相川は泣き出しそうな顔で頷いた。張りあいがなさ過ぎる。どうして藤子は、こんな小物に手を出したりしたんだろう。

「そんな顔しないで」

珠美は立ち上がり、換気のために窓を開けた。気の小さい男の泣きそうな顔など見ていると、窒息してしまいそうだった。

「で、わたしに相談、って何ですか？　さっきも言ったけど、藤子さんは今度のことで、あなたに何か要求したりする心配はないと思うわ。もちろん、他人に言いふらすほど頭が悪くもないし、いつまでもあなたを恨むようなみっともない生き方もしない。そんな、今すぐ自殺しそうな顔をしなくても、大丈夫よ。ただね」

珠美は立ったまま、相川を見下ろした。

「藤子さんが何て言っても、今度のことで懲りたんなら、別れなさいよ。はっきり言って、あなたじゃ無理。彼女の相手はつとまらないわ」

相川は、初めて珠美の目をまともに見た。さすがに、その目の中に怒りの色がちらちらと見えている。やっと少しは歯ごたえがあるところを見せてくれるのか。

「不満そうね。俺を見くびるな、って言いたい？　いい？　でもね、昨日あなた、藤子さんの病室の前まで行ったのに、中に入れなかったでしょう？　藤子さんは流産したのよ。あなたの子供を妊娠して、その子供が死んで流れたのよ。勝手に病気になって倒れたわけじゃないのよ。妊娠はね、卵子だけじゃできないのよ！　携帯電話にメッセージがあって、それであなた、どうしたの？　藤子さんが入院したのは一昨日の夜よ。どうしてすぐに駆けつけなかったの？　藤子さんと関係を持つなら持つで、いざという時に当たり前の勇気が出せないようじゃ、しょうがないわよ。言い訳は必要ないわ。要するに、あなたは藤子さんのこと愛してない。他の女より大事な存在だとは思ってない。それだけのことよ。それがはっきりしたんだから、これ以上の火遊びは、やめといたらどう？」

怒るだろうか。この男は怒って、それからどうするんだろう。

珠美は、自分が興奮しているのを感じた。藤子と寝た男。藤子のからだを傷つけた男。怒って、飛びかかって来たりしたら面白いのに。

藤子は、なぜあんなにも無防備に、安易に、自分を他人の手にゆだねてしまうのか。自分の運命を、他人に握らせてしまうのか。

こんな男と。こんな、つまらない、ちっぽけな男と！

珠美のつま先から怒りが心臓に向かって這い上って来る。自分がそばにいれば、あの部屋にいれば、こんな男をそばに近寄せたりはしなかったのに。排除してやったのに。藤子に触らせたりは、しなかったのに。

「好きなんです」

突然、男が口を開いた。真っすぐに珠美を見つめたままで。

「僕は……あの人のことが好きなんです。別れたくないんです」


珠美は驚きで息を呑んだ。こいつはいったい、何を言い出すのだ？

「好き……って……だったらどうして、どうしてすぐに病院に来なかったのよ！」

「携帯のメッセージを読んだ時、盛岡にいたんです。新幹線の最終が出た後で、ホテルにいました。レンタカー借りて東京に戻ろうかとも思ったんですが、酒が入ってたんで運転もできないし。夜明けまで待って、始発で戻って来ました。でも、病院がわかりませんでした……彼女を担当している同業者に電話しても、みんなまだ、入院したことも知らなくて。十時を過ぎて、やっと、公論社の岡本さんから各社にＦＡＸが流れて、病院が判って……」

「でも、病室に入らなかったじゃないの。外の廊下にいて、あたしがドアを開けても、中に入って来ようとしなかったじゃないの」

「それは」

相川は下を向いた。両手の拳をきつく握っている。珠美は言いつのった。

「入れなかったんでしょう？　あたしがいるところで、会話がやばい方に流れたら、あたしに関係を嗅ぎつけられてしまう、それが怖かったんでしょう？　結局、その程度のものなのよ。好きとか何とか言うのは簡単だけど、あなたは覚悟を決めていたわけじゃない。藤子さんと夫婦になってもいいって、あなた、思ってる？　あの人とこれからの人生、一緒にやっていく気なんて、あるの？　そもそもね」

珠美は、吐き捨てるように言った。

「あなた、身の程知らずだと自分で思わない？　あの人と自分とがつり合ってるなんて、本気で思ってるの？　どうなのよ！」

相川の瞳から、力が消えた。怒りも消えた。拳がゆるみ、肩が落ちた。

そこまでなの。あんたって、そこまで？


なんだ、つまらない。

そんなちっぽけなプライドしか持ち合わせてなくて、豪徳寺ふじ子と寝るなんて、百年早いわよ、へたれ！


相川は立ち上がり、紙コップをテーブルの上に載せると珠美に向かって頭を下げた。

「すみません、帰ります。お邪魔しました」

珠美は黙っていた。さっさと消えろ。相川の背中に石でもぶつけたい気分だった。

靴を履いてから、相川はやっと振り返り、もう一度頭を下げた。が、その頭を上げる時に、ぼそり、と呟いた。

「それでも……あの人のことが好きなのは本心です。好きです」

4

むしゃくしゃした。珠美は、何かに当たり散らしたくて、クッションを蹴った。家具のないがらんどうの部屋の中を、小さなクッションが飛んで行って壁に当たった。本当に狭い、と思った。何が、好きです、だ。ばかばかしい。藤子は五十一歳なのだ。あの相川という男は、せいぜい上に見積もっても、三十五になっていないだろう。下手をすれば二十代かも知れない。まだ二十代の菅野よりも幼く見えた。

だいたい、何の責任も負わずに、ただ好きだから寝ました、では、高校生ではないか。それもこれも、あの男が甘ったれている証拠なのだ。自分の方が年下だから、何をしてもゆるされると思っている。面倒なことや嫌なことは、全部藤子に負わせるつもりでいるのだ、どうせ。

年齢差さえ考えなければ、藤子は男にとって理想的な愛人だ。美人だし、歳のわりにはいいプロポーションを保っているし、何より、資産がある。南青山のマンションの他に、軽井沢に別荘、湯河原に温泉付マンションを持っていて、人気が下降線になったとは言え、収入だって、経費を除けた手取り分で五千万をくだらないだろう。うるさいことを言わずにすぐセックスに持ち込めるし、別れる時もさっぱりしたものだ。気まぐれに高価な品物を惜しげもなくプレゼントしてくれるし、旅行でも食事でも、男に金を出させるようなことはしない。まったく、あんなに都合のいい女なんて、世界中探したってそうはいないだろう。好きです？　そんなの当たり前だ。あんな都合のいい女が好きではない男なんているもんか。

好きだと言えば、なんでも通る、なんでもゆるされるとでも思っているのだろうか、あの馬鹿男。だいたい、どうせ五十過ぎた女だからもう生理もないだろう、くらいのノリで、避妊もしないでセックスしたというだけでも、相手の健康のことなどまるで考えていない、自分勝手で幼稚な思考が手にとるようにわかるではないか。避妊をしない男ほど始末の悪いものはないのだ。精神が未成熟で、自分勝手な証拠なのだから。

珠美は、何か割れるもの、壊れるものを壁に投げつけたい衝動にかられたが、それを必死に抑え込んだ。壊すのはいいけれど、片づけるのも自分。片づける時になって、自分のしたことがひどく惨めに思えるに決まっている。

こういう日は、家にいてはだめなのだ。珠美は決心して、洗面所で顔を洗い、化粧をし直した。段ボールを開け、わずかな衣類の中から、比較的見栄えのいいものを引っ張り出す。どうせ夕飯はコンビニ弁当になるところだったのだから、外で済ませよう。散財はできないけれど、憂さ晴らしするくらいの無駄遣いは自分にゆるさないと、あたまがおかしくなってしまう。

靴が見つからなくて手間取り、結局、とっておきの一足はどこに入っているのかわからなくて諦めた。昼間から履いている無難な茶色のパンプスで我慢するしかない。

地下鉄に乗って銀座に出ると、それだけで気分がよくなった。銀座が心地良く感じられるということは、自分が歳をとったということなのだろうが、それならそれで、歳をとるのも悪くないという気がする。渋谷はあまりにもガキばかりだし、新宿は日本ではないみたいだし、六本木はヒルズができて、なんだかよくわからなくなってしまった。自由が丘は遠い。浅草は趣味じゃない。赤坂はぼったくられるのが怖い。青山は……青山は、思い出が多過ぎる。

銀座のはずれ、あとちょっとで新橋、という七丁目に、古くからの友達が開いた小さなクラブがあった。銀座のクラブなのに、そこならばかなりお得に飲める。と言っても、入っているボトルを水割りで飲むだけで後の支払いをATMでする時に、万札一枚では足りないのだから、決して、安い、というわけではないのだが、ボトルの底が見えるようになって来ると、素知らぬ顔でニューボトルに名前を書き込んでくれるから、そこ以外の店で飲む気にはならないのだ。三ヶ月に一度、一本のスーパーニッカ。それが、汐美《しおみ》が自分に示してくれる友情の形なのだ、と思うと、安いのか高いのかよくわからないのだが。

坂木汐美と初めて出逢ったのは、藤子の秘書となってまもなくのことだった。当時、汐美は、『モンタナ』という文壇バー、つまり、作家や編集者がたまっているクラブに勤めるホステスだった。大学在学中に同級生と同棲、それが破綻して自暴自棄になり、学校に行かずに遊びほうけていたら落第、面倒なので中退してしまい、田舎に帰りづらくなり、そのまま水商売でアルバイト。汐美の経歴は、わかりやすいと言えばわかりやすく、ありがちと言えばありがち。面倒なことが苦手、マイペースな性格で、湿ったところが少なく、とてもつき合いやすい人だった。歳が同じで、好きだったロックバンドが同じだったので、藤子に連れられて何度かモンタナに行くうちに、自然と親しくなった。クラブも秘書の仕事も日曜日が休みだったので、待ち合わせて東京中を遊んで歩いた。そのうちに、汐美にパトロンがついて、七丁目の『楽』という店の雇われママになった。そこでバブル崩壊後の荒波にもめげずに頑張ってひたすら貯金して、念願の自分の店を持つことになった。珠美からしてみれば、汐美は勝ち組、自分は負け組。それでも、離婚した珠美に変な遠慮をしない汐美の態度が心地よくて、ついつい銀座に足が向いてしまう。

『プール・モア』＝pour moi、というのが汐美の店の名前。わたしのために、という意味らしい。いかにも汐美らしいネーミングだ。他人のために生きているわけじゃない、と、店名で宣言している。

クラブばかりが入居している銀座らしい雑居ビルの三階に、プール・モアはある。ドアを開けると、ごく低い音量でジャズが流れ出した。店はがらがらに空いていて、常連らしい二人組の男性客が座っている他だけ。女の子が三人しかいない小さな店なので、その三人に囲まれて男性客はご機嫌のようだ。

カウンターに座ると、バーテンダーのケンくんが、店の奥にいる汐美を呼んでくれた。

「あらま、あんたか」

汐美は、カウンターの向こうで自分も椅子に座ってしまった。

「土曜日ってのはほんと、開店休業の見本みたいでしょ」

「閉めればいいじゃない。最近は、土曜日閉めてる店も多いんでしょ。女の子の時給だけでも大変なんじゃない？」

「そうしようかなぁとも思うんだけどねぇ。他が閉めてると、土曜しか来られないから、って常連もつくのよ。あの人たちもそうなの。ねえ、藤子先生、入院したんだって？」

「地獄耳だね」

「昨日、公論社の人たちが来てたの。胃炎とか言ってたけど、まさか胃癌じゃないよね？」

「ぜんぜん違う。ただの食べ過ぎ」

「ほんとにぃ？」

「あのね、ほんとだろうと噂だろうと、あんた相手に藤子先生の噂話なんて、あたしがするわけないでしょ」

「なんでさ。もう関係ないじゃないの、あの人とあんたって」

「関係ないってことないわよ。結婚するまで秘書してたんだから」

「でも、ブランクがあるんでしょ、何年か」

「まあね。途中であたし、別の仕事したりしたから」

「住み込みになったのは」

「えっとね、六、七年は前よ。で、三年くらい住み込みして、辞めた。いずれにしても、藤子さんを酒の肴にするつもりはありません」

「心配してんのよ。胃癌だなんてことになったら、出版社も真っ青でしょ」

「どうかな」

珠美は、水割りを一口飲み、苦い、と思った。

「このところ、大きなヒットは出してないからね……」

「でも、まだ売れてるじゃない」

「うん、売れてる。少なくとも、あたしの五倍くらいは売れてる」

「じゃあ、やっぱり死なれちゃ困るでしょ。本って今、売れないらしいじゃない。ひとりでも売れてる人が死んじゃうのは、痛いわよ」

「そうだけど……今はさ、作家の数もものすごいから。毎年、いったい何人デビューして来るやら」

「代わりはいくらでもいる、ってこと？」

「違う。藤子先生くらい売れる人は、数えるほどしかいない。でも、時は動いてるってことなのよ……誰かが死んでも、別の人が新しい小説を書く。出版社には、なんで死んだんだぁ、っていつまでも嘆いてる暇はない、ってこと」

「前に言ってたね、お葬式の話」

汐美は自分のグラスにも酒を注いだ。

「出版業界では、編集者は、作家の親の葬式には出るけど、作家の葬式には出ない、って」

「半分は業界伝説だけどね。そこまで冷たくはないと思う。いちおう、世間体だってあるから。でも半分は本当のことよ。売れてる人ほど顕著《けんちょ》じゃないかな。売れっ子作家の親が死んだら、担当だけじゃなくてその上司からそのまた上司まで、みんな揃って押し掛けて、あれやこれやと手伝ってくれて、もう大騒ぎよ。でもその売れっ子さんが死んだ時は、担当編集者とせいぜい、その上司くらいしか顔を出さないんじゃないかな。それも、上司の役割は、著作権継承者への顔つなぎだから。葬儀を手伝うとしても、形だけかも」

「なんだか、殺伐とした世界ねぇ」

「小説は、いわゆる歴史的文豪とか、ごく何人かの例外を除けば、作家が死ぬと売れなくなっちゃうのよ。不思議よね、作家が死んだって、作品が腐るわけでも変化するわけでもないのに」

「死んでから評価される作品もあるじゃない」

「それはあるけど、幸運な例外よ。あたしなんか、どうすればいいのよねぇ。生きてたって売れない、死んだらもっと売れない」

「だから、死ぬな、ってことでしょ。死んだら負けだ、って。豪徳寺先生にも、もっと長生きしてもらいたいわ。ああいうさ、存在感のある、女王様みたいな女性作家って、あまりいないじゃない、今。振り回される周囲は大変だろうけど、でも楽しいわよ、夢があって。みんながみんな、あんたみたいにしょぼくれてたら、文才のない我々が作家に憧れる気持ちが萎えちゃうもん」

「しょぼくれてて、悪かったわね。仕方ないでしょ、あたし、離婚したばっかりなのよ。まだアパートの部屋に、ソファもないのよ」

「ソファぐらい買えば。そのくらいの貯金は、まさか、あるんでしょ？」

「安いのは嫌なの。あたし、ソファが好きなのよ。一日中、ソファに寝転がっていたいの。だからソファだけは、いいものを選びたいの」

「結局、ワガママじゃない」

汐美は笑いながら、ミックスナッツの小皿を二人の間に置く。もう客が来るのは諦めて、飲みモードに入ったのかも知れない。

「なんだかんだ言って、あんたは要求が多いのよ。だから離婚しちゃったのよ。あんたみたいにワガママなひとが、よくあの豪徳寺先生と長いつきあいができたわよね。ほんと、業界の七不思議だわ。レズだって噂が出たのも、わかる気がする」

「あんな男好きなレズ女がどこの世界にいるのよ」

珠美は思わず言って、自分に嫌気がさした。頭の中では、相川のあの目が、言葉が、ぐるぐると回り始める。


僕は彼女が好きです。別れたくないんです。

バカヤロー。


「ああ、お腹へった。なんか食べるもん、作って」

珠美は言った。頭の中の幻影を、食べることで消してしまいたい。

「あと二時間待っててくれたら、店閉めて、女の子たちとお寿司でもつまみに行くのに。あそこのお客さまたちは、いつも終電で帰るから」

「待てない。考えたらあたし、お昼も食べてなかったのよ。藤子さんを家に連れ帰って、それこそお寿司でもとって、あの人のお金で食べちゃおうと思ってたのに、疲れたみたいで、食欲ないなんて言うんだもん」

「あら、もう退院したの？」

「今日ね。入院は二泊だけよ。だから胃癌なんかじゃありません。ちゃんとほんとのこと、流しといてよ」

「はいはい、って、ここは文壇バーじゃないもん、あたしは知らないって。うちに来るのは公論社くらいよ。高菜があるから、チャーハンでいい？」

「いい。漬物も」

「高いわよぉ、銀座で漬物頼んだら」

「漬物で払うわ。食べた分だけ、買って持って来る」

「そういうもんじゃないでしょう、値段、ってのは。ケンくん、チャーハン、よろしく〜」

「え、ケンくんが作るの？」

「そう。彼ね、今、料理も勉強中なのよ。昼間、料理学校の喫茶店開業コースに通ってるの」

「ケンくん、喫茶店やるの」

「いいえ、まだまだ先の話です。十年ぐらいかけて貯金して、それからのつもりで」

バーテンダーは照れ笑いしながら、奥のキッチンへ消えた。

「いいわよねぇ、恋愛中って」

「ケンくん？　そうなんだ。お店の子？」

「前にうちにいた子。でも今は、フランボワーズって喫茶店のチェーン店に就職して、店長候補なんだって。二人で貯金して、勉強して、将来は、カフェバーがやりたいんだってさ。ここももうすぐ、辞めるかもね」

「どうして？　彼、いい子じゃない。お給料上げてやって、ここで貯金しろって言えばいいのに」

「言いたいけど、それじゃあの子がかわいそうなのよ。うちにいたんじゃ、バーテンとしては半端なままだから。こういうクラブでカクテル頼むお客は少ないもの、氷の割り方と、酔っ払いの運び方と、暴れた客のとり抑え方しかおぼえられない。バーテンが女の子にも目配りしないとならないほど、店が広いわけじゃないし。ちゃんとカクテルの作り方がおぼえられて、スコッチを銘柄指定で頼むような客が来る店で修業しないと、カフェバーはできないでしょ」

　五分ほどで、皿に盛られた高菜チャーハンが現れたので、珠美は食べることに専念し、汐美はたったひと組の客の席についた。代わりに、ナミエちゃん、と呼ばれている女の子がカウンターの中に入る。

「あ、いいわよ、あたしの相手なんかしないで。あっちのお客さんのとこにいてあげてよ」

「わあ、佐古先生、わたしのこと嫌ぃですかぁ」

「うーん」

　珠美はナミエの胸の谷間に目をやった。

「Dカップの子はねぇ、見てるとむかついて来るからなあ」

「かなしーい。わたし、佐古先生の本、大好きなのに」

「またそういう、銀座トークを」

「違いますぅ。ほんとに読みました。あの、佐倉秀平、ってシリーズキャラがすっごく好き」

「佐倉秀平、ねえ。あいつ、マザコンの被害妄想の偏食のロリオタだよ」

「ヘンショク、ってなんですか」

「ハンバーグとカレーばっかり食べてるやつのこと」

「ふつーじゃないですか」


珠美はナミエの顔を見た。冗談のつもりではないらしい。

「わたしも大好きですよ、ハンバーグとカレー。ファミレスでもたいてい、そのどっちかだなあ。佐古先生はお嫌いなんですか？」

「嫌いってわけじゃないけど」

「だったらいいじゃないですかぁ」

「でもマザコンのロリオタでもいいの？」

「別にいいです。男なんて、結局みんな、多かれ少なかれ、マザコンのロリオタなんですもん」

それは真実かも知れない、と珠美は納得する。とろい喋り方をするDカップの女だからと言って、物事の核心を摑む能力がない、と思うのは自分の偏見だ。

「あ、そうそう、佐古先生、シマダ、って人、知ってます？」

「シマダ、誰さん？」

「えっとね」

ナミエは名刺のストックブックを取り出した。

「あ、この人だ」

「いいの？」

「はい。本人が、佐古先生が来たら、名刺を見せておいてくれって言ってらしたんです」

島田賢吾《しまだけんご》。肩書は何もない。住所と電話番号、メールアドレスなどは載っていた。

「これじゃわからないわ。名前に記憶がないの。作家さん？」

「ライターだって言ってました。ずっと前に、豪徳寺先生のインタビュー記事をまとめた時、佐古先生にお世話になったんですって」

「ふうん」

ライターでも、普通は肩書に何かつけている。フリーライターとかルポライターとか、記者、としている者もいる。雑誌や出版社と契約していれば、その出版社や編集部の住所や電話番号も並記している。どことも契約していない、まったくフリーランスのライターなのだろうか。珠美の記憶にある限り、藤子が、大手の出版社が出している雑誌や新聞、テレビ、ラジオ以外のインタビューを受けたことはない。だが、藤子の仕事をした時には、ちゃんとどこかと契約していた、というケースは考えられる。ライターとは一度だけの縁のことが多いので、名前は憶えられない。

「いずれにしても、昔の話なのね。藤子さんのとこ辞めたの、もう四年も前のことだし。でも、どうしてわざわざあたしに名刺を見せろなんて、言ったのかしら」

「ほんとは、ママに、佐古先生の引っ越し先を知らないか、って訊いたんです。でもママが、知らない、って答えたんで、もし佐古先生が来たら、自分の名刺を見せて、できれば電話が欲しいって伝えてくれって。ママは後で、図々しいって怒ってましたけどね。でも、名刺見せるだけは見せました、って、今度島田さんが来たら言っておけばいいですよね」

「そうね。悪いけど、引っ越し先は」

「もちろん教えませんよぉ。お客さまのプライバシーを漏らすようなことはしません。そんなのわかってるはずなのに、わざわざ訊くのが図々しい、ってママが。ちょっとイヤな感じですよね」

「まあねぇ……でも、こんな人から嫌がらせされる心当たりはないんだけどな」

「ストーカーみたいな人でしょうか」

「まさか」

珠美は最後の一口を呑み込んだ。

「こんなおばさんのストーカーになる男なんていないわよ」

「それはわかりませんよ。佐古先生の本を読んで、妄想の世界に入っちゃった人かも知れないし」

「あたしがここの常連だなんてこと、業界の人でもないと、そう簡単にはわからないでしょう」

「尾行してたかも」

「それなら引っ越し先だって知ってるはずじゃない」

「あ、そうか」

「まあいいわ。どっちみちこの名前には憶えがないし、本当にライターで、何か仕事のことで連絡して来たいのなら、出版社経由で接触して来るでしょう、そのうち」

そう言って話を終わらせたが、なんとなく腑に落ちないものは残った。

食べ終わった頃に汐美が戻って来てナミエと交代した。そのまま、とりとめもなく汐美と喋り、ウイスキーを飲み、やがて男性客たちが帰って、十一時をまわって珠美はやっと腰をあげた。店を閉めてから寿司屋で奢るからと汐美に誘われたが、終電を逃したくないので断って店を出た。

いい加減、酔っていた。毎年毎年、酒に弱くなっているのが自分でわかる。特に結婚している間は、酒を飲んだ、と記憶に残るほど飲んだ日がない。夫と二人、外食して少し飲むことはあっても、常に自重して酔わないようにしていた。

地下鉄がひどく混んでいて、アパートのある駅にたどり着いた時には吐き気がしていた。胸のむかつきを抑えるために自販機でミネラルウォーターを買い、少しずつ喉から胃に流し込みながらゆっくりと歩いた。引っ越して間もないので、街に馴染みがない。まるで、異世界に迷い込んでしまったような心細さを感じる。商店のあかりはとっくに消え、アパートまでの十五分は途方もなく長い道のりに思える。ナミエがしていたストーカーの話が、妙な現実味を帯びて思い出された。だから、ようやくアパートの建物が見えた時には、吐き気がぶり返さないようゆっくり歩いていたことも忘れて、つい、駆け出してしまった。

その足が、停まった。誰かが、建物のエントランスのところに立っている。アパートとしか呼べないような古い建物でも、いちおうはマンションのつもりなのか、エントランスの奥に管理人室がある。が、通いの管理人は、夕方五時には帰ってしまう。

嫌な予感がした。根拠は何もないが、その人物が自分を待っていたのだ、と思った。

珠美は深呼吸をし、それからゆっくり近づいた。


背の高い男だった。黒いダウンジャケットにジーンズ。無造作に伸ばした髪が首にまとわりついて見える。顔立ちはきりっとして、整っているが、どことなく野卑な雰囲気があり、気味が悪い。珠美の姿を見て、男は、ニヤッと笑った。その瞬間、予感が当たったとわかった。

「佐古先生ですね、作家の」

男の方から口を開いた。珠美は唾を飲み込んだ。

「ええ。あなたは？」

「島田と言います」

噂をすれば影、という言葉を、珠美は脳裏に思い浮かべる。誰かが誰かのことを考える。すると、その誰かが現れる。それは、偶然でも思い過ごしでもない、と珠美は前から思っていた。人間の思考が、その後の結果を呼び寄せるのだ。今日、銀座で飲もうと思った時点から、すでに、島田というこの男の思考が自分を島田に向かって引き寄せていた。プール・モアで島田のことを知り、そして、自宅に戻って島田と遭遇する。それらはすべて、島田の意志によって引き起こされた結果なのだ。そんな気がした。

「偶然だわ。さっきまで銀座のプール・モアにいたんです。あなたのお名刺、拝見させていただきました。でも、ごめんなさい、お名前に記憶がないんです」

「そうでしょうね。たった一度、豪徳寺先生のインタビュー記事を、あなたにチェックしていただいただけですから。週刊オンタイムの仕事でした」

「週刊オンタイム……契約していらしたんですね」

「クビになりました」

島田は、クスクスと笑った。

「わたしは自己顕示欲が強すぎるんです。編集部が求めていないことまで書いて、いつも対立してしまう。二年ほど前に、やっと悟りましたよ。わたしには契約ライターの仕事は無理だ、ってね。それで、人生の方向転換をしたわけです。フリーでルポライターをやってみることにしました。これでもライター稼業を十五年やってますから、ささやかながら人脈というか、コネもあることはあります。自分でネタを追って記事をまとめて、それを売り込むわけです。コネを利用してね」

「あの、どこか深夜営業している喫茶店かファミレスにでも行きませんか。こんなところで長話していたら、近所の人に変に思われますし。わたしの部屋にどうぞ、と言いたいところですけど、引っ越したばかりで、座っていただくところもないんです」

「わかっています。こんな真夜中に、女性の部屋にあがりこもうとは思っていません」

「でしたら、明日、いらしていただければ。どこかで待ち合わせしてもよろしいですよ。どうやってここの住所を突き止めたのか知りませんけど、引っ越したばかりですから、逃げたりしませんから」

「逃げることを考えないとならない理由でも、おありですか」

「いいえ」

珠美は島田を睨みつけた。

「まったくありません。でも、あなたのこの態度は異様です。異様なことをされれば、身を守るために逃げる必要も出て来るかも知れませんでしょ」

「わかりました」

島田は頭を下げた。

「確かにね、こんな時間に女性を待ち伏せするというのは、礼儀正しいとは言えないやり方です。いや、そう深い意味があったわけではないんですよ。実は昼間、偶然あなたをお見かけして、驚いたんです。この先のコンビニの前で、あなた、ベンツのワゴンから降りていらっしゃった」

「知りあいの編集者に送っていただいたんです」

「そうですか。サラリーマンでベンツに乗れるんだから、まったくもって羨ましい。わたし、その時、車に乗ってましてね、ちょうど、コンビニの前を反対の方向に行き過ぎるところでした。慌てましたよ。まさかあなたが、わたしの家のすぐ近くにお住いだなんて思ってもみなかったですからね。Uターンなんてできるほど道幅が広くないから、ぐるっとまわって、焦ってあなたを追いかけた。あなたはこの建物に入ってしまった」

「用事がおありなら、寄ってくだされればよかったのに」

「そうしようと思いました。しかし、どうやら先客がいた」

島田は笑った。

「いや、いいんです。何もおっしゃらずに。あなたの私生活を覗き見たいわけではありません。それに、このへんは長く駐車しておける場所もありません。後で出直すことにして、家に帰りました。それから別の仕事を済ませて、夕飯の済んだ頃を見計らってまたお訪ねしてみたわけです。そしたら留守だった。どうせ近所ですからね、ついでだ、と思って、お待ちしていたんです。わざわざ真夜中に押し掛けたわけではないんですよ」

島田はもう一度、頭を下げた。

「今夜は帰ります。明日、あらためて伺わせていただきます。何時ならよろしいでしょうね」

「昼過ぎなら。それまで寝ているかも知れませんので」

「わかりました。では明日、午後二時頃に、お訪ねすることにします」

「お待ちしています。でもあの、いったい、どんなご用件なんですか？」

「それは明日、ということで」

「気になります。気になるのは困ります。落ち着いて眠れません」

島田は、値踏みするような目で珠美を見た。その視線の冷たさに、珠美の背筋がすっと冷えた。

「芝崎夕貴斗」

島田は、ゆっくりとその名を口にした。

「俳優の、芝崎夕貴斗さんのことで、お話を伺いたいと思っています」

青い部屋

1

カーテンを閉めると、部屋の中が海になる。

自宅から自転車で十五分のところにオープンした大型スーパーの雑貨売り場で、開店セールの特売品だった青いカーテン。雨戸があるからカーテンなどいらない、と、夫婦の寝室にもカーテンがなかったこの家で、初めて下げられたカーテン。姑にはまだ内緒にしている。見つかったらさんざ嫌味を言われるだろうが、気にすることはない。気にしても仕方ない。この二年近く、なんとかして姑に気にいられようと神経をすり減らして生活して来たが、結局、努力はひとつも報われていない。姑はもともと、嫁に歩み寄るつもりなどはないのだ。そして夫は、実家を出てアパートを借りる決心をなかなかしてくれず、そうこうしているうちに赤ん坊が生まれ、引っ越しなど考える余裕はなくなってしまった。

早すぎる妊娠と出産で、夫婦だけの時間を楽しめたのはほんの一年あまり。生後七ヶ月を過ぎて、娘は夜泣きがひどくなった。夫は、寝不足では翌日の仕事にさしつかえるから、と、別の部屋で眠っている。たった一晩でも、妻の代わりに赤ん坊を抱いて夜泣きにつきあってやろうなどとは思わないらしい。一ヶ月ほど前、二人目の子を妊娠していると判った時には、さすがに少しはいたわる素振りも見せてくれたが、育児と姑に気をつかうストレスがよくなかったのか、すぐに流産してしまい、それ以来、夫は、何かをおそれるように妻のからだにふれようとしなくなってしまった。

深海の底で砂に這い、ぺたん、と平たくなった魚を思い浮かべる。水の重さで、何もかもすべてを諦め、思索の夢にふける深海底の日々。青いカーテンを通して部屋に入りこんで来る午後の陽射しは、ゆらゆらと揺れる海流のよう。

藤子は、腕の中で授乳の最中に眠りこんでしまった娘の頬をつつこうとして、その指先をとめた。このまま起こさなければ、この子は二度と起きないでくれるかも知れない。二度と。

＊

「これはいったい、どういうことなのか説明しなさい、藤子さん」

姑の淑子《よしこ》がまなじりを吊り上げて言った。

「なんでこんなものが、ここにあるんです？」

「郵便受けに入っていたんです。広告を郵便受けに入れて歩くパートがあるんですって」

「そんなこと、聞いてませんよ！　郵便受けに入っていたからって、いちいちこうしてとっておくんですか、あなたは。他のチラシだと簡単に捨ててしまうくせに。チリ紙交換に出せばティッシュペーパーがもらえるんだからって、あたしがいくら言ってもめんどくさがって捨てるじゃないですか、いつも。なのに、このチラシだけどうしてとっておいたのか、それを訊いてるんですよ、あたしは」

「どんなものだか、ちょっと見てみただけです」

「どんなものだかって、あなたねえ、こんな、保育園のチラシなんか、あなたには必要のないものでしょう？　あなたまさか、妙子を保育園に預けてふらふら外に出ようなんて思ってるわけじゃないんでしょうね。いったいあなた、何が不満なんですか。行彦《ゆきひこ》の給与で充分やっていかれるでしょう、家賃も必要ないし、妙子の面倒だってあたしがいるからあなた、楽できるんだから。行彦は公立の教員ですからね、そりゃ、贅沢ができるほどの給料はもらってないかも知れないけど、だからあたしたちだって、家賃を払えなんて言わないし、光熱費だってあなたたち夫婦の方がたくさん使っているってわかってても、半額でいいって言ってあげてるじゃないの。あなたたちと来たら、夏は一日中エアコンをつけて、冬は冬で、こたつはつけっぱなし、電気毛布なんて使ってるんですからね。電気毛布って健康に悪いのよ。昔ながらの湯たんぽがいちばんいいんです。なのにあなたと来たら、お湯を沸すだけでも面倒がるんだから。もしこの家にいなかったら、あなたたちみたいに不経済な生活していたら、すぐにやっていかれなくなりますよ。なのにまだ贅沢がしたいのよね、パートに出たいなんて思ってるんだから。いったいどれだけお金を無駄遣いしたら気が済むのかしら。保育園だって高いんでしょう、こんな私立の保育園なんて、このあたりのまともな家ではこんなとこに大事な子供を預けようなんて思う人はいませんよ」

淑子は広告の紙を八つ当たりするようにびりびりと破き、丸めて屑カゴに投げ入れた。藤子は無感覚のまま、丸められた紙の玉が描いた見えない軌跡を目で追った。まるで淑子と一緒になって藤子を糾弾するように、隣りの部屋で昼寝していた妙子が泣き出す声が聞こえる。淑子は立ち上がり、ひどく大袈裟に何か言いながら隣室へのふすまを開け、妙子を抱き上げる。

「あらあら、こんなに泣いて、あなたのおかあさんったらあなたの世話をするのが嫌なんですってよ、かわいそうにねぇ。あなたのこと、知らない人にお金払って預けちゃって、自分は高い服だとか靴だとか買うために働くつもりなのよ。まあまあ、そうよねぇ、そんなの嫌よねぇ。おお、よしよし。泣かないでちょうだいな。いいのよ、もしそうなったら、かわいい妙子ちゃんはおばあちゃまの子になればいいんだから、心配しなくていいのよ。その方が幸せよねぇ、あんな薄情なおかあさんに育てられるより、ねぇ」

怒りすら、もう感じない。結婚式が終わった直後から、淑子の嫌味は延々と続いている。淑子自身すでに、自分の言葉の毒に自分で中毒してしまい、自分が嫌味を言っているという自覚すらないのかも知れない。ただひとつ藤子に理解できないことは、なぜそれほどまでに、淑子が自分を疎ましく思うのか、ということだけだった。自分が完璧な人間だなどとは思ったこともないが、これまでの二十三年の人生で、今ほど毎日毎日ののしられ、蔑まれて日々をおくった経験はない。何をしてもそこそこ、平均的にはできる性質だったし、教師にも目上の人にもとりたてて逆らったりたてついたりしたこともない。素直で明るくて、適度に聡明で、いい奥さんになる女の子、そういう評価をとりたてて苦もなく受けて育って来た。容姿だって、姑に恥ずかしい思いをさせるようなみっともないものではないと思う。正直なところ、美人と呼ばれる部類には入っているだろうと思っている。が、派手な化粧などしたこともないし、高い靴だの服だの、もちろん、ひとつも持っていない……高い、という基準が淑子にとってはどの程度をさすのかは、よくわからないけれど。

しかも、行彦との出会いは見合いの席だったのだ。恋愛ではなく、見合い結婚。短大を卒業する年の正月に、その席は設けられた。行彦の父親と藤子の父親とが、仕事の関係で知りあいだったという縁。行彦はちょうど十歳年上の中学教師で、可もなく不可もなく、適度に爽やかな容姿と、ほどほどに豊富な話題を持ち、何より、真面目そうだった。公立中学の教師ではさほど高い給与をもらっているわけではないが、広い敷地に立派な家があり、結婚すれば、その敷地内に新居を建ててくれるという話で、しかも次男で、長男にはすでに嫁がいて母屋で行彦の両親と同居している、そういう環境だった。見合いの席には長男夫婦も顔を揃えていて、長男の嫁と姑とはとても仲が良さそうに見えた。だから安心していた。姑は、嫁を大事にする女性に違いないと思った。それに敷地はひとつとは言え、家を別に建ててくれるのならば別居と同じだし、と。

長男夫婦に、藤子を騙す気があったのかどうかはわからない。が、結果としては、自分は騙されたのだ、と藤子は思っている。一年と少しの交際期間を経て挙式は翌年の春と決まり、就職は諦めて料理教室や着付け教室に通って花嫁修業をしていた最中に、長男夫婦が福岡に転勤になると知らされた。いつ戻って来られるかはわからない、もしかしたら定年まで福岡にいることになるかも知れない、と。その時点で、すでに披露宴会場の予約も終わり、後戻りはできなくなっていた。新居を建ててくれるという約束はいつのまにかうやむやになり、新婚旅行から帰ったその日から、藤子と行彦は、義父母との同居生活を始めることになってしまった。そしてその新婚旅行に発つ寸前、披露宴が終わった時に、最初の一撃が藤子を襲ったのだ。

「近ごろの若い女性は大胆だと聞いていたけれど、ほんとだわね」

笑顔のままで、淑子は言った。

「披露宴の最中に、お料理を食べる花嫁さんなんて初めて見たわ。もう恥ずかしくって、顔が真っ赤になりましたわよ」

空腹だったわけではない。食べないでいようと思えばいられたのだ。が、行彦がそっと耳打ちしてくれた。せっかく作ってくれたコックさんに申し訳ないし、これ、おいしいから、君も食べたら、と。それで、素直に頷いて食べた。ほんの何口か。

つい、口をついて出た。

「あの、行彦さんが、料理人の方に申し訳ないし、とてもおいしいから食べなさいと言ってくれたんです」

言わなければよかったのだろう、たぶん。あのひと言を返さなければ、その後の様々なことが今とは違っていたのかも知れない。

淑子の笑顔は消え、もともと笑っていなかったその冷たい目だけが、爛々《らんらん》と光って見えた。

「常識というものがありますよ」

淑子はそれだけ言い放つと、くるりと背中を向け、それ以降、他人の目のないところでは、藤子に笑いかけることはなかった。

隣室で続いている淑子の悪口が聞こえないよう、藤子は襖を閉めた。どうせ、自分があやしたい時だけ妙子をあやしたら、後は放り出して出かけてしまうのだ。本当に手が欲しい時に淑子がいてくれたことなど、数えるほどもない。孫は可愛いのだろうが、もともと淑子は子育てが得意というわけではないらしい。夫の行彦もその兄の徳彦《のりひこ》も、母は昔から厳しい人だった、と口を揃えて言う。つまり、母親らしい愛情をたっぷり注がれたとは思っていない、ということだろう。いずれ妙子が大きくなり、口答えのひとつもするようになれば、可愛い可愛いでは済まなくなる。そうしたらきっと、母親の躾が悪いからだと矛先を藤子に向けつつ、妙子とは距離を置くようになるに違いない。

だが行彦は、淑子がいてくれるから安心だ、と、何の根拠もなくたびたび口にする。根拠はなくても、そう信じていれば自分の心の負担が軽くなるからだろう。淑子が藤子に対して尋常でない意地の悪さを見せることについては、行彦だってまったく知らないというわけではないのだ。

ただ、巻き込まれたくない、それだけを念じているのだろう。

この結婚が失敗だった、などという積極的な評価すら、藤子の頭にはもう、なかった。自分は罠にはまったのだ。そしてこの罠の底で、屍になって腐っていくのだ。そう漠然と思っている。自分でも不思議なほど、自分自身の人生を諦めてしまっている。

だが、この家を出て行く、ということ自体、藤子にとっては、想像ができないことになりつつある。妙子が生まれてしまい、その余りの小ささ、壊れやすさ、はかなさを目の前に突きつけられてしまった今、そんな妙子を抱いてこの家を出て、将来のあてもない生活に入るなどとは、考えられない。

望みがないわけではない。そう、たったひとつ、望みはある。

姑の死。

舅の貞郎《さだお》は、物静かで、何事にも冷静な企業人だ。地場産業の山菜の水煮を作る工場を経営し、地元の商工会議所の顔役を務め、堅実な評判を得ている名士の端くれだった。そして嫁の藤子に対しては、いつも礼儀正しく、付かず離れずの距離を保って接している。妻の嫁いびりにはもちろん気づいているのだろうが、何も気づかない振りをしているところは、息子と同じだった。が、根の悪い人間ではないことは、二年の同居でわかっている。淑子さえこの世から消えてくれれば、貞郎と行彦と、そして妙子と共にこの家で死ぬまで暮らすのも悪くはないだろう。貞郎の老後の面倒をみることくらい、淑子の存在に比べたらなんでもない。下《しも》の世話だってなんだって、貞郎のことならば抵抗なくできると思う。幼い妙子を抱えて家を出るより、はるかに現実的な未来像だ。

だが、淑子はまだ、やっと還暦になったばかり。女の寿命は長い。八十五歳まで生きるとすれば、あと、まだ、二十五年。

その長さに、藤子は絶望する。二十五年。自分が生まれてから今までの時間より長い。その長さの間ずっと、淑子に嫌味を言われ、意地悪をされ、いびられて暮らすのだ。無理よ。そんなの、無理。藤子は大声で叫び出してしまいそうな閉塞感にとらわれ、自分が少しずつ狂っていくような錯覚にとらわれている。


青いカーテンが窓辺に下がる夫婦の寝室に戻り、藤子は、ぼんやりと、鏡台の上を見つめた。洗った牛乳瓶に活けた、二本の草の花。青と紫の中間の、深海の色をした花をつけた茎。

庭の片隅に咲いていた花だった。名前は知らなかったが、行彦が持っていた園芸事典ですぐにわかった。いったい誰がそこに植えたものなのか。淑子は庭いじりなどほとんどせず、貞郎が時おり、思い出したように何かの種をまいているのを見た記憶はあるが、庭にある草木の大部分は、十年ほど前に死んだ行彦の祖母が育てていたものらしいので、この花もおそらくは、行彦の祖母が種を蒔いたか株を植えたものが、毎年勝手に種を落として咲き続けているのだろう。


青い光の中の青い花。

深い海の底の、青い夢。

藤子は飽きずに花を眺め続け、これから出かけるから、いい加減に赤ん坊の世話をしなさい、自分が産んだ子なのに産みっぱなしなんだから、という淑子の大声が耳に入り込んで夢想を破るまで、じっと夢を見続けていた。

2

胡蝶蘭だ。

ベビーカーを押しながら、藤子は花屋のガラスケースの前で立ち止まった。そこにはいつも、たっぷりと胡蝶蘭を使った豪勢なフラワーアレンジメントが飾られている。数日ごとに花の種類やデザインが変わっているが、胡蝶蘭をふんだんに使っている点はいつも同じだった。こんな地方都市の小さな花屋なのに、それがただ客寄せの飾りだけのためなのだとしたら、随分ともったいない。見とれている間に、花屋の店内から若い店員が現れた。空色のエプロンがよく似合う、まだ学生に見える女の子だった。

「ベビーカーのままどうぞ」

女店員はにこやかに笑った。

「中、割と広いんですよ。表から見るとそうは見えないと思いますけど、奥にフラワーアレンジメントのお教室があるんです。生徒さんたち皆さん、ベビーカーで赤ちゃん連れていらしてますから。どうぞ、見学して行ってくださいな」

言葉に地元の訛りがない。とてもきれいな標準語だった。東京からわざわざ、こんなところに働きに来たのだろうか。

フラワーアレンジメント自体にそう興味があったわけでもないが、妙子を連れたままで店内に入れる、というのが魅力だった。妙子が生まれてから、喫茶店ひとつ入れない毎日で、家と、ベビーカーを押してゆっくり歩くと三十分はかかるスーパーマーケットとを往復するだけだった。この商店街はいつもの通り道だが、どの店も昔ながらのこぢんまりとした店構えに、道路まではみ出すほど商品を詰め込んでいて、とてもベビーカーでずけずけと入って行く気にはなれなかった。昔の女は赤ん坊をおぶって家事のすべてをやったのよ。淑子の耳障りな声が幻聴のように聞こえる。ベビーカーになんて乗せないで、背中におぶって出かけなさい。

子供をおぶることにもいい影響はある、とは、育児書で読んだ。淑子の言っていることも、無茶というわけではない。が、母親の顔を見ながら楽に座っていられるベビーカーの方が、赤ん坊自身にとっては楽なのではないかと思うのだ。背中におぶわれると、母親の体温を感じることができて安心する、というのも真実なのだろうが、同時に、胸や腹を圧迫され、股を固定され、オモチャを顔の前にかざすこともできない。生後三、四ヶ月までならばそれでもいいだろうが、七ヶ月になった妙子は、ベビーカーの中でもさかんにオモチャや人形をいじり、外の景色のひとつひとつに反応して喜んでいる。

これでいいのよ。自信を持たないと。藤子は自分に言い聞かせる。育児の方法など、たったひとつしか正解がないということはないはずだ。赤ん坊だって人間なのだから、ひとりずつ個性もあるし、からだの特徴も違う。心の発達のスピードだって様々だ。淑子が頑迷に信じている育児法だけが答えではない。自分で見つければいいのだ。母親が、試行錯誤して見つけ出した、互いにとって快適だと思える子供との暮らし以上のものは、ないはずだ。

何と言われても、ベビーカーでの散歩をあたしは選んだ。だからこれでいい。

店内にこわごわと進んで行くと、店員の言葉の通り、中は驚くほど広かった。この広さには何となく見覚えがある。……土間だ。そうか、この家は、商店街のある旧道沿いに多い、昔ながらの商家なのだ。入り口はさほど広くないが、中は土間になっていて、酒や油などの商いをしていた、江戸時代の遺物。それを全面的に改装して、こんな洒落た花屋にしたのだ。前半分は売り物の花やアレンジメントの小さな籠が並び、奥には長細いテーブルが置かれていて、その周囲に四人ほどの若い女性が座っている。そして彼女たちの隣には、ベビーカーが並んでいた。

テーブルの上にはピンク色のカーネーションが山積みになり、四人の女性たちは、藤子の存在にも気づかないようで熱心に手を動かしていた。

「もうすぐ検定試験なので、皆さん、その課題の練習をされているんですよ。検定にはスプレーカーネーションを使うんです。花持ちがよくて、加工しやすいですし、花がたくさんついているので、コストも安くつきますから」

「あの……見ていてもよろしいんでしょうか」

「どうぞどうぞ。見学の方がもうひとり、いらしてますし」

店員が視線を向けた先には、藤子とおない歳くらいの女性が椅子に座って、熱心に四人の作業を見つめている。そのさらに奥に、五十年配の女性がいて、カーネーションの花に何か差し込みながら、四人の手元にいちいちアドバイスをしていた。

「講師の中里です。……わたしの、母なんですよ」

「え？」

「母娘なんです。似てませんでしょ？　わたしは父親似だから」

店員はクスクス笑った。そう言われて比べれば、似てはいない。鼻や口の形がまるで違うし、顔の輪郭そのものも違う。が、目元に浮かんでいる表情はそっくりだった。

「母は横浜で花屋と、フラワーアレンジメントの教室を開いていたんです。わたしも高校在学中から検定を受けて、卒業してしばらくは、東京の有名な花屋さんで修業の身でした。でもね、父が肺癌で急死してしまって、そんな時に母の実家、つまりこの家の主だった母の兄が海外転勤になっちゃって、もう母の両親は他界してしまっていたものですから、この家が空家になっちゃうし、売ろうか、という話が伯父から出たんです。転勤と言っても、伯父は大学勤務の医者なんです。ドイツの大学に呼ばれて、最低でも十年は戻って来られないし、戻って来たとしてもこちらの大学に戻れるのか、それとも東京とか大阪とかの病院で働くことになるのかわからないでしょう。伯父は開業するつもりはないみたいで、ここの土地も家もいらないと言うし。それで母が、思い切って、ここに戻ることにしたんです。母はこの家が好きで、他人の手に渡ってしまうのがどうしても嫌だったんですって。わたしには、東京にいたければそのまま勤めていればいいって言ってくれたんですけど、家賃払って生活できるほどのお給料はもらってませんでしたし、どうせ上の資格を取るつもりなら、母に教わればいいや、って、とりあえず、検定で一級に合格するまでは、ここで店を手伝うことにしたんです」

「お花って、お免状とかもらうものだと思ってました。検定なんてあるんですね」

「生け花と違って、フラワーアレンジメントは商業技術なんですよ。今は東京や大都市の花屋さんでは、中級程度のアレンジメントの資格を持っているのが当たり前です。こちらの生徒さんたちは趣味で始められた方が多いですけど、でも、検定は受けるようにおすすめしているんです。趣味であっても、自分が何か資格を持つ、というのは、すごく自信に繋がることだと思うんです。今、あちらで練習していらっしゃる四人の生徒さんは、皆さん、初挑戦なんです。彼女たちが受ける試験は、NFD、フラワーデザイナー資格検定試験といって、花屋さんで働いた経験がなくても、どなたでも受験できます。でもいちばん下の三級でも、一回で合格するのは難しいんですよ。わたしたちのように花屋に勤める者は、NFDの他にも、国家検定のフラワー装飾技能検定というのも受けるんです。実務経験がないと受験できないし、二級に受かれば都道府県の登録が受けられて、一級なら厚生労働省の登録が受けられます。そこまで行けば、自分でアレンジメントの商売をすることも夢じゃないんですけどね。あ、すみません、ひとりでべらべら喋っちゃって。最近、お教室に興味を持つ方が見学に来られることが多いものですから、ついつい、説明しちゃう癖がついちゃって」

「いえ、よくわかりました。ありがとうございました。でも……わたしは不器用だし……ああやって、お花をちぎったり針金を差し込んだりするのが……ちょっと……あ、ごめんなさい、失礼なことを……」

店員は笑った。

「構いませんよ。そういう感想を持たれたということは、お花が好きだってことですもの。そうですよね、確かに、検定のアレンジは特に、花を制する技術が問われるんです。つまり、花をどうやって自分の思いどおりに扱うか、ってことです。だからどうしても、見ていると、花がかわいそうに見えるかも知れませんね。実際のアレンジメントは、ある程度の時間花が持たないと売り物になりませんから、もっと花に負担をかけないように作りますけど」

「あの」

藤子は、以前から気になっていたことを思い切って訊いてみた。

「ガラス窓のところに飾ってあるアレンジメントなんですけど……あれって……おいくらくらいするんでしょう?」

「あれですか?」

店員は少し驚いたような顔になった。

「あれは……えっと、どなたかへの贈り物にされるんですか?」

「あ、いいえ」

藤子は頬がほてって来るのを感じた。

「そうではなくて……あの、買いたいというのではなくて……ただ、あんまり綺麗なので、お高いのだろうなと……」

店員はにっこりと笑顔になった。

「そうですか。そうですよね、あれは目立ちますよね」

店員はちょっと肩をすくめて見せた。

「こんな店に飾るにはちょっと贅沢過ぎるとわたしも思うんです。でも、まあ、リサイクルみたいなものだから」

「リサイクル？」

「ええ。政治家の、植松先生ってご存知でしょう、この町出身の衆議院議員の」

「あ、はい。前の厚生大臣の方ですね」

「その植松先生のお宅に飾るためのものなんです、もともとは。植松先生の地元のお宅には、ものすごく立派な応接室があるんですよ。何しろ政治家の先生って、お客様がものすごく多いらしくて、その応接室に飾るのに、母が創るんです。週に一度、金曜日にお届けしています。でも植松先生の奥様ってお花の好みがとてもうるさくて、何度もお好みをお聞きして創っても、気に入らないから別のものを創ってくれと言われてしまうことがたびたびあって、それなら、雰囲気がまったく違うものを二つ創ってお持ちして、どちらかお好きな方を選んでいただいた方が簡単だから、ということになったんです」

「それじゃ、あれは」

「ええ。植松先生の奥様が、気に入らなかった方」

店員はクスクスと可愛らしく笑った。

「でもね、母が言うには……内緒ですよ、母としてはいつも、奥様がいらないとおっしゃる方がなぜか出来がいいように思うんですって。いずれにしても、最高のお花を使って創ったとても贅沢なものでしょう、売り物として出しても、そうそう売れるものじゃないし、だったらまあ、デモンストレーション代わりに飾っておくことにしたんですよ。まさか、植松先生の奥様に、二つ分のお代をいただくわけにもいかないですしね」

「でも、もともとはその奥様の好みがうるさいから」

「お花を飾るというのは、好みそのものが大事なんです。こちらが先に創ったアレンジをお客様がお買い上げくださるならいいんですけど、ご予算をお訊きしてお花の好みも伺って、それでもお好みに合わないものを創ってしまったら、引っ込めるしかありません。それが母の主義なんです。あそこに飾ってあるアレンジは、言ってみれば、母のプライドがお花の形になったもの、かも知れませんね。ですから、お値段はつけられないんです。ただ、植松先生からは、毎週のお花代として三万円をいただいています。母がとても丹念に水揚げをして、花持ちをよくする工夫をしてありますから、毎日少しずつお水を足していただければ、一週間は楽に持つんですよ」

「……三万円、ですか」

藤子はもう一度、ガラス窓に飾られた大きなアレンジメントを見た。三万円。義父母と夫と自分と妙子、家族五人の半月分の食費に相当する大金だ。

「植松先生の奥様は胡蝶蘭がお好きなものですから、必ず入れるようにしています。胡蝶蘭が入ると、それだけでもコストが高くなるんで、普段の注文の時は、母はあまり使わないようにしているんですけれど」

「……美しいと思います。……いつもこの前を通りかかって、こんなお花を誰が買うんだろう、どこに飾るんだろう、と思っていました」

「植松先生のお宅の応接間に飾ってしまうと、意外と小さく見えるんですよ、これでも。とにかくすごいお部屋ですから。何度か配達に行きましたけど、元大臣ってやっぱりすごいなぁ、ってびっくりしちゃいました。世の中にはほんと、いろんな生活がありますよね。あんなアレンジが小さく見える生活もあれば、一輪挿しの薔薇一本でちょうどいい生活もあるし。でも、わたしは一輪挿しも好きなんですよ。一輪挿しって、俳句の世界に似た世界があると思うんです。花一輪だけの表情で、見る人の想像力を刺激して、無限の奥行きを生むことができる、そういう世界です。アレンジの勉強をすればするほど、日本の生け花はすごい芸術なんだなあ、と思ったり。あら、すみません、わたし、ぺらぺらぺらぺら、喋りまくっちゃって」

店員は恥ずかしそうな顔をしたが、その瞳は光っている。この人は、花の話ならば一晩中でも続けられるのだろう、きっと。藤子はそんな情熱が羨ましかった。自分より若い女の子なのに、この人には、魂を込めて語れるものがあるのだ。

一輪挿しの人生と、豪勢な胡蝶蘭の人生。藤子は、店員の言葉に真実があることは理解できる、けれど、と思う。本当にこの女性は、一輪挿しの人生を体験したことがあるのだろうか。母親が才能のある女性で、しかも母親の実家は、田舎町とは言え、こんな大きな家を持つ旧家。おそらく、この女性も幼い時から品のいい教育を受け、母親の愛情に恵まれてすくすくと育ち、花をいじり、花と戯れて大人になった。すでにそれだけでも、この人の人生は一輪挿しではない、花束なのだ。清楚で可憐な白いスイトピーとか、可愛らしい真っ赤なポピーとか、あるいは、春早い頃に咲く三色のすみれとか、そんな飾らない花々で編まれた、美しい花束。

藤子は、胡蝶蘭がいい、と思った。一輪挿しの日々よりも、胡蝶蘭の日々を送りたい、と。

その時、やっと、藤子の心のいちばん奥底に、小さな灯火が灯った。何もかも諦めて、すべてが嫌になって、もう、一切のかたをつけてさっぱりしてしまいたいと、自分ごと全部を消してしまいたいと、そんな投げやりな絶望の中に逃げ込んでいた藤子の心に、ぽっ、と、熱い火が、灯った。

3

「僕も賛成というわけではないな」

行彦が、ぼそり、と呟く。

「ちゃんとした母親がいるのに、どうして他人に妙子を預ける必要があるのかな」

「だから、それはお義母さんの誤解なのよ。前にたまたま、保育園のチラシを何の気なしにとっておいたことがあって、それを見つけてから、お義母さん、神経質になってるの。わたしが妙子を保育園に預けて働きに出ようとしている、そう思いこんでいるのよ」

「でも保育園なんだろう、その、サニーキッズ・ルームって」

「違うわ。どちらかと言えば、ベビーホテルかな」

「ベビーホテルだって？」

行彦の声が少しだけ大きくなり、眉の間に縦皺が入った。

「それなら絶対に反対だ。君だって知ってるだろう、最近、ベビーホテルの事故が相次いでいるって」

「ベビーホテルにだっていろいろあるのよ。ううん、ごめんなさい、わたしの言い方が悪かったわ。ベビーホテルじゃなくって、塾ね、塾」

「塾って、妙子はまだやっと九ヶ月になるところなんだぞ。それなのに塾なんか行かせて、どうしようって言うんだ」

「この二ヶ月近く、いろいろ考えて、雑誌とかも読んで調べたのよ。ねえあなた、信愛学院のことは知ってるでしょう？」

「そりゃ知ってるよ。元厚生大臣の植松茂三がバックアップしてる、私立の女子学校だろう。こんな田舎町に女子学校なんかつくってどうするんだ、って、十年前に出来た時はいろいろ言われてたけど、今年最初の卒業生が、東大だの早稲田だのって一流大学にばんばん合格して話題になってるじゃないか」

「来年は短大も併設されるわ。今はまだ受験校のイメージが強いけど、将来的には、短大までストレート進学できるお嬢様私立としても県内有数の有名校になるだろうって言われてる。成績だけがいい子の学校じゃなくて、家庭の躾もしっかりしていて、すべてに理想的な環境で教育を受けられる子の学校になるのよ」

「そんなうまく行くのかな。植松茂三には財力があるから、まあ、金の面は心配いらないだろうけどな。しかし……藤子、君、妙子を信愛に入れようなんて思ってるのか？　俺は公立の教師なんだぞ、そんな金は」

「お義母さんは乗り気よ」

藤子は少し得意になって言った。

「サニーキッズ・ルームのこととは別に、信愛に入れるのはどうでしょう、って訊いてみたことがあるの。そしたら、すごく嬉しそうに、それだったらどんなことしてでも学資は出す、土地を少し売ってもいい、って言ってらした」

行彦は顔をしかめたが、何も言わなかった。淑子がその気になってしまえば止めても無駄だ、ということがわかっているからだ。

「サニーキッズ・ルームの特徴はね、幼児期の内にどんどん才能を伸ばす手伝いをして、三歳までに驚くほどいろんなことができるようになる保育をする、ってことなの。ただの保育園じゃないのよ。どうせ信愛に入れるなら幼稚園から入れた方がいいもの、幼稚園の入園試験に受かるためには、今の時期からそういうところで教育させた方がいいと思うのよ。それをお義母さんに説明すれば、だめとは言わないと思うわ。お義母さんは早とちりなのよ。わたしの話を最後まで聞いてくれないんですもの。だからほら」

藤子は、行彦の鼻先に手にしていたものを突きつけた。

「信愛に電話して、パンフレットを送ってもらったの。幼稚園の入試についても詳しく書いてあるけど、言葉遊びとか、折り紙とか、ぬり絵とか、けっこういろいろとやらされるのよ。サニーキッズ・ルームでは、信愛受験用の折り紙やぬり絵の練習もさせてくれるんですって。これをお義母さんに見せて、わたしが説得します。だからあなた、お願い、妙子をサニーキッズ・ルームに預けるのを許可してちょうだい。毎日じゃないのよ、たった週に二回だけなのよ、それも三時間ずつよ。そのくらいなら、妙子が寂しい思いをすることだってないし、母親の顔を忘れたりもしないわ」

「そりゃそうだろう。生まれてすぐ、朝から夕方まで保育園に預けられる子もたくさんいるが、それで母親の顔を忘れたなんて話は聞いたことがないよ。僕はそんなことを言ってるんじゃないんだ、保育園の教育がどうこうじゃないんだよ」

「だったら何なのよ」

藤子は、苛立って声を尖らせた。

「いったい、何がいけないの？　保育料のことなら心配いらないわよ、わたしにかけていた生命保険をひとつ解約したし、これまで毎月していた積み立て定期預金を一万円減らしたから」

「そんなこと、勝手にしたのか」

「あらだって、積み立て始めた時だってあなたに相談なんかしてないじゃない。わたしの裁量で、あなたからいただいた生活費の中でやりくりして、貯めていたへそくりですもの。とにかく、わたし、真剣なんです。お義母さんの説得は必ずしますから、あなたは反対しないでください。少なくとも、数ヶ月は試させて。それで妙子の成長に何か問題を感じるようだったら、もちろん、すぐにやめさせますから」

行彦は驚いていた。口を少し開けたまま、藤子の顔を凝視している。結婚して以来、藤子がこんなにはっきりと自分の意志を通そうとしたのは初めてなのだ。藤子自身も、夫に対してここまで言えた自分に驚き、興奮していた。お腹の底が熱くなり、いつのまにかきつく握りしめていた指先が、じんじんと痺《しび》れる。だが、後悔はまったく感じなかった。それどころか、足先がむずがゆいような快感で、笑い出してしまいそうだった。

自分にだって言える。言いたいことが言える。その気になれば、したいことができる。藤子はそれを確信した。自分自身の意志の力が、自分を閉じこめていた狭く薄暗い空間に、穴を開けた。

夫はあっさりと折れた。淑子が承知してしまえば、妻と母親を敵にまわすだけの気力は、行彦にはなかった。淑子はなんだかんだとケチをつけはしたが、妙子が信愛学院の幼稚園部に入るため、という名目を掲げれば、それ以上反論はして来なかった。それどころか、サニーキッズ・ルームの保育料を半額負担してくれることになった。藤子は、結婚して初めて、ほんの少しだけ義母に感謝した。

*

駅からほんの数分、旧商店街ではなく、車が頻繁に通る国道沿いに立てられた真新しい建物に、サニーキッズ・ルームはある。ビルの共同駐車場は、この頃こんな地方都市でもたまに見かけるようになった、コイン式パーキングだ。藤子は免許を持っていないので、徒歩十五分かけてベビーカーを押して来るが、パーキングに停められている車の中には、田舎では見るのも珍しい外国車が混ざっている。サニーキッズ・ルームに子供を預けに来た、信愛学院幼稚園部に我が子を入園させようと考えている金持ちたちの車だ。

胡蝶蘭の人生が、こんなところにもある。

が、藤子の本当の目的は、妙子を信愛に入れることではない。もちろん、淑子の期待にこたえて受験はさせることになるだろうが、それで落ちたとしても、毎日買物に行く時にその前を通っているさくら幼稚園に入園させればいいだけのこと、妙子の人生にとっては何らのマイナスにもならない。もともと藤子は、信愛学院の存在など気にもしていなかった。学校なんてどこでも同じ。本人が勉強をする気になれば、高校だって大学だって、入れるところはどこかにある。第一、いくらか土地を持ってる程度の田舎の中学教師家庭では、幼稚園から大学まで私立に通わせるなどというのは、贅沢というよりも無謀なのだ。淑子はどこまでそのあたりを真剣に計算しているのかわからないが、本当にそんなことになれば、自分たち夫婦の財産である少しばかりの山だの土地だのをすべてお金に替えなくてはならなくなるだろう。もちろん、それでいい、と言ってくれ、ぽん、と教育費を出してくれるのならば、藤子としては、何も言うことはないけれど。

藤子は建物のエレベーターの中にベビーカーごと乗り入れ、サニーキッズ・ルームがある二階でまず降りた。

入園手続きは昨日、完了していた。週に二日、三時間だけの短時間保育だが、それまで母親と離れたことのない妙子は、最初の内、慣れなくて泣くだろう。だが保母は思っていたよりもベテランが多く、子供を扱う様も手慣れていて安心感が持てた。おむつの替えやタオル、着替えなど、指定された持ち物をロッカーにしまい、健康カードにその日出かけて来る前に計った体温や、前の日からの食欲、気がついた事柄など書き込んで、最後に、連絡先の電話番号を書き入れた。間違えないよう、手帳を見ながら。それから妙子をフロアで遊ばせ、オモチャに夢中になったところで保母に挨拶してサニーキッズ・ルームを出た。ベビーカーを畳み、脇に抱え込んでエレベーターに乗り、そのまま四階のボタンを押す。

四階の廊下には二つドアが並んでいる。手前は司法書士事務所、そして奥が、藤子の本当の目的地だった。金島リゾート開発（株）と金文字で書かれたドアを開ける。受付カウンターの奥に整然と並んだ机には、一台ずつ電話が置かれている。その前に座って、女たちが受話器を手にょそゆきの声を出していた。

「岡本さんですね」

奥の席を立って近づいて来たのは、三十代の男で、電話で藤子が話した相手なのは声でわかった。

「今日から働いていただけるんでしたよね」

「はい。三時間だけなんですけど」

「もちろんそれでけっこうですよ。ここで働いている人たちは、皆さん、家庭の奥さんですから。ではこちらにいらしてください。あ、荷物ね、ベビーカーですか。そのあたりに置いておいてもらえますか。中は狭くて」

藤子はベビーカーを入り口の隅にたてかけた。同じように置かれたベビーカーが一台ある。そのベビーカーに乗っていた赤ん坊は、妙子と同じように、下の階にいて遊んでいるのだろうか。

「私《わたくし》、宮田と言います。いちおうあなた方の上司ということになってますが、まあ気にしないでください。皆さん、パートですからね」

藤子は差し出された名刺を手にしたが、見ている暇もなく宮田に促されて椅子に座った。目の前には机があり、電話機が載っている。その隣りにコピーされた紙の束。名前と電話番号のリストだ。

「これがトークの見本というか、台本です。ちょっと目を通して読んでみてくれる?」

宮田が差し出した紙を受け取り、読み上げた。

「佐藤さんのおたくでしょうか。佐藤孝雄さんはご在宅でいらっしゃいますか。私、金島リゾート開発の宮田と申します」

「その、宮田、のとこはあなたの名前になりますよ」

「はい。……岡本と申します。今日は、このたび新しく開発されました北海道のリゾート地に関して、ご説明させていただきたく思います……」

藤子は必死に紙に印刷された文字を読み上げた。緊張で何度か間違えたが、宮田はその都度、励ますような言葉をかけてくれる。だが、一度読み終えるともう一度、さらにもう一度、と、五回続けて読み上げさせられた。それが済むと、宮田は藤子の横に隣りの机にあった椅子を引き寄せて座り、受話器を取り上げた。

「それじゃ今から、やって見せますから。えっとね、名簿の名前は男性が多いけど、この時間だと奥さんが出ることが多いと思います。それでも構わないから、奥様でもけっこうですのでご説明だけさせてくださいい、と言って続けてください。じゃ、聞いていてね」

宮田は名簿のいちばん上の電話番号をプッシュした。岡本の家の電話はまだダイアルだが、この電話はすべてプッシュボタン式になっている。相手が出ると、台本など見ずに自然に話し始める。やわらかで優しげな声で、電話の相手が名簿名の妻であると確認すると、奥様でもけっこうでございますので、と続けた。台本には、北海道に大規模なリゾート開発がされることになり、そこの土地を分譲することになった。別荘として使ってもいいし、貸別荘を建ててもいい土地で、温泉も出る。将来はホテルやスキーゲレンデもすぐ近くにできる。ついては、第一期分譲の説明会を行うので、パンフレットだけでも読んではくれないだろうか。そんな内容だ。仮に自分の家にそんな電話がかかって来たとしても、遠い北海道のリゾート地などに興味はないし、第一、資金がない。まず相手にしないで切ってしまうだろう。が、電話の相手は宮田の話を聞いているようだ。この名簿はいったい、どういう人々の名前が載せられた名簿なのだろうか。よほど金銭的に余裕のある人々なのだろうが。だが、ぼんやり想像などしている暇はなかった。宮田はわずか三分程度の電話で、パンフレットの送り先住所を聞き取り、別紙にそれを書き込んでいた。しかも、妻の名前から家族構成まで聞き出している。

「最初はなかなかうまく行かないと思うけど、焦る必要はないからね。こういう電話セールスは、相手は、いつ断ろうか、いつ電話を切ろうかとそればかり考えているもんなんです。だから、パンフレットだけでも送らせてください、と訴えれば、ああこれで電話が切れる、と安心して、すらすらと住所を教えてくれますよ。その時、電話を受けた人の名前を訊くのを忘れないようにしてください。そうでないと、送ったパンフが読まれずに捨てられてしまうから。パンフを送ってから、今度は説明会に来て貰うための電話をかけるけど、それは先輩たちがやってます。岡本さんも早く慣れて、そっちの電話を任されるように頑張ってくださいね。そっちは、ひとり説明会に来て貰うごとに、時給とは別にボーナスが三千円ずつ出ます。あなたと同じように週に一、二度のパートでも、十人も説明会に来させられれば、時給の他に三万円ですよ、三万円。そうやってお金を稼いでいる先輩が、たくさんいますからね」

宮田の掌の先では、奥の一角に六人の女性が座って受話器を握っていた。藤子より年下に見える女性もいるし、六十代くらいの女性もいる。が、みな、受話器に向かって熱心に語りかけ、笑い、頭を下げていた。

藤子は、下腹に力を入れた。働く、と決めたからには、お金を稼ぎたい。たった週に二度、六時間だけの、自由、なのだ。大事につかわなくては。

レクチャーと呼べるほどのものも受けず、宮田は藤子の肩をぽん、と叩いて、頑張ってくださいね、と微笑むと、自分の机に戻ってしまった。藤子は深呼吸をひとつして、椅子にきちんと座り直し、受話器を手にした。時給八百円。スーパーのレジ打ちでも時給六百円前後、喫茶店のウエイトレスで五百円台が相場の昨今、いきなり八百円くれる仕事などこんな地方都市にそうそうはない。しかも水商売ではなく、肉体労働でもないのだ。そして何より、働いていることを誰にも知られずに済む。週に六時間、四千八百円。一ヶ月で一万九千二百円。妙子の保育料は半額義父母の家計が負担してくれるから、生活費から出す分は一万二千円で済む。行彦に説明した通り、自分名義の生保をひとつ解約しているし、積み立て貯金も減額した。これで、家の者には誰にも知られず、毎月、一万円が貯蓄できる。定期預金などにはしない。現金のまま、隠しておくのだ。そうやって貯めたところでたかだか年に十二万、それですぐに、何かが実行できるというわけではなかった。けれど、自分が確かに何かを始めようとしている、そのことが藤子の心を浮き立たせた。淑子が死ぬのをじっと待ち続け、それまでの時間、何も感じないふりをし続けるこの無味な人生を、絶対に変えてみせる、その決心が、藤子を強くしていた。

震える指でプッシュボタンを押し、呼び出し音を聞いた。電話の向こうにいる相手が応答した瞬間から、自分の人生は新しい段階に入る、藤子にはそう思えた。

4

「あなたにはほんとに驚かされる」

宮田が、藤子の肩を包むように上から押さえて言った。

「初めてここに来た時には、見るからに堅実な家庭の奥様って感じでさ、続けられるかどうか半信半疑だったんだよね。それが、半年も経たない内にここでもいちばんのセールストークができるようになっちゃったんだから。わずか二ヶ月で、説明会への直接勧誘を任せられるなんて、正直、予想してなかったよ。しかもいざ任せてみたら、面白いようにアポを取るんだから驚く。今月なんてまだ十五日なのに、説明会に参加申し込みした人、二十人超えてるんでしょう？」

「下手だからいいんじゃないでしょうか。わたし、滑らかに喋れないから、かえって相手が安心するのかも」

「いや、あなたの声は、とても魅力があるんですよ。なんて言えばいいのかな、色気というのとは違う、むしろ、女性に受ける声なんだな。それと話がうまい。ほんとに、びっくりしちゃうよ、そばで聞いていると」

藤子は頬にほてりを感じた。自分のでたらめなつくり話を、宮田が聞いていたことが恥ずかしかった。

「……嘘をつくつもりはないんですけど……」

「いや、いいんだ。あれでいいんですよ。他の人もみんな、相手の話に合わせてあげてるでしょ。あなたの話はとても自然だし、それでいてドラマチックで、すごくいい。あなたには物語を作る才能があるのかも知れないね。とにかく、期待しているんで、この調子でどんどん説明会に出てくれる客を捕まえてくださいね。僕からも上司に報告して、あなたに特別ボーナスを出すことも検討してもらいますから」

ありがとうございます、頑張ります、と頭を下げ、他の電話勧誘員のところに声をかけに向かう宮田の背中を見ながら、藤子は、口の中にほんの少し、苦いものを感じていた。

この半年の間に、藤子にも、自分が働いているところがどんな会社なのか、薄々わかりつつある。北海道のリゾート計画自体の信憑性についてはわからないが、とにかく興味を持った客をあの手この手で説明会に連れ込み、巧みな説得術で幻惑して、土地を買わせてしまう、というのが商売の核だ。土地とは言っても、北海道ということで、確かに、破格に安い。東京の土地価格を基準に考えれば、夢のような話である。何しろ、ほんの数百万円で、千坪の土地が買えるのだ。ペンションを建ててもいいし別荘を持ってもいい、リゾート会社にコテージ用として貸し出して、賃貸料をとってもいい、パンフレットを読んでいると、藤子でさえ、そんな土地のオーナーになることを夢想したくなる。が、何かがおかしい、と思い始めたのは、説明会に直接勧誘する電話の係へと昇格した頃だった。電話の相手はパンフレットを読んである程度その気になっているので、それまでの手当たり次第に電話していた時とは違い、けんもほろろにガシャンと電話を切られることはない。しかし、相手が真剣な分だけ、質問は多岐にわたるようになる。土地の正確な住所が知りたい、温泉はもう出ているのか、開発工事はどこの会社が行うのか、ホテルの営業開始はいつからなのか、賃貸にするとして、月額いくらくらいの収入になるのか等々。宮田からきつく言われているのは、具体的なことには一切触れるな、ということで、すべて説明会の時に質問にお答えしますから、の一点張りで乗り切れと指示されている。が、それでは納得しない客もいる。そんな時は、説明会は何度も催されるわけではない、今回の分譲の契約数が一杯になればそれきりで、もし少しでも興味があるなら、とにかく説明会だけでも参加して、自分の耳で説明を聞いて判断して欲しい、と切々と訴える。また、説明会の際には有名料亭からの仕出し弁当も出ることもさりげなく付け加える。交通費を払って来て、それで気に入らなくて契約しなくても、別に損はない、そう思わせろと言われている。

仕出し弁当が出るのは本当だ、と宮田は笑っていた。有名かどうかはともかくとして、地元の仕出屋に頼んで、ちゃんと刺し身も吸い物もついた松花堂弁当を出すらしい。二千円もするんだよ、と宮田は自慢げだった。しかし、リゾート開発についての詳しいことは、一切、教えて貰えなかった。そんな最中、女性週刊誌をめくっていて、とある記事に目が吸い寄せられた。

原野商法

北海道の原野の、まったく役に立たない土地を法外な価格で売りつける、一種の詐欺だった。土地は確かにあるのだが、坪単価もつかないほどの原野なのだ。人間にとっての利用価値はないに等しい。もちろん温泉など掘る計画もないし、掘りたくても、機材を運び入れる道路すらない。建物を建てようにも、うっそうと茂る原生林はおいそれと切り開くこともできず、無理をして別荘など建てても電気やガスどころか、水さえ確保できず、ヒグマが棲息しているのでおいそれと森に入ることもできない。千坪単位で価格をつけても数万円にしかならないようなそんな土地を、数百万から数千万円で売りつけるのだ。だが、週刊誌に載っていたものは訪問販売で行われていた商売で、老人のひとり暮らしなどを狙って、いい利殖になるとか、孫が楽しみに遊びに行ける別荘がもてる、などと偽って契約させていたらしい。その点、きちんと説明会までしてるのだから……と、藤子は無理に自分を納得させた。

この仕事を今、辞めるつもりはなかった。先月の説明会勧誘数は二十八人、八万四千円もの特別手当がついた。時給と合わせて十万円というお金を貰った時には、喜びでからだが震えた。学生時代に家庭教師のアルバイトなどで月に七、八万円の収入を得た経験はあるが、自由な時間がいくらでもあった時のお金とは意味がまるで違う。たった週に六時間、月に二十四時間しかない貴重な自分のためだけの時間を、わたしはお金に替えている。そう思うと、その十万円は、何ものにも引き換えることのできない十万円なのだ、と感じる。

最初の内は、母親のたくらみに利用された娘の妙子がかわいそうだ、と思うこともあった。けれど、サニーキッズ・ルームの保育は妙子に合っていたようで、最初の数回だけ母親と別れるのに泣きぐずった妙子も、今ではサニーキッズ・ルームのドアを開けると、自分から中へと駆け込んで行く。十一ヶ月と少しでやっと歩けるようになった妙子も、今ではちょこまかと駆け出したり、転んでも自分で起き上がるようになった。サニーキッズ・ルームでは簡単な体操やダンスも教えてくれるらしく、家に帰ると淑子の前で腰や手を振って、習ったばかりのダンスを披露したりする。ぬり絵もかなりできるようになった。そんな様子に淑子はすっかり満足していて、信愛学院の幼稚園部に入学させるにはどうすればいいのか、あちらこちらから情報を集めて来ては、勝手に行彦を説得してくれている。

妙子も楽しそうだし、何も悪いことをしているわけではないのだし。藤子は、迷いが生じるたびにそう自分に言い聞かせた。

小金を貯めて何をしたいのか、具体的な計画があるわけではなかった。ただ、藤子の心の中にはいつも、胡蝶蘭の豪華なアレンジメントの姿があり、と同時に、安物の青いカーテンを下げた深海の底のような部屋の中で、ひっそりと牛乳瓶に活けられた濃青《あお》い花の姿があった。

あの花の名前は、トリカブト。

全草猛毒、と、園芸図鑑に写真ごと出ていた。猛毒。特に春、二輪草と間違えて食べて中毒死する例が多い、と。二輪草の若葉とよく似ているらしい。淑子は山菜が好きで、春には、自分で摘んで来た二輪草のおひたしも食べている。庭の片隅にあの花が咲いているのを見た時、どうして自分はそれを摘んで、部屋に飾ったりしたのだろう。

あの時、あたしのあたまの中にあったのは、淑子がある日突然、姿を消してくれれば、そのことだけだった。

あのまま深海の底に蹲っていれば、いつか、あたしはあの花を手にするだろう。その葉を調理し、皿に盛り、淑子の前に出すだろう。

逃げなくてはならなかったのだ。そう、藤子は自分の心に説明する。あの青い部屋の静かな絶望からなんとしてでも逃げなくては、ある日きっと、自分は殺人者になるだろう。こうして週にわずかの時間でも自分自身に取り戻すことで、かろうじて、淑子を目の前から消し去りたいという強い欲求を忘れることが出来る。たとえ、少しの間だけでも。


「こんちは」

不意に背後から声がして、藤子は、びくりとした。声の主はわかっている。

「なんか顔色、悪くない？」

人懐こい大きな目が、藤子の顔を覗き込む。

「風邪でもひいた？　藤子さん」

羽石武尊《はねいしたける》、この青年のフルネームを知ったのは、つい数日前のことだった。それまでは、ただ、宮田がタケル、タケルと呼んでいるので、ファーストネームがタケル、というのだろう、としか知らずにいた。宮田の親戚の子だ、という説明を受けていたが、アルバイトで宮田の使い走りのようなことをやっている。電話受付嬢たちに飲み物を買って来たり、書類をどこかに運んで行ったり、名簿の束をどこかから持って来たり。本社、というのがどこにあるのか、その住所さえ宮田は教えてくれないのだが、高速道路を使ってどこかに行く、というような話を宮田としていることから、もしかしたら東京とこの町とを往復しているのかも知れない、と想像した。この事務所のある建物の前に、銀色のオートバイで乗りつける姿も何度か見ている。年齢はまだ、二十歳かそれよりも若いくらいだろう。

顔だちの素晴らしく整った男の子なので、パート女性達の間でもいつも話題になっている。大きくて力のある目と、華奢な鼻、それでいて男っぽさのある口元、何より、男とは思えないほどなめらかな肌。他のパート女性同様、藤子も、初めのうちは単純にその綺麗な顔を眺める楽しみにひたっていた。たった三時間とは言え、電話で初対面の相手と話すのはかなり緊張を強いられる時間だった。特に、初めの頃は、名簿の上から順番に電話して行くという作業だったから、まともに話を聞いてくれる人など名簿一ページ二十人にひとりかせいぜい二人。セールストークだと判った瞬間に、たたきつけるように受話器を置かれたり、罵倒されたり、そんなことばかり続く。一時間も続けていると、肩ががちがちに凝り、胸が苦しくなるようなストレスを感じていた。そんな時、タケルの顔を見て、タケルの笑顔になんとなく癒されていたのは藤子だけではなかったはずだ。

だが、この頃藤子は、タケルの顔を見ると困惑するようになった。タケルが自分に笑顔を向けてくると、微笑み返せばいいのか無視するべきなのかわからず、戸惑ったままで頬が強ばってしまう。自分のうぬぼれなのだろうとは思う。考え過ぎ、気にし過ぎ。自意識過剰。それだけのことだ。そう思ってはみても、タケルの態度には不自然さばかり感じてしまう。タケルは、馴れ馴れし過ぎるのだ。ただの挨拶をひと言口にするだけなのに、机に向かっている藤子の顔をわざと覗き込む。藤子の返事が少しでも遅れると、疲れているのか、風邪をひいたのか、と、問い詰めるようにたたみかけ、肩に手を置き、時には腕をとって脈をとる仕草までする。昨日は、世間話をしている間にふと気づくと、タケルの掌が藤子の髪を撫でていた。悪い気はしない。それは正直な感想だ。が、いくら若くてもタケルはもう子供ではない。そして自分も、少女ではないのだ。気軽なスキンシップを何の後ろめたさもなく楽しめる歳ではなかったし、第一、自分には夫がいる。

タケルの笑顔を見ているのは楽しかったが、余計な緊張を強いられるのは辛かった。タケルにどんなつもりがあるのかはわからない。何も考えていないのだろう、とも思う。もともと人懐こい性質の子なのだろう。が、事務所には自分とタケルだけがいるわけではないのだ。そこには他にも、常時十人ほどの電話嬢がいたし、宮田もいる。誰かに何か言われたわけではないが、タケルが親しげに自分に触れるたびに、どこからか非難の視線を浴びているようで、藤子は背中に汗を感じていた。いっそ、自分が働いている時にはタケルに来て欲しくない、そう思うほどだ。しかしタケルの方は、そんな藤子の困惑などまるで気づいていないようで、今日も、藤子のからだが強ばったのを目ざとくみつけ、肩に両手をおいた。

「背中が強ばってる。藤子さん、肩凝り、ひどいんじゃない？　僕、巧いんですよ、マッサージ」

「あ、いいです。あの」

「いいから、ちょっとじっとしてて。からだに力、入ってるなあ。力抜いてくださいね。ほら、こんな感じ。うわ、凝ってる凝ってる」

タケルの指先は巧みで、肩から首、背中へと次第に血流が盛んになり、温まって来るのは確かだった。この部屋に他に誰もいなければ、このまま目を閉じて、からだをタケルの指先に預けてしまいたい。だが、そう感じた直後にはもう、足先の方から言い様のない恐怖に近い感情が、ゆっくりと這いのぼって来る。行彦との結婚生活ですっかり摩滅してしまったと思っていた、自身の内部、奥底に蠢《うごめ》いている情念、それがタケルの指先によってほぐされて、やがて軟弱な自身の皮膚を突き破って外に噴き出す、そんな想像が脳裏を駆け巡る。

考えたくはなかった。けれど、考えないでいること、考えたくないふりをし続けることが、そろそろ限界なのだ。

自分は、タケルを、男として意識してしまっている。

このままではいけない、と藤子は思った。このまま感情にひきずられて隙を見せれば、タケルはますます馴れ馴れしくなるだろう。だがそれは、恋愛感情などではない、ただ年上の女に甘えているだけの、幼稚な戯れに過ぎないのだ。勘違いをして何か期待したりすれば、惨めな思いをするだけ。それだけならばまだいい。もし、こうしてタケルとじゃれていることが夫の耳に……淑子の耳に入ったらどうするの？

藤子は、同僚である他のパート女性たちの目が怖かった。女同士だからこそ、空気の中に流れている独特の緊張感を読み間違えることはない。自分は嫉まれている。タケルがなぜか藤子になつき、こうして藤子にまとわりついていることのすべてを、みんな、快くは思っていない。タケルの顔は美し過ぎるのだ。そして藤子自身は、絶世の美女でもなければ、十代の若い肉体も持っていない。年齢はともかく、すでに子供をひとり産んだからだに、金をかけて手入れしているわけではない肌。

それでなくても、藤子のセールストークの才能は嫉みを買っているかも知れない。藤子と同じ頃にこのパートを始めた主婦はまだ、ひとりも、説明会へのアポを取り付ける係には昇格していない。先月は藤子が二番目に多くのアポをとった。週にたった六時間で。三十数件のアポをとりつけた稼ぎ頭の四十代の女性は、週に五日、毎日五時間近くも椅子に座り続けている。藤子の勤務時間が短くてろくに世間話をする機会もないので、みな、目障りだとは思っていてもあからさまに藤子に意地悪をしかけて来たりはしない。が、タケルがこの事務所にいる間には、藤子の全身に、周囲の女性たちからの視線が突き刺さっている。それが感じられないほど鈍感ではない。

「もう、いいです」

藤子は強引に肩をゆすり、タケルの指から逃れた。

「ありがとうございました。楽になりました」

「そう？　もう少し揉んだ方がいいと思うんだけどな。まだ左の方があんまり」

「仕事がありますから」

藤子は、自分でも驚いたほど冷たく言って、受話器をとった。

「おいタケル、岡本さんは忙しいんだ、仕事の邪魔するな」

宮田の声が遠くからして、タケルは笑いながら遠ざかって行く。藤子はホッとして、プッシュボタンを押した。

5

パートを始めて九ヶ月が過ぎた。藤子自身、貯っていく金の額が信じられなかった。ここ三ヶ月ほどは、説明会へのアポイントメントが月に四十人を超えていた。いつのまにか、週に五日働いている女性を抜いて藤子が稼ぎ頭になっていた。宮田からは特別ボーナスと称して金一封が渡され、それらと時給を合わせて、すでに七十万円以上の現金が、いつも持ち歩いているバッグの底に押し込まれている。ひったくりにでも遭ったら、と思うこともあるが、銀行口座など作ってそれが淑子に知られたら、また、現金を家に隠しておいて、淑子に見つけられたら、などと想像すると、結局、バッグに入れて持って歩くしかない。淑子ならば、藤子が留守の間に息子夫婦の部屋に入り込んであら探しをするくらいのことはしかねない。

妙子はもう、ベビーカーを降りて自分の足で歩きまわり、藤子と手をつないでサニーキッズ・ルームに通っている。一歳六ヶ月、足取りも随分としっかりして、体力もついて来た。淑子は信愛学院幼稚園部受験に向けて情報を集めることに必死になっている。コネがないと入れないかも知れないと聞けば、電車で一時間もかかる町まで、有力者に会いに出かけて行く。行彦も義父も、そんな淑子に苦笑をしつつ、妙子を信愛に入れることにはもう反対しなくなった。

藤子は、サニーキッズ・ルームに、そして自分の仕事に通う道すがら、商店街の不動産屋の前に、毎日立ち止まるようになっていた。ダイニングキッチンの他に二部屋、それにバス・トイレ。その程度のアパートで、家賃が手ごろな物件の案内を読み、住所を記憶したら、行き帰りに妙子を遊ばせながら、物件の実物を見に寄ってみた。もちろん、部屋の中を見せて貰うには不動産屋に頼まなくてはならないが、それは最後の最後までしないつもりだ。田舎町では、噂はごく短時間で隅々まで広まってしまう。岡本の家の嫁がアパートを探していた、そんな噂が淑子の耳に入れば、計画は何もかも潰れてしまうのだ。今はただ、情報を仕入れ、不動産の相場を知り、いざという時にできるだけ短期間で望む物件を見つけられるよう、準備する段階だ。

行彦を説得する、という詰めの段階には不安がある。が、妙子さえこの手に抱いていれば、行彦は、妻と娘を選ぶだろう。あと少し資金を貯めれば、礼金・敷金を払って不動産屋に手数料もちゃんと納めて、最低限の家具も買って、それから行彦に切り出せる。

お義父さん、お義母さんと別居したいんです。アパートを借りて、家族三人で暮らしたいんです。

行彦は反対するだろう。そうしたら、はっきりと言う。もう随分前から限界でした。わたしは、あなたの母親とこれからの人生を一緒に過ごしていく自信がありません。

行彦は金のことを持ち出す。アパートを借りる金はどうするんだ。藤子は嘘をつく。いざという時に遣いなさいと、実家が持たせてくれたお金で、条件のいいアパートを借りました。もう決めてしまったんです。布団も買ってあります。ダイニングテーブルも、キッチンの鍋やフライパンも、タオルやスリッパや、最低限生活に必要なものはすべて、もう買ってあるんです！

それでも反対されるだろう。独断でそこまでやってしまった身勝手を、行彦はなじるだろう。そうしたら妙子を抱いて家を出る。それまでに、自分と妙子の衣類はできるだけ新居に運んでしまおう。そして行彦に、選択をせまるのだ。妻と子をとるのか、それとも、母親をとるのか、と。

行彦のような男に対しては、そこまでしなくてはならないと、藤子は思い詰めていた。そこまでしなくては、決して母親のもとを離れない、それが行彦のような男の正体なのだ。行彦の兄が転勤になったから、仕方なく自分が同居することにした、そんなのは言い訳だ。あんなに元気な両親の面倒など、今、どうして同居してまで次男の行彦がみなくてはならない？

行彦にとっては、兄の転勤は渡りに舟だったに違いない。母親のもとを離れたくなかったのは、行彦自身だったのだから。

もし行彦が、それでも母親を選ぶなら、その時はその時。今の仕事をフルタイムでするようにしてもいいし、もっと普通の仕事を探してもいい。妙子は公立の保育園に預け、母子で生活して行けばいいのだ。自分はまだ三十歳にもならないのだから、探せば雇ってくれる店や会社くらいあるだろうし。行彦、という男に対する未練は、すでに藤子にはない。ただ、妙子の父親としての存在は重いと思っているだけだった。行彦が妙子の父親であることを選んでくれるのならば、妙子の母親として、妙子の父親との生活を大切にしよう。だが行彦が、淑子の息子であることの方を重要だと考えるのならば、自分の人生から行彦の存在が消えてしまってもいっこうに構わない。いっこうに。

　仕事を終え、サニーキッズ・ルームから妙子を引き取って、ぶらぶらと手を繋いでいつもの不動産屋の前まで来ると、藤子は、ガラスにびっしりと貼り付けられたアパートの情報を丹念に見た。行彦の収入の範囲で払える家賃となると、月額五、六万円が限界だろう。子供は、できればあともう一人は欲しかったので、近い将来家族が四人になっても生活していけるとなると、２DKでも狭いかも知れない。３DKや２LDKとなると、アパートではなく賃貸マンションになってしまい、家賃もかなり割高になるし、敷金の額もはね上がる。渋る行彦を無理に同意させなくてはならないのだから、家賃が高い、というのは致命的だ。

　ふと、一枚の見取り図に目がいった。アパートでも賃貸マンションでもない、庭付きの一戸建て借家だ。地方都市とは言え、JRの駅に近い借家は家賃が高い。が、バスで二十分ほどの距離のところだと、駅近くのアパートとそう変わらなくなる。その物件も、家賃は五万五千円と、払って払えない額ではなかった。しかも小さな庭にはカーポートが付いていて、普通乗用車可、と書かれている。行彦はまだ車を持っていないが、子供たちが成長すれば、週末にどこかに遊びに行く時、車は必要になるだろう。駅からバスで二十五分、バス停まで五分、少し遠い。行彦の通勤には今よりも三十分以上余計にかかることになる。しかも、雨の日などバスを待つのは大変だろう。だがカーポートまで付いた庭のある一戸建て、というのは魅力的だ。部屋数も問題ない。一階にバス・トイレと台所、そして十畳、という広めの和室がある。その部屋を食堂兼居間にできる。二階にも二部屋、しかもその内のひとつは洋室だった。将来もうひとり子供ができても、洋室ならば二段ベッドが置ける。南東向き、という家の向きも好条件だし、どの部屋にも窓が二つずつあって、明るそうだ。

住所を確認したが、行ったことのない町だった。が、最近国道沿いにオープンした、大型スーパーのある場所のすぐ近くではなかっただろうか。バス停の名前に記憶がある。もしそうだとすれば、今よりも買い物は便利になる。

藤子は、不動産屋の向かい側にある煙草屋の赤電話に向かい、自宅に電話をかけた。淑子が出たら嫌味を言われるだろうと覚悟していたが、意外にも、電話に出たのは義父だった。妙子のための絵本を探したいので、大型スーパーまでバスで行く、帰りが遅くなるが、夕飯の買い物もついでに済ませて戻る、そう告げると、義父は上機嫌で了解してくれた。

まるで藤子の行動を応援するように、バス停に着くなりバスが来た。妙子は、滅多に乗れないバスに乗れるのではしゃいでいる。貼り紙にあった住所はしっかり記憶した。バス停からは徒歩五分とあったが、次のバス停に向かって国道を歩き、二つ目の信号で右に曲がり、郵便ポストのところでもう一度右に曲がるとすぐに目的の家があるはず。難しい地図ではない。

藤子は空席に座り、妙子を膝の上に乗せた。窓の景色に見とれて妙子が嬉しそうに笑う。藤子も自然と笑みをこぼし、妙子のやわらかな髪を慈しむように撫でた。

運が向いて来たのだ。計画は、きっと成功する。今月分のバイト代を今持っている金に足せば、これから見に行く借家を借りて、質素な家財道具を一式揃えて、それでもいくらか余裕があるだろう。妙子を信愛に入れることはたぶん出来なくなるが、そんなことはもともと、どうでもいいことだった。妙子は、田舎の中学教師の娘に見合った、ごく普通の学校に通わせる。その方がきっと、妙子にとっても幸せなのだ。気取った学校で背伸びをして、生活環境も価値観も違う子供たちの中で疎外感をおぼえるよりも、普通の幼稚園、普通の小学校、普通の中学校と身の丈に合った成長をして、しっかり勉強して進路を決める方が、妙子には楽だろう。淑子とさえ離れれば、行彦は素晴らしい父親になれる。自分も頑張って、素敵な母親になろう。もう電話勧誘のバイトも辞める。タケルのことも忘れる。小さな庭のついた明るい家で、掃除をし、料理をし、その庭には温かい色の草花の種をまこう。あんな、トリカブトなんかではなくて、幼い子供がままごと遊びに使っても大丈夫な、そんな草花を。

今度の家につるすカーテンは、優しいクリーム色がいい。布越しに差し込む光もやわらかな黄色になって、部屋の中がいつでも、春の日だまりのように輝いている。その日だまりの中で、新しい人生がゆっくりと始まるのだ。この三年近くの間に失ってしまった大切なものを、ひとつひとつ、取り戻す人生が。

ふと、視界に入った車に、藤子は視線をひかれた。小さなワゴン車の横に、花かごの絵が描かれている。フラワーハウス・なかざと。中里？

あ、あの商店街の花屋さん。

信号待ちで、バスの横にその車が並んだ。助手席側の窓がちょうど藤子の視線の先に来る。

……え？

藤子は思わず、何度も瞬きした。妙子も気づいて、窓ガラスに指を押し当てている。

ぱーぱ、ぱーぱ。

パパ。

どうして……どうして行彦が、花屋の車に？

思わず腰を浮かしかけた時、バスの方が先に動き出した。花屋の車は右折レーンにいる。藤子は窓ガラスに顔を押し付け、花屋の車の運転席を見ようとした。ちらっと、フロントガラス越しにハンドルにかけた手が見えた。女の手だ。白い、女の手。その手の先に、ピンク色の長袖が見えた。一瞬。

若かった。腕だけだったが、若い、と思った。あの子だ。胡蝶蘭より一輪挿しの人生が好きだとか言っていた、あの子。

右折する車が動き、バスとの距離が空いた。その時、藤子の視界はまた別のものを捕らえていた。右折した車の前方にちらりと見えた、グリム童話の中に出て来そうな小さな城の形をした奇妙な建物。

ラブホテル。

紫苑の栞

1

「読ませて貰いました」

柘植《つげ》義夫《よしお》と刷り込まれた名刺をくれたその男は、柔和な笑顔を見せた。が、直感で、珠美には、結果が判った。

「随所に、とても面白いと思う部分はありますね。たとえばね、主人公が殺意を抱いてから刃物の研究を始めるところね、ああいうのは、これまで、女性の作家がサイコものを書いた時に、割と抜け落ちていた部分じゃないかと思うんですよ。男ってのはほら、カタログが大好きでしょう。物のスペックを比較することに、無闇と喜びを感じるもんです。だから男の僕なんかが読むと、刃物の研究をする主人公の気持ちはよくわかる。しかし女性の作家が描くと、そういうディテールまでは気がまわらなかったりするんだな。そういうところが描き込める、というのは、なかなかのもんだと思います。それから二番目の殺害場面もいいな、あの血飛沫が壁に描いた模様を見て、ロールシャッハテストを思い浮かべるところなんか……」

褒められているのに、珠美は泣き出しそうになっていた。柘植が面白いと言ってくれた部分は、自分でも気に入っている部分ばかりだ。その意味で、これは決してお世辞でもまた、哀れみでもないのだろう。この人は率直で、信頼できる人なのかも知れない。けれど、最後の最後に柘植の口から出て来る言葉は、もう予測がつく。

「……なんですよ。賞金一千万なんて新人賞が出来てしまうと、どうしても、そうしたハクをつけて出される新人の作品に注目が行く。そういうのを向こうにまわしてその中で目立つためには、もっとその、作品自体に勢いというか、華々しさが必要なんです。文章も悪くないし誤字なんかも少なくて、持ち込み原稿としては充分、合格レベルなんですがね、これを無冠の新人のデビュー作として本にできるか、と訊かれると、これでは弱い、としか言えないんだな。あ、失礼、佐古さんは無冠ではなかったんですよね。えっと、小説サファイア新人賞だったかな」

「はい」

と頷くだけで精いっぱいだった。それ以上言葉を出せばはずみで泣いてしまう。

「あの雑誌、廃刊になったんだったよね。けっこう面白い作品を載せていたんだけどなあ。まあとにかく、今回の作品は読みどころはたくさんあったと思いますよ。しかし、新人のデビュー作として世に出すには、あと少し、何か足りない、そういう印象を受けるんです。もっと具体的にアドバイスしてあげられればいいんだけど、なんて言うか、そう簡単に指摘できる部分じゃないんですよね。たとえばこの作品ね、さっき言ったような、高額賞金のかかった新人賞に応募したとするでしょう、そしたら、もしかすると最終候補くらいには残れるかも知れないな、とは思うわけ。でも、受賞はできないだろうな、そういう作品なんだなぁ。一度デビューして、それである程度売れて読者がついてからこれを出せば問題ないんですよ。商品として定価をつけて売ってもおかしくはない作品だと思います。でもこれが一発目じゃ、買って読んだ人は、次の作品も買いたいと思うかどうか……あんまり月並みなんで言いたくないことなんだけど、要するに、個性が欠けている、そういうことかも知れない」

柘植は、煙草の箱を取り出し、いいかな、と目で珠美に承諾を得てから一本くわえた。

「どうしますかね。これをもっといじってみたい？　せっかく作品の態はなしているし、ま、いじってみるのもひとつの手ではあると思いますよ。でもその、これは僕の経験からなんだけどね、今すぐこれにこだわってあれこれ手を加えても、そんなにいいものには化けないんじゃないかと思うんです。佐古さん自身が、なかなか、この作品へのいろんな未練を捨てられないと思うんだな。これをいじるなら、他の長編を何作か書き終えて、かなり時間が経ってからの方が効果的なんじゃないかなあ。僕としては、別の作品を読みたいな、今度は」

柘植は、紙の束を丁寧に茶封筒に戻し、珠美の前に置いた。

「手書き原稿だし、いちおう、お返しします。佐古さんは、他の編集部にも持ち込み、かけてるんでしょう？」

珠美は正直に頷いた。

「これは、うちとしてはお断りしたものだから、他に持ってってくれてもいいですよ。でも、僕は佐古さんには才能があると思うんで、次に書けたものは、また僕に読ませて貰えると嬉しいんだけど」

「……お持ちしても、いいんですか」

「もちろん。歓迎しますよ。うちは新人賞持ってないからね、高額賞金の新人賞がどんどん増えて、うちみたいにそういう派手なことができない会社は、有望な新人をなかなか拾えなくなっちゃったんで、佐古さんくらい書ける人の持ち込み原稿はありがたいですよ。箸にも棒にも、ってのもけっこう来るんで、表立ってどんどん持ち込みしてくれ、とはとても言えないですけどね。そういう箸棒の作品を持ち込む人に限って、根拠のない自信に溢れちゃってたりするし。うちでは出せない、って断ると、キレてもう大変だったり。あ、ま、そんなことはいいとして」

柘植は煙草の吸いさしを灰皿に潰すと、姿勢を正すようにして少し珠美の方へとかがみこんだ。

「ところで佐古さん、勤めていた会社を辞められたって聞きましたけど」

「はい。……残業があまり多くて、小説を書く時間が全くとれなくなっちゃったものですから。小説でお金が稼げるわけでもないのに、無謀なのはわかっていたんですけれど……」

「不動産関係だったとか」

「マンションのディベロッパーです」

「ああ、なるほど。このところ、なんかすごいみたいですよね、マンションの販売って。土地がばかみたいに高騰してるし。さぞかし忙しいんだろうな」

「毎日、会社を出るのが十時台で、下手をすると終電になっちゃったりしたもんですから。休日も駆り出されて仕事のことが多くて、自分の時間がほとんど持てなくなってしまって」

「なるほどねぇ。確かに、二足のわらじを履くってのは大変だよな。しかし、佐古さんは確か、ひとり暮らしですよね？　失礼ですが、その、収入の方は？」

「今は自宅の近くのファーストフードでバイトしています。時給がいいので、夕方から夜にかけて」

「それで、生活できますか？　あ、失礼、こんな言い方してしまって。いや、でもね、ファーストフードの時給だと七百円とか八百円とか、そんなものでしょ？」

「……はい」

「じゃあ、八時間働いても週に四万以下かな、それだとひとり暮らしで家賃払ったら、けっこう、厳しいんじゃないかな、と思って」

珠美は答えずにただ俯いた。実際、バイト代だけでは家賃と光熱費と食費でぎりぎり、それ以外にお金が必要になると、会社員時代の貯金と退職金をとり崩すしかない生活だった。そのわずかな蓄えも、この調子でいけば一年かそこらで底をつくだろう。

「こんな立ち入ったことをお訊きしたのには、ちょっとわけがあるんですよ」

柘植は、ここからが本題だ、という顔になった。

「豪徳寺ふじ子先生、ってご存知ですよね」

「あ、はい、もちろん」

珠美は、意外な名前が出たので驚いて柘植の顔を見た。

「とても人気のある作家さんですから」

「そう、売れてますね、今。うちの看板作家のひとりです。本来なら、うちみたいな小さなところで書いてもらえるような人じゃないんですが、昔からのつきあいがあるもので、なんと言えばいいのかな、豪徳寺さんは義理堅い方なんですよ。あの人も、デビューはなかなか派手だったけど、恋愛小説ブームが去ってから、ちょっと苦労されていたんです。その間、今はうちの局長になった阪上《さかがみ》が、豪徳寺さんには才能があるからと肩入れしてましてね。作風を変えてミステリーを書き始めてから今みたいに大当たりしちゃって。まあうちとしては、願ったり叶ったりだったわけですが。それでね、今、僕が豪徳寺さんを担当してるんです」

珠美は、柘植の話の行方が摑めずに、ただ柘植の顔を見つめていた。

豪徳寺ふじ子。その名は珠美にとって、ある意味、特別な名前だった。珠美がまだ純文学志向一辺倒だった高校生の頃、華やかにデビューしてロマンス小説の女王と呼ばれていた作家。珠美が大学生になり、女子学生向けのファッション雑誌を毎月買っていた頃、豪徳寺ふじ子の美しい顔が、毎月のようにページの中にあった。作家であるはずなのに、女優かタレントのようにマスコミに登場し、当時の女子大生にとっては憧れの女性だった。が、珠美が卒業する頃には、豪徳寺ふじ子の顔が雑誌を飾ることはめっきりと減り、いつのまにか、名前も耳にしない存在になっていた。いつかは必ず作家になれる、と、根拠もなく自分の才能を過大評価して新人賞への応募を続けながら、珠美は就職して会社員となった。そして、応募作はことごとく予選落ちし、反比例するように会社での仕事が忙しくなり、日々の生活に追われて、小説を書くこと自体を半ば放棄しかけていた時、珠美の視界にまた、豪徳寺ふじ子の顔が躍《おど》りこんで来たのだ。

豪徳寺ふじ子の名前と顔写真は、その年に新設された賞金一千万円の推理小説新人賞の第一回受賞者として、華々しく新聞の紙面を飾っていた。ロマンス小説の書き手として人気を得たが、その人気が長くは続かず、小説を出せない時期を過ごし、一から出直すつもりで、ペンネームを変えて新人賞に応募し、受賞したこと、受賞が決まるまでは、自分が豪徳寺ふじ子であることは編集部にも隠していたことなどが、ドラマチックに書かれていて、受賞作の映画化がすでに決定しているというニュースと共に、豪徳寺ふじ子という作家の復活が派手に謳われた記事になっていた。それからわずか二年足らずで、豪徳寺ふじ子は以前にも増して大人気作家になった。立て続けに発表された作品がどれもベストラセラーとなり、映画化や連続ドラマ化された。

「その豪徳寺先生のことが、何か」

珠美の問いに、柘植はじらすような笑顔のまま、少し声を低めた。

「いや、実はですね、豪徳寺さんが、女性の秘書を探していらっしゃるんです」

「……秘書、ですか」

柘植は頷いた。

「先月までいた秘書の女性が結婚されるとかで辞められましてね。豪徳寺さんはその女性のことがとても気に入ってらして、似た感じの人がどこかにいないかしら、と僕らが頼まれているんです。頭の回転が速くてなかなかよく気のつく、明るい、いいお嬢さんだったんですよ。豪徳寺さんはおひとり暮らしなんですが、家事全般のことは通いの家政婦さんがやってらっしゃいます。

なので、お手伝いさんみたいなものが欲しい、というわけではないんです。僕らとの事務的なやり取りを引き受けて、スケジュールの管理をして、あと、そうだな、領収書の整理みたいな簡単な会計業務とかですね」

「あの」

珠美は面食らいながら言った。

「それはつまり、わたしにその……豪徳寺先生の秘書にならないか、という？」

「うん、ま、早く言えばそういうことかな」

柘植はなんとなく後ろめたそうな顔で笑った。

「前にいた秘書の女性もね、佐古さんと同じような境遇で、何年か前に雑誌の短編で新人賞をとった人なんですよ。それで作家として食べていこうと頑張っていたんだけど、なかなかうまくいかなくて、その女性は保育園で保母さんをしていたんですが、やはり仕事と執筆の両立が出来なくなって、そんな時、豪徳寺先生が、事務の雑用を任せられる人を探していたんで、たまたまその女性の親戚筋に豪徳寺さんの担当者がいた縁で、豪徳寺さんのところで働くことになった人だったんです。いや、ほんとにただの思いつきなんですが、境遇も似ているし、年齢的にも近いし、なんとなく雰囲気も、佐古さんはその人によく似ている気がして、ひょっとしていいんじゃないかな、と思ったもんで」

「でもわたし、会計のことはまったく」

「いや、それは大丈夫です。税理士さんはちゃんとついてますから、その人に言われた通りに領収書の仕分けをして、簡単な家計簿みたいなものをつけるくらいのことです。豪徳寺さんはそういった細かいことが苦手なんです。それと、豪徳寺先生は夜型で不眠症の傾向があるもんだから、昼間に睡眠をとられることが多くて、昼の電話をすごく嫌がるんですよ。で、僕らとしては、豪徳寺さんの昼寝の邪魔にならないように連絡をとるってだけでもけっこう大変でね、秘書さんがいれば、その人の勤務時間帯ならいつでも連絡が出来るんで、すごく助かるんです。僕は細かいことはわからないけど、給料は悪くなかったはずです。少なくとも、ファーストフードでバイトするよりははるかにいいお金になりますよ。それに、前の秘書さんの時もそうでしたが、勤務時間中でも、秘書の仕事がなければ、自分の小説を書くことを容認してもらうことは、雇用条件に入れてもらえるはずです。豪徳寺さんは、そういうことをケチくさく文句言うようなタイプじゃないですしね」

「でもそれじゃ……お給料をいただく以上、勤務中に他の仕事をするわけには」

「今も言ったように、豪徳寺さんが仕事をするのは主に夜中なんですよ。だから秘書の勤務時間中は、寝てらっしゃることが多いんです。豪徳寺さんとしては、自分が昼寝している間の電話番、というつもりで秘書を雇われてたんです。ですからね、電話番さえちゃんとしててくれれば、その間に自分の小説を書こうが他の内職をしようが、別に構わない、というスタンスなんですよ。もしその点がご心配なら、僕からきちんと豪徳寺さんに話をして、あなたの執筆時間を確保できるようにしてもいいですよ」

「そんな、そんな図々しいことはできません。お給料をもらっている以上は、その間は自分の小説なんて書けなくても、ただ、残業とかさえなければ、家に帰ってから小説は書けますから」

「前の秘書さんは、午前十一時から、えっと確か、夜は八時までいたんだったかな」

「そんなに朝が遅くていいんですか」

「僕らだって午前中から社にいることは少ないですからね」

柘植は苦笑いした。

「編集者はまあ、朝は遅いもんです。早くてせいぜい十時かなぁ、僕なんかも。作家さんと昼飯食うアポが入ってれば、家からレストランに直接出向いて、飯食って、午後三時くらいにやっと会社、なんてこともしょっちゅうですよ。その代わり、終電で帰れる日の方が少ないですけどね。前の女性の時は、残業なんてのはなかったと思いますよ。家政婦さんが夕飯を用意して、それを食べて帰ってましたね。あ、言い忘れましたが、昼、夜の食事付きです。豪徳寺さんが接待とかで外で食べる時でも、家政婦さんがきっちり作ってくれますよ。編集者がいる時は一緒に食べたりもします。業界の話もいろいろ聞けるから、佐古さんにとっては勉強になることもあるんじゃないかな」

「なんだか」

珠美は慎重に言った。

「条件が良すぎて……それでは豪徳寺先生に申し訳ないみたいな」

「正直に話しておきましょうね、やっぱり」

柘植は、笑顔のまま、だが視線を珠美からそらせるようによそ見して言った。

「労働条件は悪くないと思います。いや、すごくいいですよ、あなたのように、小説を書く時間を確保したいから残業はできない、という人にとっては、理想的です。疲れる仕事でもないですしね。ただその……後になって、僕に騙されたと恨まれても嫌だし、はっきり言いますが、豪徳寺さんは……少し、情緒が不安定な面がある人なんです」

情緒が不安定、という言葉を、柘植は、やけに早口で言った。本当は珠美が聞き逃してくれればいいのに、と思っているように聞こえた。珠美の胸に不安がよぎる。が、柘植はそんな珠美の心を見透かしてそれをなだめるように、いちだんとやわらかな声で続けた。

「小説をお書きになる方には多いことですよね。やはり作家というのは芸術家と一緒で、自分のテンションを上げておかないと作品世界にのめりこむことができない。現実の世界の方にもうひとつ別の世界を頭の中に抱えているわけですから、精神的に大きな負担を感じられて当然です。佐古さんにもおありになるでしょう、作品がすらすら書けない時に、自分でもコントロールできないイライラにとりつかれたり、感情の起伏が激しくなったり、というようなことが。どうですか？」

「ええ、それは……そういうこともあります」

「でしょう？　豪徳寺さんの場合、その度合いが少し強いというか、要するに、むらっ気があるわけです」

「機嫌がころころと変わる、というような？」

「そうです、そうです。そんなに深刻なものでは、もちろん、ありません。ちょっと神経質な女性ならば珍しくない程度です。機嫌のいい時はとても明るくて、僕らにも親切な、魅力的な人ですよ。ただ、ふさぎの虫にとりつかれてしまうと、多少、扱い難い人になる、まあそんな感じですよ。豪徳寺さん本人もそのことはよくわかっていて、タイミングの悪い時に僕らに意地悪をしたり嫌味を浴びせたりしたことを、後日、ちゃんと謝ってくれるんです。だから僕らもね、豪徳寺さんから何を言われても、そんなに気にしません。ああ、今はバイオリズムが悪いんだな、と諦めて、大切な用件は後日にまわします。それで大丈夫なんです。不機嫌がいつまでも続いたり、何日もふさぎこんで仕事もしない、なんて状態は、ごくたまにしかありません。あなたもこの世界に入って、噂のひとつやふたつは耳にしたでしょうが、作家さんにはもっと激しい人、きつい人がたくさんいますからね、豪徳寺さんがちょっとご機嫌ナナメで編集者に当たり散らす程度のことは、むしろ、こんな言い方すると不遜というか失礼なんですが、かわいらしいな、と思うくらいのもんです」

柘植の笑顔がなんとなく強ばって見えるのは、珠美自身が柘植の言葉を信じていないからだろう。本当にその程度のことならば、こんなふうにわざわざ教えてくれるとは思えない。珠美は、豪徳寺ふじ子という人間が、かなり気難しい、底意地の悪い女なのではないか、と思った。

が、それでも、その場で断るには余りにも魅惑的な誘いだった。生活費と執筆時間、その両方を保証された上に、業界でも最も華やかな部分をつぶさに見る絶好の機会なのは間違いない。大勢の編集者とも顔見知りになれるだろうし、何よりも、豪徳寺ふじ子の作品の、本当に生まれたての部分を見るチャンスがあるかも知れないのだ。

「あの、一晩、考えさせていただいてもよろしいでしょうか。なんだか突然のお話なので……」

「もちろん、もちろん」

柘植は明らかに、安堵したような顔になった。この場で断られなくて良かった、と思っているのだろう。

「じっくり考えてください。その上で、試しに一週間くらいやってみて、続けるのは無理だと思ったら僕に言ってくれれば、何か言い訳を考えてあげるから、辞めてくれていいんです。今のアルバイトはとりあえず辞めてもらうことになってしまうけど、またバイト先を探す必要が出て来たら、僕が責任持ってみつけます。会社の中でいろいろ声をかければ、ファーストフード店よりはましなバイトくらいみつかりますからね。いずれにしたって、豪徳寺さんのところで働くのもそう長期間にはならないわけだから。でしょう？」

柘植は、含みを持たせた笑顔になった。

「あなたの本業は作家なんですからね。小説で生活できるようになれば、他の仕事は必要ないね」

2

豪徳寺ふじ子のマンションは、まだ建ったばかりの新築だった。場所は南青山、青山通りの華やかさから通りを二本ほど裏に入っただけで、そこには驚くほど静かな住宅地のたたずまいがある。青山、という場所からは想像できないほど、ごくごく普通の二階建ての民家が立ち並び、その間、間に、四階建て程度の低層マンションがちらほらと見えている。

「表参道の交差点から五分も歩いていないのに、随分静かですね」

珠美の言葉に、柘植は、そうだね、と頷いた。

「もともと、青山一帯は土地の安いところだったそうですよ。ほら、大きな墓地があるから、金持ちは住みたがらない。だから原宿のあんなところに同潤会アパートが建ち、東京ではもっとも初期に団地が出来た。官公庁の官舎が多いのもそのせいです。まさかそれが、こんな一等地に変貌するなんて、誰も予想していなかったわけだ。このあたりの住宅地も、青山通りが今みたいになる前に分譲された土地なんでしょうね。でもここ最近の土地価格の高騰で、固定資産税が上がったでしょう、個人で住み続けるとなると税金が大変だ。それで手放す人が増えて来て、その土地を買い取って、マンションが増えているんでしょうね」

オートロックのマンションに入るのは初めての経験だった。柘植が何やらボタンを操作し、小さなスピーカーに話しかけると、珠美の目の前のガラスドアがゆっくりと開く。珠美は慌てて中に飛び込んだ。柘植が、大丈夫ですよ、人の重みがある間は閉まりませんよ、と笑っている。

豪徳寺ふじ子の部屋は最上階にあった。と言っても低層マンションなので、四階が最上階になっている。エレベーターを出たところに金色のプレートで部屋番号の案内表示があったが、四階には部屋が四つしかないらしい。

ドアを開けてくれたのは、珠美と同年代の女性だった。前任の秘書さんです、と柘植が教えてくれた。

マンションにしては広々とした玄関ポーチで、一戸建ての邸宅に来たような気分になる。磨きたてられた落ち着いたダークブラウンの床板の上を、真新しくてまだ型が強く足に馴染まないスリッパで慎重に歩いた。うっかりして転んだりしたら、と思うと背中が強ばった。案内されたのは、とても広々としたリビングだった。真っ白なソファにガラスのローテーブル。インテリア雑誌に載っている部屋のように美しい。大きく壁一面に開いたテラス窓の外は、ちょっとした庭の広さがあるルーフテラスになっていて、そこにガーデンチェアとテーブルが出してある。

紅茶とクッキーが出され、その紅茶をおそるおそるすすっていると、ドアが開いて豪徳寺ふじ子が入って来た。柘植がさっと立ち上がって挨拶する。珠美も一緒に頭を下げたが、頬が上気して呼吸が速くなった。柘植と豪徳寺ふじ子が同時にソファに腰をおろし、珠美もおろおろしながらそれに倣《なら》った。自分がこんなにあがってしまっているのが、自分で滑稽だった。ふじ子は、ゆるくフレアーが効いた長いスカートにカーディガン、その中に丸襟のブラウス、という、ひどく古めかしい格好をしていた。昭和二十年代から三十年代にかけての、すれていないお金持ちの令嬢、という雰囲気だ。だがそんなクラシックな普段着が、ふじ子にはとてもよく似合っている。長くてゆるやかにウェイヴのかかった髪を背中に垂らし、前髪はあげておでこを出していた。そろそろ三十代も半ばになろうという年齢には不釣り合いな髪形だったが、嫌味な若作りには見えない。この女性は、自分の顔や雰囲気の特徴をよく知っているのだ、と思った。そして普段家にいる時でも、自分が最も魅力的に見える演出を怠らない。そういう類いの女性なのだ、と。

苦手意識が珠美の心の中にあった。こうした人間が、珠美は今ひとつ理解できないのだ。常に自分が誰かの目にどう映るか、それを基準にして行動する人間。そのような考え方をする人の気に触らないように、そばにいて雑用をこなすなどという仕事が自分に勤まるだろうか。

「電話がね、嫌いなの」

柘植が珠美のことをふじ子に紹介し、その説明を聞き終わったところで、ふじ子は少し困ったように眉の間に縦じわをつくった。

「突然、鳴るでしょう。電話が鳴ると心臓がドキドキして、胸が苦しくなるのよ。だからうちの電話、音がしないの。ランプが点くだけなの。でもそうすると、わたしが昼寝してる時とか、気がつかないでしょう。それで、電話に出てくれる人が必要なんです」

秘書ではなく電話番が欲しいのだ、と、ふじ子は暗にほのめかしているのだろうか。珠美は頷きながらも、馬鹿にされているような不快感をおぼえていた。だが自分にはそもそも、人気作家の秘書が仕事として向いているのかどうか、それがわからない。結局のところ、自分が今欲しいのは、生活の安定と執筆時間なのだ。だったらそれが電話番であっても、別に憤るほどのことではないし、憤りを感じること自体、思い上がりなのだろう。

「仕事についての細かいことは、今週いっぱい、毎日、二時間くらい、美紀《みき》ちゃんが来てくれるから、美紀ちゃんに訊いて。わたしはだめなの。自分の仕事でも、事務の部分はまるっきりなの。今月はあと二週間しかないし、時間給でよろしいわよね？　後で税理士さんに出さないとならないので、出勤簿だけは付けてくださいね。栢植さんから聞いてると思うけど、お昼ご飯と夕ご飯は、こちらで食べていただいてけっこうよ。もちろん、お約束とかあって外で、という時は、家政婦の田村さんにそう言ってくれれば作らないでくれるので、田村さんがいらしたらすぐに言ってあげてね。田村さんは、毎日、十一時に来ますから。えっとね、田村さんは午後一時まで仕事して、お昼ご飯の後片づけが済んだら、一度帰ります。それでまた夕方の五時頃に来て、八時までいてくれます。お買い物とお掃除とご飯のしたくが田村さんのお仕事なので、食べたいものとか、嫌いで食べられないものとかあったら、田村さんに言ってください。美紀ちゃん、他にわたしが言っておくことってあるかしら」

「後はわたしがお教えします」

前任者は笑顔でそう答えた。ふじ子は頷くと、立ち上がった。

「それじゃ、わたし、着替えます。栢植さん、ランチを外でいかが？」

「お供させてもらいます。えっと、じゃあ佐古さん、今日からさっそく、でいいですか」

珠美は驚いたが、断る理由もないので頷いた。

「じゃ、仕事の説明を受けるのに僕は邪魔だろうから、先に失礼します。豪徳寺さん、一時間後に迎えに来ます。何が食べたいですか」

「そうねぇ、軽めのフレンチがいいかしら」

「わかりました。店、予約しておきます。佐古さん、じゃ、頑張ってね。あ、原稿の方も待ってますから、次のが出来たら連絡くださいよ」

珠美が考えをまとめる暇もなく、柘植は慌ただしく帰り、ふじ子も自分の部屋に引っ込んでしまった。珠美は、小さく溜め息をつくと、助けを求めるように前任者に笑いかけてみた。

「なんだか急で……今日から働くなんて思っていなかったものですから。ご迷惑ではなかったですか」

前任者は肩をすくめた。

「いつものことです。豪徳寺先生は、その場の思いつきでなんでも進めてしまう人だから。今週中はわたしがここに来てあなたに引き継ぎする、って話だって、昨日、先生が勝手に決めて柘植さんが電話して来たんですよ。こっちの都合なんて気にもしてないし」

「ごめんなさい」

珠美は戸惑った。

「では、わたし、ご迷惑をかけたことに」

「いいんです、どうせ専業主婦みたいなものだから。新婚生活、って言っても、夫は月の半分以上、韓国にいるんです。韓国企業の日本支社勤務なんですよ。小説の方はさっぱりで、仕事も来ないし、暇なことは暇なんです。あ、わたし、庄田《しょうだ》美紀と言います。ペンネームはかんの美紀。佐古珠美さん、受賞作は読みましたよ。雑誌に一挙掲載されていたでしょう」

「あ、ありがとうございます。……でも、本が出せなくて……柘植さんが長編を読んでくれてるんですけど」

「ここの仕事は忙しくないし、小説を書いてても豪徳寺先生は何も言わないわ。でも、豪徳寺先生のコネで編集者に読んでもらうとか、そういうのはまったく期待できないから、それを期待してこの仕事引き受けたんなら、断っちゃった方がいいですよ。わたしは期待しちゃったんですよねえ。先生に気に入られたら、なんとかなる、なんて思って。でもそれはだめ。豪徳寺先生、立て前では、他人の小説はほとんど読まない、ってことにしてるから。小説に関してはものすごく負けず嫌いなの。もしかしたらこっそり読んでるのかも知れないけど、読んでないふりするわ。彼女の前で、他の作家の小説を褒めるのは絶対にタブーよ」

美紀は冷やかすように笑った。

「もし自信作が書けたら、こっそり先生に読まれないように隠した方がいいと思う。先生があなたの才能に嫉妬したら、どんな嫌がらせされるかわからないから」

珠美は言葉も出せずに驚きを吞み込んでいた。美紀はこともなげに続ける。

「わたしはどうやら、先生に嫉妬されるような才能はないみたい。わたしもここで執筆してたんですけどね、先生にこっそり読まれていたことに気づかなかったの。でも、ここにいても作家としてはたいしたプラスにならないってわかって、結婚することにもなったし、タイミングいいかな、と思って辞めたいと切り出したら、言われたんです。人にはいろいろな幸せがあるから、あなたには結婚が向いていると思うわ、って。結婚して、少しぬかみそ臭くなった方が、主婦の味が活かせていい作品になるかも知れないわね、って。その時の顔で、あ、読まれてたんだ、ってわかったの。ま、いずれにしても、バイトとしては悪くないですよ。食費は浮くし、仕事は楽だし。えっと、いきなり何もかもじゃ頭が混乱するでしょうし、じゃあ、先生の担当編集者の名簿から見ます？」

ろくな心の準備もないまま、珠美は美紀に言われた通り、名簿をめくり、領収書の整理の仕方を教わり、やがて家政婦が現れて、三人分の昼食を作り、それを食べた。その間に、豪徳寺ふじ子は着替えてランチに出かけてしまった。

こうして、困惑の中、珠美の新しい生活は始まった。

3

「これ、捨てて」

藤子が不機嫌そうな顔で何かを珠美にさし出した。白い和紙にくるまれた何かだった。和紙を開いてみると、手すきらしい厚みのある和紙で作られた栞が数枚、現れた。

「あら、手作りみたいですね。押し花がしてある。読者からのプレゼントですか」

「手紙に入ってた」

藤子は忌まわしいものでも見るように、珠美の手の中の栞を一瞥してそっぽを向いた。

「あたし、押し花って大嫌いなのよ。だって花のミイラでしょう？　死体でしょう？　そんなカラカラに乾いた花の残骸なんか、気持ち悪くない？」

珠美は思わず笑ってしまった。藤子らしい感想なのかも知れないが、押し花を気持ち悪いと言った女性は、珠美の知る限り、藤子だけだ。

「それじゃわたし、いただいてもいいですか。本の栞が欲しかったので」

「いいけど、珠ちゃんは気持ち悪くないの？　押し花」

「わたしは平気です」

「ふうん。変なの」

藤子は唇を尖らせて見せた。変なのは、あなたの方だと思うけど。珠美はまた笑いをこらえる。

「花は枯れたらおしまいでしょう。咲いている間しか意味ないじゃない」

「だから、その、咲いている間を永遠にするために、押し花が考え出されたんじゃないですか？　こうしておけば、ほら、花の色も花びらの質感も、何ヶ月も保てます」

「でもそれ、咲いている時のままじゃないでしょう？」

「それはそうですね。けれど、面影はありますよ」

珠美は、栞に貼られたハルジオンの花びらを見つめた。ごく淡い、桃色がかった紫色の花の色までしっかりと残された、とてもよくできた押し花だ。藤子の本の愛読者が、気持ちをこめて作ってくれたもの。藤子に気持ち悪いから捨てて、と言われたと知ったら、これを作った読者はさぞかしがっかりするだろう。けれど、藤子にそう言われてからあらためて押し花を見つめてみれば、なるほど、これは花のミイラなのだ。水分が抜かれ、干からびて、命のかけらも感じられない。押し花を見て、気持ち悪いと思う感性は、もしかすると、とても繊細なものなのかも知れない。

藤子は花が好きだ。それも、華やかな白い蘭を好んでいる。リビングは一年中、出版社や愛読者から贈られた白い蘭で埋まっていて、置ききれない蘭の鉢はキッチンにまで溢れていた。そして、寿命を終えた枯れた花をつまむ時、心の底から悲しそうな顔になる。

「どうして、せっかく咲いたのに枯れてしまうのかしら、花って」

それが藤子の口癖だった。


藤子のところで働き始めて、もう足掛け八年が過ぎた。と言っても、三年ほど経った時に一度辞めて、四年近くの間、ブランクがある。書いても書いてもボツにされていた長編が、ようやく上梓できた翌年、その作品が日本エンタテインメント大賞の候補作になり、藤子が選考委員のひとりだったことから、藤子の秘書を続けるのはまずいだろう、という話になった。珠美自身、ようやくの思いで長編を本にすることが出来て、かなり舞い上がっていた時でもあった。藤子の秘書として得ていた収入がなくなってしまえば生活に困ることになる、という不安は持っていたものの、それよりも、作家として生活できるようになるかも知れない、という喜びの方が大きかった。結果として、賞は逃した。藤子の立場では珠美の作品を強く推すことは出来なかっただろうと察したので、選評で藤子に褒められたことで、珠美はある意味、満足した。その後、大きな賞の候補になったことで、仕事の依頼が一気に押し寄せた。それまで原稿を持ち込もうとしても電話で断られていたような編集部からも、一度お会いしたい、という連絡が入った。それからの二年ほどは、長編の依頼に加えて、雑誌で短編を掲載してもらう機会も増え、年に二、三冊ずつ作品を本にすることが出来たので、生活はなんとか成り立っていた。が、珠美の作品は、編集部が期待するほどには売れなかった。書評などでの評価は割合に高いのに、売り上げに結びつかない。結局、仕事の依頼は減り、いいものが出来たらぜひ出しましょう、という話になっていく。たまたま、賞の候補になった年にそれまで住んでいたアパートが取り壊しになるので引っ越ししなければならず、調子に乗って、それまでよりかなり家賃の高い部屋を借りてしまった。と言っても、当時すでに珠美は三十歳になっていたのだから、家賃十万円の2DKが分不相応に贅沢だったわけではなく、その程度の生活も保てなかった佐古珠美という作家が、あまりにもふがいなかった、それだけのことだ。仕事が減り、家賃の支払いに困って、またアルバイトを探さないとならないと悲壮な思いでいた時、藤子から呼び出されて夕食を共にした。それが一年ほど前のことだ。

食べるのがもったいないほど美しい懐石料理の皿を前に、藤子は泣きそうな顔で言った。

「珠ちゃんがいいのよ。珠ちゃんがそばにいてくれると、安心できるの。この三年の間に、六人も秘書が代わったのよ！　柘植さんなんか、もう藤子さんのおめがねに適う人なんか見つけられませんよ、って呆れて言うし……わたし、わがままなのね。みんな、わたしのこと、すごくわがままで手に負えない女だと思ってる。いいのよ、わがままって言われるのはちっとも構わない。自分の力だけで生きているんだもの、自分のしたいようにするし、やりたいことをやるわ。でも、それを理解してくれる人にそばにいて欲しいの。珠ちゃんがいてくれた間、わたし、とっても落ち着いた気持ちで仕事が出来た。いい作品も書けた。でも今はだめなの。気持ちばかり焦って、思い通りに書けないの。珠ちゃんがいないからなのよ、それがわかったの、わたし」

珠美は啞然とした。自分が秘書をしていた三年の間には、藤子からそんな言葉をかけて貰ったことは一度もない。それどころか、辞めることになった時も、引き止める素振りさえなかった。特に不愉快な思いをした、という経験はせずに済んだが、楽しいことばかりだったわけでもない。藤子は、柘植が初めに言ったように、かなり情緒不安定で気まぐれだった。機嫌がいい時は何も問題ないのだが、時折、やけにナーバスになっていることがあって、そんな時は、本当にちょっとしたことでも藤子は金切り声をあげ、駄々をこねた。珠美が書いて手渡したメモの文字が少し斜めにかしいでいただけでも、ふてくされて仕事をしている、と怒鳴られたこともあった。それでも、仕事のわりに高いバイト料をもらい、食費もかなり助かり、その上、上機嫌な時の藤子は本当に愛らしい人で、気前もよく、珠美のところにまわって来る余禄もけっこうあった。そして何より珠美にとって楽しかったのは、藤子の作品の初稿を読むことだった。藤子はかなり早い時期からワープロ執筆をしていたので、原稿はほとんど、テキスト状態のものがフロッピーに入れられて珠美に手渡される。それをプリントアウトし、テキストにしたために落ちたルビを書き入れて、コピーをとり、フロッピーのバックアップもとって、コピーしたものとディスクとを編集者に渡し、そのリストを作るのが珠美の仕事だった。藤子はテキストに落とした時のことを念頭に置いてルビ指示を文中に入れてくれていたので、珠美の仕事はそのテキストの中で、（ルビ＝　）と丁寧に入れられた文字を赤で囲んでルビ位置を指定するだけの簡単な作業だ。だがルビを落とさないように一字一字丁寧に読み込んでいく過程で、藤子の文章のリズムや作品世界に直接触れ、まだ自分の他には誰も目にしていないその世界に真っ先にひたる喜びは、何にも替え難いものに感じられた。正直な気持ちで言えば、賞の候補になったことはもちろん嬉しかったが、そのために藤子の秘書を辞めなくてはならなかったのは、とても残念だったのだ。だが藤子は淡々としていて、特に残念そうでもなく、引き止める言葉もまったくかけてくれなかったので、珠美としては、心残りながらも、三年間いい経験が出来た、と割り切って忘れるしかなかったのだ。

それなのに、こんなに突然藤子の方から、また秘書をしてくれと言って来るなんて、考えてもいなかった。

藤子の芝居がかった言葉のすべてを鵜呑みにするほど、珠美も若くはなかった。ひとり身のまま、ろくな恋愛もせず、専業作家として食べていかれるようになることだけを目標に、懸命にやって来たのに、結果として夢が叶ったとは言い難い状況に追い込まれ、もう少しで生活苦に転落する瀬戸際だ。友人と呼べる者もそう多くはなかったし、小説を書くこと以外に取り柄も趣味もない。自分で自分に嫌気がさすほど、八方塞がりな日々だった。誰かの甘い言葉を無邪気に信じて舞い上がれるような精神状態ではない。が、それが芝居だろうとなかろうと、今、目の前にいる藤子は目を潤ませ、必死に珠美に哀願していた。噂では、藤子の性格は最近とみにきつくなり、生活も派手になっているらしい。作家としての豪徳寺ふじ子は、奇跡的なほど長く絶頂期を維持している。今では、二時間ドラマと呼ばれる推理もののドラマ枠では、チャンネルによっては、一クールの一／三近くをふじ子の原作が占めていた。月に一度以上、豪徳寺ふじ子原作の推理ドラマが放映されていることになり、本などまず読まない人々にも豪徳寺ふじ子の名前は知れ渡っている。原作料も破格で、通常のドラマ化原作料はせいぜい五十万円から百万円程度なのに、ふじ子の場合はその三倍から四倍とっている、という話も聞いた。講演依頼も年間かなりの数になっているらしいし、収入も、以前に珠美が秘書をしていた時のさらに数倍にはなっているはずだ。雑誌に登場する豪徳寺ふじ子も、明らかに昔とは雰囲気が違っている。もともと宝石類やブランド物の洋服などにはあまり興味を持っていない人だったのに、最近の写真では、大き過ぎてまがい物に見えるほどの宝石を指にはめ、一目でシャネルだとわかるスーツに身を包んだ、やたらと化粧の濃い藤子が不自然なほどのつくり笑いを顔に浮かべて写っていて、珠美には、どこか痛々しいと思えたほどだった。

あたしがそばにいない間に、藤子に何があったのだろう。

珠美が藤子の依頼を引き受け、しかも藤子に誘われるまま、住み込み、という状態で秘書の仕事に戻ったのには、藤子の変化の理由が知りたい、という思いもあったのだ。

実際に秘書仕事に戻ってみると、自分の部屋の中にいる時の藤子は、拍子抜けするほど以前と変わっていなかった。相変わらず気分屋で、泣き出しそうな顔で戻って欲しいと頼んだことなどきれいさっぱり忘れたかのように、初日から、珠美がいれたコーヒーが苦いと文句を言った。が、珠美としては、以前と変わっていない藤子の様子に、いくぶんホッとした。

藤子が珠美に頼った理由は、秘書仕事に復帰してすぐに理解出来た。あまりにも短期間に多くの秘書が出たり入ったりしていたせいだろう、事務処理がめちゃくちゃになっていて、税理士からの小言が綴られたFAXが束になっていた。名刺の整理もいつからされていないのか、珠美が知っているだけでも、すでに異動したり退職してしまった編集者の名前が、大勢、リストに載せられたままになっている。肩書きも部署も古いものが多く、同業作家達の住所録なども、転居の情報がまるで反映されていない。それら、カオスとなり果てた作家・豪徳寺ふじ子関連の事務処理を以前のように秩序のある状態に戻すのに、たっぷり二ヶ月近くかかってしまった。要するに、柘植が紹介した珠美の後釜はどれもこれも、事務処理能力の低い人々だった、ということで、藤子としては、何とかして珠美に戻ってもらわないと、自分で事務処理をするはめになる、それであれほど焦っていたのだ。

やがて、藤子に関する事務仕事の周辺は、珠美が知っていた昔のように落ち着きを取り戻した。講演やテレビ出演の仕事が以前よりも増えていたので、スケジュールの管理は前よりややこしくなっていたが、それでも、さすがに藤子は、自分は芸能人ではなく作家である、という分は踏まえていて、執筆が出来なくなるほどテレビの仕事を入れたりはしていない。むしろ以前より執筆ペースも上がっているようで、珠美は、藤子の過労が心配だった。

「ハルジオンとヒメジョオン、って、どう違うか知っている?」

押し花の栞を自分の読みかけの文庫本に挟んだ珠美を見て、藤子が訊いた。

「さあ……咲く時期が違う、とか? あ、白いのがヒメジョオンでピンクっぽいのがハルジオンかしら」

「ハルジオンは、ジ、オ、ンでしょ」

藤子は内緒話でもするように言った。

「ヒメジョオンは、ジョ、オ、ンなのよ」

「あ……そうですね。でもわたし、今、藤子さんがハルジオン、と発音したのでそう言ったんですけど、ハルジョオン、だと思ってました、今まで。ハルジョオンとヒメジョオン、だって」

「字で書くとわかるの。ハルジオンは、春に咲く紫苑に似た花、という意味だから、春紫苑、と書く。ヒメジョオンは、お姫さまの姫に、女の苑、と書くのよ。だから、ジョオン、なの」

珠美は手元のワープロで変換して見た。なるほど、その通りに変換された。

「見た目も違うのよ。ハルジオンは、蕾の時、頭を下げてる。まるで恥ずかしがってるみたいに。ヒメジョオンは、堂々と上を向いてるわ。つんと茎を尖らせてね。ヒメジョオンは帰化植物なんですって。アメリカの花らしいわ、もともと」

「そうなんですか。知りませんでした」

「昔ね、ハルジオンとヒメジョオンみたいな母と娘を知ってたわ。一見すると雰囲気がとてもよく似てるんだけど、性格が違ってた。顔じゃないのよ、顔はあんまり似てない母娘だった。でもね、第一印象は、どちらもよく似ていたの。それでわたし、騙されちゃったんだわ」

「……騙された？」

「ええ。すっかり」

藤子は、笑顔のままで肩をすくめると、唐突に話題を打ち切ってリビングを出て行った。

家政婦の田村だけは、以前同様、淡々と仕事に通って来ていた。田村の作る料理はものすごくおいしい、というほどではないが、どことなく懐かしい家庭の総菜の味がする。自分について嬉々として喋るタイプの女性ではなかったので、けっこう長いつきあいながら田村の過去については断片的にしか知らないが、十代の終わりに見合い結婚して、ひとり息子を育てあげた後、夫に急逝され、四十代半ばで寡婦となって以来、通いの家政婦を生業としてひとり暮らしを続けているらしい。手塩にかけて育てた息子は、大学を出るとアメリカに渡ってしまい、向こうで結婚して孫も出来たのだが、数年に一度しか戻って来ない。よくある話ではあるが、田村の寂しさは珠美にも想像が出来た。口数が少なく、交友関係も広くはない、という彼女の性質が買われてか、藤子のところに来る前はさる芸能人宅に勤めていたらしいのだが、離婚騒動が起こって解雇されてしまったらしい。その時の話は野次馬として面白そうだったので、なんとか聞き出そうとあれこれ水を向けてはみたが、田村はのらりくらりとかわしては、肝心なことは決して喋ろうとしなかった。きっと、藤子がどんなスキャンダラスな事件に巻き込まれたとしても、田村は自分の見聞きしたことを誰にも話さず、淡々と、次の家庭に向かうのだろう。

「あ、そうだ、午後、妙子が来るわ」

一緒に昼ご飯を食べながら、藤子が思い出して言った。

「田村さん、妙子、この前あなたが作ってくれたスコーンがとてもおいしかったって言うの。またお願いできるかしら」

「喜んで作らせていただきますよ、あんなものでよろしければ」

「クロテッド・クリーム、まだ残ってた？」

「あれは新鮮でないとおいしくございませんから、お昼の後片づけが済みましたら、すぐに買って参ります」

「それなら、わたしにしておきます、後片づけ」

珠美が言うと、田村は断ろうと口を開きかけた。が、一瞬早く藤子が承知した。

「じゃあ、珠ちゃん、お願いね。あ、ついでに、お手洗いのお掃除だけ、もう一度しておいてくれないかしら。田村さんが綺麗にしてくれているんだけど、妙子がね、お客様をお連れするって言うのよ。だからちょっと、神経質になっちゃって」

「お客様、ですか。公論社の方ではなくて？」

藤子は含み笑いして首を横に振った。

「なんだかね、いいお話みたいなの。妙子ははっきりは言わないんだけど……考えたらあの子ももうおっつけ二十五ですものね、そういうお相手がいてもちっともおかしくはないのよね。編集者って晩婚の傾向があるみたいなんで、妙子もまだまだ先のことだと思っていたのにね」

藤子が上機嫌で食卓を離れてから、珠美は田村と、驚きの視線を送り合った。

「妙子お嬢様が結婚相手を連れて来る、ということなんでしょうか」

田村がびっくり目のままで訊く。珠美も、そうでしょうね、と頷きながら半信半疑だった。

藤子が故郷に「捨てて」来た娘、妙子は、中学生になった頃から東京で暮らす藤子と連絡をとり合い、妙子が高校生になってからは、年に一、二度、東京に来て藤子と数日を過ごしていた。珠美が秘書の仕事を始めて一、二年した頃、上京して来た妙子が藤子の部屋で夏休みを楽しみ、その間に、妙子の東京見物につき合ってあげたこともある。その後、地元の国立大学を出て、地元に就職して欲しいという妙子の父親の強い要望を振り切り、東京の出版社では中堅クラスの公論社に入社した。そして入社三年目の今年、妙子は文芸編集者となって、仕事の上でも藤子とやり取りをするようになった。妙子自身、母親が人気作家として君臨する出版業界に身を置いた以上は、編集者として一流になりたいという願望は強いようで、さすがに藤子の担当者には任命されなかったが、はたから見ていても生き生きと仕事をしているように思えたのだ。まだまだ、結婚、という選択をしそうには見えなかったのだが。

岡本妙子は、藤子の実の娘とは思えないほど、素朴な魅力に溢れた女性だった。頭の回転が速いのだろう、言葉に切れがあり、場持ちもよく、一緒にいて楽しい人だ。編集者としてはまだ未知数だが、誠実に仕事をしようとする姿勢は充分に見てとれる。豪徳寺ふじ子の娘、ということでゲタをはかせてもらおうという甘さは感じられないし、実際、公論社の入社試験では藤子のことは一切、伏せていたと聞く。初めて逢った高校生の頃から、珠美は、妹か姪にでも対して感じるような温かな親近感を妙子に対して抱いていた。

午後三時近くなって、妙子がやって来た。藤子の言葉通り、男性をひとり連れて。が、珠美はその男性を知っていた。

「あれ、佐古さん？　佐古珠美さんですよね」

珠美が口を開くより早く、岩崎聡一の方で珠美に気づいた。

「あ、そうか、佐古さん、豪徳寺さんの秘書されてたんでしたね。なんかそんな話、誰かから聞いたことがあったんだけど、昔のことだと勘違いしてました」

「出戻りなんです」

珠美は、あれこれ言い繕《つくろ》うのが面倒になって言った。

「専業じゃ食べられないんで、また豪徳寺先生につかってもらってます」

「あら嫌だ、わたしからお願いして、手伝ってもらってるのよ。佐古さんは本当に優秀なの。わたし、佐古さんがいないと、税金のこともスケジュールのことも、どうしていいかまるでわからなくなっちゃうのよ」

藤子は満面の笑みで岩崎聡一を出迎えた。デビューしてまだ四、五年しか経っていないが、今、業界でもいちばん注目されている作家のひとりだろう。ベストセラーと呼べるほどの数字をあげた作品を立て続けに発表し、大きな賞もとったばかり。珠美には、その存在が眩しいような鬱陶しいような、そんな男性だ。だが感じの悪い男ではない。笑顔には嫌味がないし、人の良さは少し一緒に話をしていれば何となく伝わって来る。詳しいことは知らないが、資産家の息子で、作家業に入る前は一流と呼ばれる企業のサラリーマンだったらしい。才能もあり運もつき、その上毛並みもいい、何とも恵まれた人間だった。そしてその男が妙子の恋人なのだとしたら、なるほど、妙子が早々と結婚という選択肢に手を伸ばしたのもわかる気がした。

妙子はさすがに照れ臭いのか言葉少なだったが、その分、岩崎がよく喋った。岩崎と藤子は話のテンポが合うのか、初対面だというのが嘘のように打ち解けて楽しそうにしている。妙子は、田村が焼いたスコーンをおいしそうにひとつ食べながらもっぱら聞き役に回り、それでも、藤子が岩崎を気に入ったようなので安堵しているのが珠美にもわかった。

やがて岩崎が煙草を喫いたいと言ったので、四人でテラスに出た。藤子は煙草の匂いが嫌いで、客であっても室内では喫煙をゆるさない。その代わり、広々としたルーフテラスにはガーデンチェアとテーブルが置かれ、南青山の町並みを睥睨しながら心ゆくまで一服できるようになっている。

珠美は話の途中で席をたち、テラスに出してある蘭の鉢植えに水をやった。どのみち、自分はよそ者。娘が母親に恋人を見せに来たのだから、本当ならば、気をきかせて外出ぐらいするべきだったのかも知れない。が、ついでだから、と、室内に置いてある蘭の鉢もひとつずつ抱えてテラスに出し、水をやり始めたところで、妙子が手伝おうと蘭の鉢を抱えているのに気づいた。

「妙子さん、いいんです、忘れないうちに、と思っただけですから。藤子さんと岩崎さんのところに」

「佐古さん、岩崎さんのこと、どう思われます？」

妙子が単刀直入に訊いてきた。妙子の顔にはおだやかな微笑が浮かんでいたが、目は見つめられると苦しさを感じるほど真剣だった。

「ごめんなさい、パーティで二度くらい挨拶した程度で、よく知らないのよ」

「そうじゃなくて、今日の印象です。本当に、第一印象でいいですから、教えてください」

「えっと……もちろん、感じのいい人だと思うわ。だってほら、あんなに気をつかって、藤子さんと話を合わせてくれているもの。きっと、他人を不愉快にすることが稀な、とても優しい人なんじゃないかしら。妙子さん……結婚するつもりなの？」

「それはまだ」

妙子は笑った。

「豪徳寺先生は早合点してるんです。昨日、電話でちらっとおつきあいしていると打ち明けたら、ひとりで盛り上がっちゃって」

「でも、いいおつきあいなんでしょう？」

「ええ。……実は、たまたま今は編集者と作家だから、そういう繋がりかと思われるでしょうけれど、そうじゃないんです。わたし、新入社員の時は営業にいたんです。それで書店さんで、内《う》田《ち》黄《おう》葉《よう》先生のサイン会があった時、その書店の担当者としてお手伝いさせていただいたんです。そこに来てたんです、彼。内田先生は本業が大学の教授でしょう、岩崎さんが学生の頃、内田先生はまだ助教授で、内田先生のゼミを履修していたそうなんです。それで、作家としてデビューしてからも、内田先生のサイン会や講演会には、自主的にお手伝いに出ていたんです。今から二年前のことです」

「じゃ、もう二年近く？」

「はい。ただ、結婚とかそういうのはまだ全然。けれど岩崎さんが、交際を続けるなら豪徳寺先生にきちんと挨拶しておきたいと言い出して」

「それは、向こうはその気だってことじゃない。妙子さん、岩崎さんはそのつもりなんでしょう？　プロポーズはまだでも、なんとなくそんな雰囲気があるんでしょう？」

妙子は黙って頷いた。はにかんでいるようでもあり、困惑しているようにも見えた。

「何か不安なことでもあるの？　岩崎さんに対して、心配なことがあるのかしら？」

「不安は……彼にではなくて……わたしの方に」

妙子は、手にしていた蘭を覗きこむように目を伏せた。

「佐古先生、一度、ゆっくり話を聞いて貰えますか。豪徳寺先生には……母には聞かれたくないことなんです」

「それは構わないけれど……」

「じゃあ、お願いします」

顔を上げた妙子の瞳が、なぜか潤んでいる。珠美は胸騒ぎに襲われた。妙子の表情には、ただならぬものがあった。

「わかりました。それじゃ、わたしのお休みの日にしましょう。土曜か日曜になっちゃうけど」

「構いません。いつでも、佐古先生のご都合に合わせます」

「なら、今度の土曜日、そうね、わたしいつも土曜日は、サービスで豪徳寺さんにブランチ作ってあげて一緒に食べてから外出することにしているの。だから、午後一時くらいにどこかでなら」

「どこでもけっこうです。佐古先生の知っていらっしゃる場所で」

「そう？　だったら銀座にしましょうか。三笠会館の一階に、紅茶のお店があるから、そこで」

妙子は頷くと、さっと頭を振った。その瞬間、今まで妙子の顔を覆っていた暗雲のようなものが綺麗に消え、いつもの、素朴で明るい妙子が出現した。その変わり身の見事さに、珠美は呆気にとられながらも、妙子の芯の強さ、気丈さをあらためて感じていた。

4

「今だけ、母、って呼びますけど、いいですか」

妙子は言って、アイスティーを少しすすった。

「もちろん、構わないわよ。だってお母さんなんだもの、藤子さんは」

「すみません。出版界に就職を決めた時、もう豪徳寺ふじ子を母と呼ぶのはやめよう、って、自分に誓ったんです。でもこの話は、母、と呼ばないとしづらくて」

「わたしのことは気にしないで」

珠美は紅茶茶碗にミルクを落とした。妙子の口調にはとてもせっぱ詰まったものがあり、耳にしているだけで息苦しくなって来る。

「世間では、母が作家になりたくてわたしと父を捨て、田舎を出た、という形で伝わっていると思うんですけど、それはある部分だけしか真実ではないんです。母は確かに、田舎を、わたしの故郷を捨てました。母は、実家にすら二度と戻らないつもりでいたと思います。今でも、実家に帰っているという話は聞きません」

「藤子さんの実家も、同じ地域にあるの？」

「町は違いますけれど、近くです。もう母の兄の代になっていて、母の両親、つまりわたしの祖父母とも他界しています。わたしの家と母の実家とは縁が切れたままなので、詳しいことは知らないのですが」

「地方都市というのは、それなりに閉塞感があって大変なんでしょうね。わたしは東京の出身じゃないけど、千葉って言うのはまあ、東京の付属物みたいなものだから、メンタリティとしては、東京の人間、って意識なのよね。都会流の価値観に染まっている、と言えばいいのかな。だからつい、地方都市での生活を美化して考えちゃうんだけど」

「うちの故郷は、諏訪なんです。歴史のある田舎の町って、ある意味、とてもやっかいです。旧家が多く残っていて、しきたりだの慣習だの、ルールがいっぱいあります。わたしの実家も、そんな旧家の流れをくんでいました。財産はたいしてなかったんですが、家だけは大きくて。でもとても古くて、だだっ広い家です。母は短大を出てすぐ、見合いで父と結婚しました。父は中学の教師でした。父には兄がいて、母が見合いをした時には、兄夫婦が祖父母と一緒にその家で生活していました。ですから、婚約した時の約束では、父と母は祖父母とは別居のかたちで新婚生

たの？」

「妙子さんが生まれる前の、昔のことなのに、詳しく知っているのね。お父様が話してくださっ

妙子は頷いた。

「わたしが中学一年の時、祖父母が相次いで亡くなりました。祖父が夏に脳卒中で倒れ、亡くなるまで四ヶ月近く看病していた疲れのせいか、年明けにインフルエンザにかかった祖母が、半月あまりで呆気なく逝ってしまって。その時、これからは二人きりで生活することになったんだから、と、父がいろいろと話してくれたんです。実の母親が、豪徳寺ふじ子という名前の作家になってることもその時、初めて聞きました。それまで、母は海外に住んでいる、と、祖母から説明されたことを鵜呑みにしていました。祖母は、母にはもう別の家庭があるから、母のことは忘れなくてはいけない、と、わたしがかなり幼い頃からわたしに吹き込んでいたんです。そのことが真っ赤な嘘だったと知って、わたし、故人とは言え、祖母を憎らしく思いました」

妙子は苦笑した。

「中学一年では、嫁姑の確執を理解しろと言われても、無理ですよね。あれから自分が成長するに従って、誰が悪かったわけでもない、祖母と母と、どちらが正義でどちらが悪だったわけでもないんだ、ということが少しずつわかって来ましたが」

「それじゃ、藤子さんがあなたを残して家を出たのは、おばあさまとの確執が原因だったのね」

「それだけではありません。でも、それも大きな原因だったようです。もともと、婚約時の約束

では、父と母は祖父母とは暮らさずに、自分たちだけで新婚生活を始めるはずだったんです。もし父が、きっぱりとそうしていれば……二人は別れなかったかも知れませんね。でもそんなこと、今さら言っても何の意味もないですけど」

妙子はアイスティーのストローをくるくる回しながら、一言一言、自分に言い聞かせるように喋っていた。

「でも嫁姑の確執だけで、母がわたしを置いて家を出たわけではありません。もしそれだけだったとしたら、母は、わたしを連れて出ていたでしょう。東京になど出て来たりしないで、実家にわたしを連れて戻り、後は両家の話し合いということになっていたと思います。母が身ひとつで東京に出たのは、実家にも戻れない事情ができたからなんです。母自身にも責任はあります。でも、そこまで母を追い込んだのは……父なんです」

妙子の声に涙が滲んだように聞こえて、珠美は身の置き所がないような不安を感じた。自分がそんな、妙子と藤子の人生が負った傷について知ってしまってもいいのだろうか。赤の他人の、自分が。

だが妙子は、赤の他人にだからこそ話したい、話してしまいたい、と思っているのだ。


「父と母の関係を決定的に駄目にしてしまったのは、父の浮気なんです」

妙子はそう、吐き出すように言って、グラスが空になるまでアイスティーを一気にすすった。

「父は、わたしが中学生になる時、母が東京で作家になっている、と教えてくれました。わたしは父に許可を得て、母に連絡をとりました。母はものすごくびっくりしていましたけど、わたしのことについては、たまに父と手紙のやり取りをしていたらしくて、わたしが東京に逢いに行きたいと言うと、ＯＫしてくれたんです。それから、学校が休みになると東京に行くのがわたしにとって、何よりの楽しみになりました」

「前にわたしが藤子さんのところで働いていた時に、春休みだったか、一緒にディズニーランドも行ったわね」

「ええ。すごく楽しかった」

妙子は懐かしそうに目を細めた。珠美自身も、あの時の妙子の、幼さの残る少女だった様子を思い出して、胸が痛くなるほどの懐かしさを感じた。

「わたしにとって、母は、憧れです。今でもそうなんです。作家だから、有名人だから、というだけではなくて、母は……美しいと思います。顔かたちのことだけではなく、立ち居振る舞いも、話し方も……確かに気まぐれだし我が儘だし、決して優等生でも良妻賢母でもないですが、とても魅力があると思うんです」

「その通りよ」

珠美は本心から言った。

「わたしも藤子さんの魅力に、ある意味、とりつかれているんだと思う。だから……だから秘書なんてしているんだと」

妙子はようやく、いくらか緊張を解いた柔らかな笑顔になった。

「良かった。わたし、少し心配だったんですよ。母は、佐古先生に甘え過ぎだから。佐古先生、母のわがままは、時にははねつけてやってくださいね」

「心配しないで、適当にやってるから。わたしももういい歳でしょ、図々しくなってるから、大丈夫よ。藤子さんに何か言われたくらいでへこんだりしないもの」

「すみません……わたしが業界の人間でなければ、娘として母に意見もできるんですけど」

「そんなこと、気にしないで。それより、藤子さんが家を出た原因が、おばあさまとの確執の他に、お父様の浮気だったというのも、お父様から聞いたことなの？」

「ええ。父は……わたしが東京で母と会って仲良くしているのを見ていて、いつかはきちんと話さないとならないと思っていたんでしょう。母はそうしたこと、何も言わなかったんです。どうして家を出たか、とか、なぜわたしを連れて行かなかったのか、とか、一切、言い訳はしませんでした。そんな母の潔さを知って、父としては、祖母の嘘でいつまでも母の名誉を汚していることに耐えられなくなった、そういうことだったんでしょうね。父は気の小さい人ですが、心根は優しい人です。母に申し訳ないことをした、という気持ちは、ずっと持ち続けていたんだと思います」

妙子は、大きく一度、息を吐き出した。

「父の浮気も、元はと言えば、祖母が原因を作ったようなものでした。祖母は、父の兄である長男のところに男の子が生まれていなかったので、わたしの下に弟を欲しがっていたんです。でも母はわたしを産んで半年ほどした時、流産したんです。その時、医者に、もしかしたら習慣性流産の傾向があるかも知れない、と言われて、以後、父は、母のからだに負担をかけないよう、子供はつくらないことにしていたようなんです。父も母もわたしを愛してくれていて、だからひとりっ子でも構わない、と思っていたんですね。でも祖母はそうではなかった。もともと、祖母はなぜか母のことが気に入らず、嫁いじめのようなことをしていたらしいんですけど、そのことがあってからはなおさら、母に辛くあたっていたみたいです。父もそんな祖母の態度が気掛かりで、いっそ別居しようかと考えてはいたみたいなんですけど……父が、もっと母に対して言葉を多くしていてくれれば、よかったんです。別居しようと考えている、と一言でも言っていてくれれば。でも男の人って、そういうこと、簡単に言わないんでしょうね。父としては、確実に別居できるめどがつくまでは、ぬか喜びさせては可哀想だ、と思ったみたいです。当時、父は公立中学の教師で給料はあまり高くなく、祖父母と別居して家賃などがかかるようになると、父の収入だけでは生活が心もとない、そう考えていたそうです。それで、市内に新設された私立中学の教師になれないか、コネを使ってあたっていたところだった。私立の教師になれるめどがついたら母に話すつもりだったそうです。でも母は、もう限界だったんだと思います。幼いわたしがいてはパート勤めもままならないし、祖母は母が働くことには絶対反対で、家にしばりつけていました。息抜きもゆるされず、祖母にちくちくといじめられながら、夜泣きをするわたしを抱えて……まだ今のわたしと同じくらい若かったのに。その当時の母の気持ちを想像すると……」

「それで」

珠美はぬるくなった紅茶で唇を湿らせて言った。

「藤子さんは……何か行動をおこした……のね？」

妙子は頷いた。

「母は、父にも祖父母にも嘘をつきました。わたしを、当時やっと地方都市にも進出して来た、乳幼児教室に通わせると。わたしを、私立のエスカレーター式に短大まであがれる幼稚園に入園させるための準備をする、と。見栄っ張りだった祖母は、その提案に賛成したみたいです。父は、そんなに幼い頃から塾通いさせるなんて、と、反対だったようなんですが、祖母に説得されてゆるしたそうです。確かに、週に二回ほど、わたしは乳幼児教室に預けられました。でもそこは塾ではなく、時間制で子供を預かる保育園だったんです。つまり母は、週に二度、自由な時間を作ることに成功したわけです。母の立てた計画は、単純だけれど効果的なものでした。母は、その乳幼児教室がある同じビルの中の会社で、パートを始めたんです」

「つまり、あなたを週に二度、保育園に預け、その間にパートを始めた。そういうことね。でも乳幼児教室という名目なら、そんなに長時間は無理だったわけでしょう？　週にたった数時間のパートなんて、よくあったわね」

「それが……母が選んだその仕事が、母を追い詰めることになってしまいました。母は、電話セールスのパートを始めたんです。歩合制で、客を説明会に来させることができれば、一件につきいくらか、時給の他にもらえる、そんな仕事です。母の声って、とても耳に心地いいでしょう？　それに、母が熱心に話している時って、なんとなく引き込まれるという気がしませんか？」

「そうね。講演会でも藤子さんの話はとても評判がいい」

「それも母の才能のひとつなんだと思います。そして母は、電話セールスのパートで、その才能を活かしたようなんです。母は、短期間に、セールスの成果を挙げて、かなりのお金を手にしたんです。母はそのお金で、父とわたしと三人で暮らせる家を借りようとしていたんだそうです」

「藤子さんらしいわね。あくまで、自分の力で状況を打破して行く。作家になる前から、藤子さんにはそういう資質があったのね」

「はい。その行動力や気力は尊敬しています。母は、父とわたしとで新しい生活を始めるために、必死だったんだと思います。でも……母は自分の計画に夢中になるあまり、警戒心がゆるんでしまっていたんでしょうね。諏訪は、そこそこに大きな町ですが、でもやっぱり田舎なんです。岡本のように旧い家は、親戚も知り合いも多い。みんな地元の人々です。そしてその人たちは、岡本の家に嫁いで来た若い嫁の顔を知っています。母が、歩き始めたばかりのわたしの手をひいて、乳幼児教室の帰りに、不動産屋のガラス戸の前にじっと立っていたのを、何人かの知人が見ていたんです。母は手ごろな家を探していたんだと思います。それも、希望に適う物件が出ているかどうか、パートに出るたびに不動産屋に貼り出してある物件情報を眺めていたんでしょうね。その様子を見られていた。そして、見た人はそのことを、祖母に教えていたんです」

「つまり、告げ口されていたわけね」

「ええ。祖母は、それが何を意味するのか即座に理解したのでしょうね。母の計画を知って、祖母は激怒したのだと思います。そして、母を岡本の家から追い出すことを考えた。……ごめんなさい、でもこの部分は、わたしの想像に過ぎません。祖母はもう故人ですし、生前、祖母は決してそんなことを認めなかったはずです。父もそこまでのことはわたしに言いませんでした。ただ、父から聞いた事実をつなぎ合わせると、たぶんそういうことだったのだろう、とわたしには思えたんです。祖母は、父の気持ちを母から引き離すことを考えたんだと思います」

「それじゃ、まさか、お父様の浮気相手を……？」

「祖母がどこまで期待していたのか、それはわかりません。父にしたところで、祖母の気持ちに気づいていたら、間違いは犯さなかったでしょう。でも結果としては、祖母の策略は当たってしまったんです。祖母は、自宅からほど近い商店街で花屋を経営している母娘をよく知っていました。その家も岡本と同じくらいの旧家なんです。そこの娘さんが横浜で花屋さんを経営して成功してらしたんですけど、ご主人をなくされて、ひとり娘さんと一緒に諏訪に戻っていました。祖母は、その子に白羽の矢を立てたんです。当時、母より少し若くて、都会の華やかな雰囲気のある可愛らしい女性だったみたいです。その娘さんはお母さん共々、フラワーアレンジメントの講師をしていました。祖母はもとから生け花の免許皆伝の腕前だったのですが、突然、西洋風の生け花を習いたいと言い出して、自宅にその娘さんを呼ぶようになったそうです。……母には内緒で。母がわたしを連れて出かけている同じ時間帯に、その女性は家に来て、祖母に花を教えていたわけです。祖母に何も含むところがなければ、そのことを母に内緒にする理由なんてありません。それを内緒にしていたという事実が、祖母の企みを証拠立てていると思います」

珠美は言葉を失い、ただ黙って紅茶茶碗の把手を指で玩んだ。嫁と姑の確執というのは、世間ではありふれたことのように言われるし、姑のいる家に嫁いだ知人から愚痴も聞かされたことがある。が、二十年以上も前の話だというのに、この生々しい痛さは耐えられないほどだった。いくら嫁が気に入らないからと言っても、息子に浮気相手を提供するなどと、本当に考えるものなのだろうか。

考えるのだ。そういった話は、歴史の中にも小説の中にもごまんとある。珠美は、今更のように、女として歳をとることの怖さを思った。

「父は中学の教師でしたから、学校が休みに入ると、勤務時間が多少不規則になります。学校には毎日のように出ていましたが、クラブ活動の監督などの仕事がない日は、午後は早めに帰宅することもありました。祖母は、そうやって帰って来た父と、その女性とを自宅で引き合わせることを企んだんですね。母とわたしが家にいない時を狙って。でも、もちろん、父さえしっかりしていれば、祖母の思惑にはまることなどなかったんです。そのことでは、父は心の底から後悔したと言いました。けれど、わたしは今でもまだ、その部分だけは父をゆるしていません。父の気持ちを最大限理解しようとすれば、見合い結婚した父と母には、世間一般の恋人同士にあるような、甘く楽しい婚約期間というものがなかったのかも知れない。父は母を大事には思っていたけれど、それは恋愛感情とは別のものだった。父にとって、祖母の策略だろうと何だろうと、その女性は、心をときめかせてくれる存在になった。人の心は鎖で繋げませんから、父がそんな気持ちを抱いたこと自体は責めても仕方ないことかも知れない。でも父は……踏みとどまるべきだったし、踏みとどまって欲しかったと思います」

「人には誰でも、そういう瞬間があるものなんでしょうね。あたまではわかっている、でも心がどうにもコントロールできない、そんな時が。妙子さんのお父様も、普段真面目な人だっただけに、気持ちが傾き始めたら止めることが難しかったのかな」

「ええ、そうやって、わかってあげよう、とすれば、父の心を想像することはできるんです。でも、頭で理解するのと、気持ちとしてそれを認めるのとは違いますね。父さえしっかりしていてくれれば、わたしは母と離れ離れに育たないで済んだかも知れない。そう思うと、やっぱり悔しいんです。……父はその女性と、祖母にも隠れて外で逢うようになったそうです。祖母がそうした結果を知っていたのかどうかはわかりません。でも知っていたとしても、知らないふりをしていたでしょうね。父がその女性にいれこんでくれれば、それだけ、母と離婚する可能性が増えるわけですから。結局、父の浮気は母の知るところになりました。そのあたりの詳しいことは、娘のわたしに話すには生々し過ぎますから、父もあまり多くは話してくれません。ただ、母が父とそのことで言い争っている場に祖母が割り込んで、母が嘘をついてパートで働いていたことを責めたのだそうです。祖母は興信所に頼んで母の行動を見張らせていました。父もその時まで、母が働いていることは知らなかったそうです。その時のことを想像するのはとても辛い。……父と母とは、その日から口をきかなくなり、二人の関係はどんどん冷めていった。そして……母の、妻としての立場を致命的にする出来事が起りました。ある日突然、自宅に警察が来て、母が任意同行を求められたのです」

「それは……なぜ？」

「詐欺の容疑でした。……母が電話セールスをしていた会社は、原野商法の悪徳業者だったんです。北海道のリゾート開発計画に従って別荘地を分譲するという名目で人を集め、説明会で集団催眠のような状態にしてしまい、数万円の価値もない開発不能な原野を、何百万、何千万円で売りつける、あの原野商法です。母はもちろん、何も知らずにパートをしていただけでした。でも母の電話トークの成績があまりにもよくて、大勢の客が、母に説得されて説明会に出ることにした、と証言したそうです。それで、母は確信犯で、詐欺業者の仲間ではないかと疑われたんです。最後には、母の容疑は立証できないということで、不起訴処分になったのですが、母に関しての噂は地元中に広まり、祖母は、警察から戻った母が家に入るのも拒む騒ぎだったそうです。仕方なく、母は一度実家に戻ったのですが、実家でもいろいろ言われて居場所がなくなって。母は田舎を捨てて都会に出る決心をしました。でも母は、わたしを連れて行くつもりでいました。母は父に、わたしを渡してくれれば離婚する、と条件を出したそうです。父はその時、まだ花屋の女の人に惹かれていました。でもわたしのことも手放したくはなかった。葛藤したあげく、離婚するかどうかは別にして、一度、母とわたしを東京に逃がすことにしたんです。母はもう四面楚歌で、諏訪ではとても生きていけない状態でしたから。父は母に、母が東京に向かう朝、電車に間に合うようにわたしを連れて行くと約束しました。でも、母が旅立つ朝、わたしは発熱してしまったんです。麻疹《はしか》でした。父はひとりで駅に向かい、わたしが麻疹にかかって電車に乗れなくなったと告げました。母はもちろん、出発を止めて残ろうとしたそうです。でも父は母を説得し、必ずわたしを東京に連れて行くからと約束して、母は泣きながら電車に乗ったそうです……」

「でも」

珠美は重く溜め息をついた。

「お父様は、その約束を破ったのね」

「祖母に気づかれたのです」

妙子は涙声だった。

「祖母は、知り合いの医者に頼んでわたしを入院させてしまいました。そして一ヶ月近くもわたしをその病院に半ば監禁したままで、その間に、二人を離婚させる工作を進めていたんです。祖母の切り札は、母も父を裏切って別の男性と親しくしていた、という事実でした。相手は、電話セールスの事務所に出入りしていた大学生です」

「それは本当に事実だったの？　おばあさまのでっちあげでは」

「わかりません。父も、本当のことはとうとうわからなかったと言っていました。でも母が勤めていた事務所では、母とその学生がとても親しげにしていた、ということはみんな言っていたみたいで、その学生が原野商法をしていた会社の社員とは親戚関係だったことから、母もその学生も、すべてを知った上で詐欺行為に加担していたのではないか、と警察もみていたそうです。そして決定的だったのは、東京に出てアパートを借りた母のところに、その学生が出入りしている、という事実でした。それは祖母が頼んだ興信所が、写真に撮っていたんです。父としては、継父ができてしまうかも知れない環境にわたしを渡すわけにはいかないと考え、東京の母に、わたしを連れて行くことは思い留まる、と連絡するしかなかったと思います」

「藤子さんは、ショックを受けたでしょうね」

「……母は、それでなくても不安な気持ちでたったひとり東京に出て、父が、わたしを連れて来てくれるという約束だけを信じていた。それが裏切られて、きっと、混乱と不安とで情緒不安定になってしまったんだと思います。母はわたしを返せと、何度も電話して来たそうです。そのあげくは、諏訪に乗り込んでわたしをさらうと父を脅した。それで父もやむを得ず、母の不倫の証拠写真を送り、わたしを渡すことはできない、離婚を承知してくれれば生活費は送る、という手紙を添えたそうです。母は……諏訪に戻って来て、家の玄関先で、灯油をかぶって……父からの手紙に火を点けました」

珠美は思わず、ひっ、と驚きの声を漏らしてしまった。そんな修羅場があったことなど、藤子から聞いたことは一度もなかった。

「幸い、大事には至らず、母の火傷も軽傷でした。でも祖母が警察を呼んだため、母は放火未遂で逮捕されました。母の実家では、母を放火犯人にしないため、心神耗弱を申し立てて母を病院に押し込んでしまったそうです。それからまだ少し、母の実家と岡本の家とではごたごたがあったようですが、結果として、母はまた東京に戻り、わたしはそのまま父のもとに置かれました。そして父と母は正式に離婚したわけです。父は、世間体もあって、祖父に頼んで土地を少し売ってまとまったお金を作り、それを母に送ったそうです。母は東京で就職し、やがて作家としてデビューしました。でも出版社の意向で、離婚経験者であることや娘がいることは伏せられていて、OLから作家になった幸運な女性、という扱われ方をしたそうですね」

「藤子さんがデビューした時のことは、よく憶えているわ。女子大生の憧れの女性としてかなりもてはやされていた。でも……そんなひどいことがあったなんて、まるで想像もできなかった……」

「こうやってわたしがかいつまんで話しても、母の身に起こった不幸の何分の一も佐古さんに伝えることはできないですね。実際、話しているわたし自身、自分がその悲劇の中にいた、という実感はないんです。ただわかっていることは、母の心にひどい傷が負わされたことと、わたしの方から連絡をとるまでの十数年、母は自分からわたしに連絡したり接触したりすることは一度もなかった、ということだけです。それが母の意地なのか、それとも、わたしに嫌な話を知らせたくないという母の思いやりなのか……どちらであっても、今はそんな母に感謝しています。もし母が、わたしを取り戻そうとさらに修羅場を繰り広げていたとしたら、いったいどんな悲劇が起こったことか、想像すると怖いです。ある意味、祖母も命がけだったんだと思います。母が、諏訪にわたしをさらいに行くと電話で父を脅した時、祖母は本気で包丁を握りしめて、母の顔を見たら刺し殺す、とわめいたそうですから」

深い溜め息と共に、妙子は黙った。珠美は、ウエイトレスを呼んで、二人分の紅茶のお代わりを頼んだ。

「でもお父様は、結局、その花屋さんの女性と再婚はされなかったのでしょう？」

珠美の問いに、妙子は、気が抜けたように笑った。

「ええ、しませんでした。父はしたかったと思いますけれど、たぶん、相手の女性にそんなつもりはなかったんです。それに、母が灯油をかぶっただの病院に入っただの、あまりにも騒動が続いたので、そんな家に嫁に入るのはまっぴらだと思ったんじゃないかしら。父の話では、その女性は、田舎が嫌になったので横浜に戻ります、と書き置きを残して、消えてしまったそうです。それから少しして、その女性の母親も店をたたんで横浜に戻ったそうですから、母親も承知の上で、わたしの父から逃げた、ということなんでしょうね。父はあっさりふられてしまったわけです」

妙子は声を押さえて笑い続けた。

「父にはそれ以来、浮いた話はないみたいです。いつまでもひとり身では老後も心配だし、再婚したら、って勧めてはみるんですけど、父はきっと、結婚、というものに懲りてしまったんだと思います。その気持ちはわかります。……そして、そのことが、わたしの迷いにも繫がっているんです」

「つまり、妙子さん自身の中に、結婚生活に対しての不信感がある、ということ？」

「不信感というより……恐怖だと思います。わたしにはもちろん母の血も流れています。でも父の血も、そして、祖母の血も流れているんです。わたしの性格の中には、父や祖母が潜んでいます。父のように、決して裏切ってはいけない時に妻を裏切る優柔不断さや節操のなさ、祖母のように、自分のために他人を陥れ、とことん痛めつけてしまえる残酷さ。そういったものが、わたしにも受け継がれているんです」

「ちょっと待って、妙子さん。あなたみたいに教養のある人が、そんなこと言ったらだめよ。人の性格なんて、遺伝だけで形成されているものじゃないでしょう。遺伝的資質よりも、環境的要因の方が大きいはずでしょう？　第一、お父様の浮気とかおばあさまの嫁いびりにしても、環境が影響した結果だったんじゃなくて？　男なら、ううん、女だって、結婚した後で配偶者以外の人に心を動かされることはあるでしょうし、嫁いびりっていうのも、結局は、自分が認められたい、存在価値を持ちたいという女の焦りなのよ。あなた自身がしっかりと自分を保って、今のあなたが持っている良さを失わないように努力すれば、おばあさまみたいなことにならないわよ。妙子さん、そんな、つまらないこととは言わないけど、考えても仕方のないことで結婚したくないなんて言い出すのは、ごめんなさい、はっきり言って、幼稚よ。そうじゃなくて、あなたはただ、不安なだけなのよ。まだ結婚なんて具体的に考えていなかったのに、いきなりそっちの方に話が進展してしまって、それで戸惑っているのよ。不安になったり戸惑ったりすることは悪いことじゃない、一生の問題なんだから焦らないでじっくり考えればいいと思う。でも、大昔のことを持ち出して、血がどうとか過去がどうとか、そんなことを結婚しない理由にするのはあまりにも馬鹿げているわ」

妙子は、泣き笑いのような不思議な表情を顔に浮かべ、そして頷いた。

「佐古さんのおっしゃる通りです。……自分でも、自分の愚かさが嫌になります。でも……笑わないで。わたし……どうしても……関係ない、気にしない、と割り切ることが出来ないんです」

「妙子さん……」

「わたし、似ているんです」

妙子は、顔を上げ、じっと珠美を見つめた。

「そっくりなんです。……若い頃の祖母に……生き写しだとみんなに言われているんです」

5

半年近くの間、妙子と岩崎とが進展した、という話は伝わって来なかった。珠美は業界のパーティには出なくなっていたし、妙子も藤子の担当者ではないので、さほど頻繁に顔は見せなかった。やはり妙子は、岩崎からプロポーズされてそれを断ってしまったのだろうか。簡単に、もったいない、というのはたやすいが、それが妙子の人生の選択ならば仕方のないことだし、理由が何であれ、その男と結婚はできない、と思うとしたら、それは、好きだという気持ちが足りないからなのだ、と珠美は思う。好きで好きでたまらなくなれば、どんな障害があっても結婚したいと思う方が自然だろう。

藤子も、妙子の話題はあまり口に出さなかった。もともと珠美の目から見て、藤子は、娘にめろめろ、という感じでもなかったのだ。あまりにも過酷な修羅場を超えて諦めてしまった娘なので、もう、さほどの執着は感じなくなっているのかも知れない。藤子は妙子の前でも母親の顔はあまり見せず、女対女として振る舞っていた。藤子に母親の顔は似合わない。ぬかみそ臭さどころか、トースト一枚、他人のために焼いてあげる藤子など、藤子ではない。

珠美自身、妙子のことを思いわずらっている心の余裕はなかった。藤子の仕事は多忙を極め、睡眠時間はどんどん減っていった。藤子の健康が心配で、秘書の仕事が終わる午後八時になっても、藤子が執筆を続けていると、そのまま世話をやく習慣になってしまった。週刊誌と文芸雑誌の他に新聞連載まで、藤子のスケジュール表は締め切り日の赤丸で埋まっている。だが藤子は、仕事を断ろうとしない。実際、藤子にはもう、どの仕事を断れば自分が楽になるのかわからなくなっている。数社の編集者が入れ替わり立ち替わり日参し、藤子が好きな洋菓子店のケーキや白い蘭の鉢を手土産に、現在進行中の仕事が終わったら次はまたうちで、と繰り返す。藤子は、そうした言葉をろくに聞いていないのだが、適当に頷いてしまう。

芸能界でもきっと同じなのだろうが、ある一定の線を超えた過剰な人気は、インフルエンザのようなものだった。感染し、無制限に広がるのだ。藤子の本は、出せば出しただけ売れてしまう。が、いったい本当の意味で藤子の作品の愛読者と呼べる人がどのくらいいるのか。

珠美は、藤子の作品の質が落ちていることをはっきりと感じていた。あれほど胸躍る体験だった初稿のルビ振りが、今は少しも楽しくない。アイデアもひらめきも、言葉の選び方までも、自作の粗雑なコピーになりつつある。過去に書いた作品をばらばらにして適当に混ぜ合わせ、無理にひとつにまとめた、そんな印象を受けるものばかりだった。それでも、質が高かった頃よりも今の方が本は売れるのだ。いったい、本を買う人々というのは、何に対してお金を払っているのだろう。珠美自身、藤子の現状を見てしまうと、小説を書く、ということに対しての意欲が著しく減退した。藤子は気前よく珠美の給料をあげてくれる。が、家賃も食費もほとんどかからない生活で、しかも、藤子の忙しさにつきあってしまえば、お金をつかう暇もなくなる。結果、珠美の銀行口座には、ほとんど手付かずの給与が毎月貯金されている状態だった。だがそれを嬉しいとも感じないし、貯めたお金で買いたい物すら思いつかない。

ある朝、珠美は限界を感じた。

書斎から出て来た藤子が、冷蔵庫から牛乳の紙パックを取り出し、コップに注いでいた。が、藤子の意識はどこかに飛んでしまい、白い液体がコップから溢れてキッチンカウンターの上に流れ出した。珠美が叫びながら駆け寄っても、藤子の手首は紙パックを傾けたまま動かず、惚けたような藤子の顔には、生きた人間の持つ活力がまったく感じられなかった。

藤子の手から無理に紙パックを取り上げ、布巾でこぼれた牛乳を拭いながら、珠美は泣いた。このままでは藤子が壊れてしまう。藤子の脳は、もう物語をつむぎ出せる力を残していないのだ。

「休みますよ」

珠美は、きっぱりと藤子に言った。

「休むんです。連載も、何もかも、休載させてもらいます。今日、わたしから各社に連絡します」

「何を言ってるのよ」

藤子は、首を傾げて笑った。

「珠ちゃん、大丈夫？　そんなことできるわけないじゃないの」

「できます。藤子さんはロボットじゃないんです。いいえ、ロボットだって、故障すれば仕事は休みになります」

「あたし、故障してる？」

「ええ」

珠美は、表面張力で盛り上がっている牛乳を流しに捨て、コップに八分目まで残して藤子に手渡した。藤子は、ごく、ごく、と喉を鳴らし、おいしそうに牛乳を飲んだ。その白い喉を見ているうちに、珠美はすべてのことを決心した。

わたしがこの人を守る。これからは、この人の仕事は全部、わたしが管理しよう。

「藤子さん、今休まないと、藤子さんの小説は死んでしまいます」

「どういう、意味？」

「そのままの意味です。もう瀕死の状態なんです」

珠美は、藤子の手から空のコップを受け取った。それから藤子の手をとってソファに座らせ、その両肩に手を置いた。マッサージの知識などはなかったが、藤子の肩を時々揉む内に、こつのようなものは摑めていた。藤子の背中は板のように硬直し、肩の筋肉には力を入れても指が入らない。少しずつ、少しずつ、なだめすかすようにさすって指を動かし、筋肉がほぐれるのを辛抱強く待つ。藤子の肩や背中に人の肌の柔らかさが戻るまで、珠美は無心に指先を動かし続けた。

やがて藤子が、すーすーと寝息をたて始めた。珠美は手を止め、藤子の背中を腕で支えてそっとソファに横たえ、藤子の寝室から毛布を持って来てからだの上に掛けた。カーテンを閉め、空調を弱めて、田村が来る時間まで、足音もたてないようにしながら過ごした。

＊

珠美が各社に一斉に出した、豪徳寺ふじ子からの休載願いは、ちょっとしたパニックを引き起こした。何かあったのかと担当者が慌てて駆けつけて来たが、珠美は藤子を寝室に閉じこめ、すべての応対をひとりでこなした。珠美としても、各社に迷惑をかける度合いはできるだけ低くしたかったので、困難なスケジュール調整を数日間続け、なんとか、二週間後から一ヶ月の休暇を藤子にとらせるよう折り合いをつけた。

「考えたらさ、もっと早く、君が乗り出してくれてれば良かったんだよね」

田村が出した自家製のクッキーをぱりぱりと嚙みながら、柘植が言った。

「僕らも実際のとこ、心配はしていたんだよ、豪徳寺さん、からだ壊さないか、って」

「それなら柘植さんのとこが真っ先に、来月は休載していいですよ、って言ってくれればよかったじゃないですか」

珠美は皮肉をこめてそう言い、柘植の手からクッキーを奪った。

「このカシューナッツのはこれで最後なんです。わたしが食べます。血も涙もない編集者なんかに食べさせません」

「そう言うけど、佐古さんだって僕らの事情はわかってるでしょう。豪徳寺さんの連載があるのとないのとでは、社内での僕らの立場が全然違うんだから」

「今どき、人気作家が連載したくらいで文芸誌の売り上げが伸びたりはしないでしょう？」

「それはそうだけど、連載がとれれば確実に一冊、うちで出せるわけだもの。バブルの頃ならいざ知らず、今はさ、文芸誌なんて、どうあがいたって黒字にならないんだから、そういう形で存在を主張するしかないわけよ、社内的に」

「でも、藤子さんが倒れちゃったら元も子もないんですよ」

「わかってます、わかってます」

柘植は、両手を重ねて拝むような格好をした。

「だから僕だけじゃなくて、他社の皆さんだって、このたびの佐古さんの英断にはある意味、感謝してるんですよ。思い切ってやってくれたおかげで、僕らとしても、実のとこ、ホッとしてるんです。いやでも、僕、ほんとによかったと思ったな。佐古さんを豪徳寺さんの秘書に推薦したのは大正解だったよ。こういうさ、決断力みたいなのって、秘書検定なんか受けて資格とりました、ってのでは、全然、わからないもんね。それに豪徳寺さん、佐古さんのことほんとに気に入ってるじゃない。彼女がおとなしく言うこと聞く相手なんて、今や、佐古さんだけですよ、きっと。やっぱあれかな、人徳、ってやつかなぁ」

「いくらお世辞言ってもだめですよ。柘植さんのとこは、先日組んだスケジュール通りにしかなりません」

「わかってます、って。無理は言いません。各社一斉だから、むしろよかったよ。豪徳寺さんが休養をとる必要があるっていうのは、担当ならみんな思っていたことだしね。でもさ、一社だけ貧乏くじひくってのは、勇気が必要なのよ。上司に納得してもらう言い訳、考えないとならないし。それはそうと、温泉にでも行くの、休暇の間。それとも海外？」

「うーん」

珠美はコーヒーをすすりながら、同じ質問を藤子にした時のことを思い出した。

「藤子さん、旅行には興味がないみたいなんです」

「でも気分転換には旅がいいよ、やっぱり。佐古さんが連れ出してあげなさいよ。なんだったら取材ってことにして僕もつき合おうか？　費用はもちろん、うちで持たせてもらって」

「それじゃ休暇になりません。柘植さんってば、わかったわかった、って言いながら、抜け駆けすることばかり考えてる」

珠美は笑いながら、藤子を旅行に連れ出すことはできるだろうかと考えていた。藤子はこれまでも、作品のための取材というのをあまりしていない。資料はよく読むのだが、取材が必要になるような作品はほとんど書かないのだ。唯一、好んで歩き回るのは鎌倉くらいで、だから藤子の作品には鎌倉がよく登場する。

「とりあえず、からだの疲れをとることが第一だけど、一ヶ月もただ寝ているだけじゃ気持ちが萎えてしまうでしょう。旅に出るのはいい刺激になると思うんだけどね」

「そうですね……なんとか、藤子さんをその気にさせてみます」

「岩崎聡一に頼んでみたら？」

「……え？」

珠美は、柘植の言葉の意味がわからずに困惑した。

「なぜ……岩崎さんに」

「いや、だからさ、豪徳寺さん、岩崎聡一といい感じになってる、って、みんな言ってるから。あれ、違うの？　このネタ、ガセかい？」

「柘植さん、その話、どこで聞いたんです？」

「いや、あれ、どこだったかなあ」

柘植は、失言したと知って頭をかいた。

「どうせ無責任な噂だから、違うんだったら気にしないでよ。やだな、ガセネタ喋ったりしたってわかったら、豪徳寺さんに怒られるな、俺」

「ガセなのかどうか、わたしは知りませんよ」

珠美は慎重に言った。妙子のことが絡んで誤解が広まっているだけ、という可能性もある。

「岩崎さんは確かに、一度ここにも遊びにいらっしゃいましたけど。でも、藤子さんのあの忙しさで、恋人なんか作ってる暇、ないでしょう？　平日はわたしもほぼ一日、ここにいますし、週末だって、藤子さんが出歩いているとは思えないんです。わたしの部屋、藤子さんの寝室の隣にあるでしょ、藤子さんが出かければわかります。でも……一度外出すると藤子さん、朝帰りもよくあるから……」

「根拠なんかないんだよ、こんな噂話には、さ。他人の空似だったのかも知れないし」

「ということは、その噂では、二人が外で目撃されたことになっているんですね？」

「うんまあ、ね。劇団海洋の『真冬の花』の初日に、二人で来ていたとか、つかさ千秋《せんしゅう》さんの『ブラックドッグ』が映画化されたでしょ、あの試写会に二人でいたとか、まあそんなのだよ。あれだけ忙しい豪徳寺さんがわざわざデートしているんだから、本命かな、なんてね。豪徳寺さんって、いろいろ噂は出るけど、実際のところは男嫌いなんじゃないかと思うくらい、恋愛の実態が掴めないでしょ。結婚する気もないみたいだし。だから、どうしても噂が先行するんだよね。それだけのことだよ。佐古さん、このこと豪徳寺さんには黙っててよ。担当編集者の口が軽いのは自慢にならないしさ」


もちろん、話すつもりなどはなかった。話せる気分でもない。

劇団海洋のミュージカル『真冬の花』の初日に、確かに藤子は出かけている。が、珠美には、文朝社の担当者に誘われたと言っていた。『ブラックドッグ』の試写会にも行った。映画の試写会など滅多に行くと言わない藤子が珍しいな、と思ったのだ。つかさ千秋とも親しくしているわけではないのに。が、岩崎聡一は、つかさ千秋と作風が似ていて、文芸誌などではよく対談している。つかさ千秋原作の映画の試写会にならば、岩崎が足を向けるのは自然なことだ。

珠美は、混乱していた。

ただの誤解なのだ、きっと。藤子は、妙子のことを相談したくて岩崎を芝居見物に誘った。そしてその返礼に、今度は岩崎が藤子を試写会に誘った。それだけのことだ。

でも。

それならどうして、あたしに嘘なんかついたんだろう。妙子のことで岩崎に相談があるのならば、あたしに隠す理由なんてないはずだ。

あり得ない。

珠美は、自分の想像を自分で打ち消した。いくら藤子には母親が似合わないと言っても、藤子が妙子の母親であることは事実なのだ。そして二十年以上前、藤子は、妙子を奪われて精神に変調を来すほど妙子を愛していた。岩崎と妙子との仲にしても、藤子はあんなに喜んでいたではないか。

藤子にだって良識はある。どれほどわがままを言っても、幼稚な振るまいをしても、無理を通そうとしても、最後の最後には、ちゃんと道理をわきまえている。それが藤子なのだ。

娘の恋人を横取りするなんて、いくらなんでもそんなこと……

＊

藤子を説得し、パスポートを取得させ、ホノルル行の飛行機に二人並んで乗ったのは、それから三週間後のことだった。旅に出ることを渋っていた藤子が、どうしても行くならハワイがいい、ハワイに行きたい、と言い出したのだ。短大生だった時、卒業間際に同級生たちとハワイに行き、二週間も羽を伸ばした時のことが懐かしくなったと言う。珠美も学生時代とその後、会社員だった時に、女友達とハワイを旅したことがある。珠美も藤子も旅慣れているとはとても言えない状態だったので、日本語が通じる店が多く、気候も穏やかで、あまりしゃかりきになって観光しなくても、ホテルのプールサイドでのんびりしているだけで様になるハワイは、手頃な選択だった。柘植だけではなく他の数社の担当者も、取材を兼ねるならお供します、とうるさく申し出て来たが、珠美はこの旅で、藤子に仕事をさせるつもりは一切、なかった。

岩崎聡一のことは気になっていたが、藤子に切り出すタイミングがつかめない。休暇前の仕事を猛然と片づけ、休暇に入ってから藤子は、ほとんどの時間を寝て過ごしていた。旅行のしたくは何もかも珠美がしたが、藤子から何か指示されたことと言えば、持って行く小説の題名くらいだった。もちろん、岩崎から連絡はなく、妙子からも、出発前に、元気で行ってきてください、と電話があっただけ。藤子の口には、岩崎聡一のイの字ものぼらなかった。

やはり、ただの噂、他人の空似、あるいは、偶然一緒になっただけ。そんなところなのだ。珠美は、無理にもそう思おうとしていた。妙子からはあれ以来、岩崎のことで相談は受けていない。してみると、妙子はすでに、岩崎との交際を終えてしまったのかも知れない。結婚、ということそのものに対して拒否感の強い妙子だから、岩崎がそれでも結婚したいと言い出せば、別れるしかなくなるだろう。いずれにしても、藤子と岩崎聡一がもし、噂されているような間柄ならば、この休暇中に二人が逢わないはずはない。それでもそんな気配はまったくなかった。ハワイ旅行についても、岩崎から何か問い合わせがあったというようなこともない。

ビジネスクラスの座席に座るのは初めての体験だったので、座り心地の良さに、珠美は珍しく、眠ってしまった。それまで、飛行機の中ではいつも、ほとんど寝られずにいたのだ。ホノルルまでは六時間足らず、機内食を食べ終え、映画を観てから眠りについたので、目が覚めた時にはもう、朝食が配られている最中だった。

狭いトイレで顔を洗い、化粧を直し、座席に戻ると、藤子はまだ、気持ち良さそうに眠ったままでいた。正面の画面には、到着予定時刻と、所要時間の表示が出ている。あと一時間余り、慌ただしい朝食が済めばほどなく着陸態勢に入るだろう。珠美は、迷ったあげく、藤子のからだに手をかけてそっとゆり動かした。機内で配られる朝食など食べなくてもたいしたことはないが、顔も洗わない状態で飛行機を降りるのでは、藤子が可哀想だった。

ぐっすりと眠っている藤子は、軽くゆすっただけでは目を覚まさなかった。珠美は、少しだけ手に力をこめた。その拍子に、藤子の膝の上から文庫本が転がり落ちた。慌てて拾い上げる時、本の間に挟まれたものに気づいた。

栞ではなかった。でも、栞の代わりに使われていた。

封筒だ。

普通の封筒よりひとまわり小さい。カードなどを入れて送る封筒。指先に硬い感触がある。中にはカードが入っている。

ただの好奇心だった。本当に、ただ、なんとなく読みたくなっただけだった。予感などはなかった。そんなことは、考えてもいなかった。

封筒から引っ張り出した小ぶりなカードを開いた瞬間、珠美は、自分のした覗き見を後悔した。

『つれない人へ
君が押し花は花の死体だから嫌いだと言うので、
僕はこの頃、手当たり次第に押し花を作っている。
君の嫌いな、花の死体を作っている。
せっせと、作っている。
いつかそれを君の寝ている寝台の上に撒き散らしたいと願いながら。
君がもてあそんだ僕の気持ちを、僕は、ぺたんこに潰して、ここに貼って置いた。
押し花の代わりに。
よかったら、本の栞にでもして、僕をもっと苦しめてくれ。
Souichi Iwasaki』

銀色の砂粒

1

午前中に目が覚めたが、珠美はしばらく、毛布にくるまってじっとしていた。頭痛がする。いつもの偏頭痛だ。まだほんの走り。今の内に薬を飲んで抑えてしまえば、そうひどいことにはならないだろう。

だが、なぜか全身にだるさがあって、毛布から這い出る気力が湧いて来なかった。

雨の音。

まだカーテンも買っていない窓枠に、横になったまま視線を向ける。外から誰かに覗かれる心配はない。窓の外は、ほんの三十センチほどの隙間しかなく、目の前がすぐ、隣りの建物の壁になっている。いくら経済的に心もとないとは言え、もう少しましな部屋を選べばよかったのかも知れない。どうせ昼間は寝ていて、午後から起き出して夜中に仕事をするのだから、部屋の中に日が当たらないことなど問題ではない、と思ったけれど、たまにはこうして早く目が覚めることだってあるのだ。目が覚めて窓を開けて、その日、世界がどんな色をしているのか確かめることが出来ないのは、さびしい。

ぐずぐずしている間に、頭痛ははっきりと痛みの形を表し始めた。珠美は仕方なく毛布をからだからはぎ、上体を起こした。こめかみのあたりに、ぴきっ、と痛みが走る。まずい。偏頭痛は、本格的に痛み出してしまうと薬でもなかなか収まらない。寝るしかなくなる。

ショルダーバッグの中から頭痛薬の箱を取り出し、水道の水で飲み下した。カルキ臭く生ぬるい水に、溶けた薬の苦味が混ざる。

珠美は、ふ、と情けなくなって涙ぐんだ。

東京に出てひとり暮らしを始めた当初、東京の水道水の味にどうしても馴染めなかった。珠美の生家には、飲料水として保健所から許可の出ている、良質な水が湧く井戸があった。水量も豊富で、日常生活のすべてをその井戸水でまかなっても不便がなかった。水道水とは、味も香りも舌触りも、まったく違っていた。耐えられなくて、贅沢だと判っていてもアパートの蛇口に浄水器をとりつけた。あの当時、今のように安価な浄水器が簡単に買えるわけではなく、かなりの出費を覚悟して家電店に向かった記憶がある。それでも、とりあえずカルキ臭が抜けた水を口に含んだ時は、心からホッとした。

以来、浄水器のない部屋で生活したことはないし、藤子のところにいた頃は、高価なミネラルウォーターをがぶがぶと飲んでいた。結婚してからも、当たり前のように水には贅沢をした。夫だった男も、水にこだわることに肯定的だった。

浄水器。探せば、最近はかなり安いものがあるに違いない。カーテンと、それから浄水器だ、まず。

この惨めさから一刻も早く抜け出すには、少しぐらいお金をつかうことは覚悟しないと。

頭痛薬の効果が出て来るまで、もう一度布団の上に横になる。二時にはあの、島田賢吾という男がやって来る。それまでにコインランドリーとコンビニに行き、何か食べて、頭の回転をなめらかにしておかないと。いったいあの男、何者なのだろう。フリーライターという肩書きだけでは、目的がわからない。芝崎夕貴斗のことを訊きたいのだ、と言っていたけれど。

かろうじて、トイレと一体になったユニットバスのある部屋だったが、バスタブが信じられないほど小さいので、湯をためて温まることはできそうにない。熱めのシャワーを時間をかけて浴びて、からだのこりをほぐした。からだを拭き、化粧水を顔にはたいてクリームを塗りつけ、ジーンズとTシャツの上からスノボージャケットを羽織って、コンビニのビニール袋に詰めた汚れた衣類を下げて部屋を出た。部屋を借りる時、コンビニとコインランドリーが近いところにある、というのは譲れない条件だった。幼い頃から珠美は、少しでも汚れた衣類を身につけることに強い抵抗感をおぼえる性質《たち》だったのだ。本当は、コインランドリーを使うことも気分的によくなかった。見知らぬ他人の洗濯物を洗った直後の洗濯機に自分の衣類を入れることに嫌悪感がある。が、今の部屋には洗濯機を置くスペースもない。

コンビニの隣りのコインランドリーに入り、いくつか空いている洗濯槽を眺めて、とりあえず、見た目清潔そうな一台を選び、洗濯物を入れ、洗剤をふりかけてコインをセットした。この一連の動作に、まだ不慣れな自分を意識する。旅先などでやむを得ず使ったことはあるけれど、日常生活の中でコインランドリーを使うようになるなどとは、考えたこともなかった。結局、自分は、本当の意味でぎりぎりの生活というのをしたことがなかったのだ、と、今更のように思う。作家としてデビューした直後は、確かに、今よりも経済的に余裕はなかったが、若かったので、探せばアルバイトの口は見つかった。四十を超えた今、足を棒にして探し回っても、適当なパートにありつけるような幸運を拾うことはできないだろう。そう、今はまだ、通帳にいくらかの貯金もある。だが、もうアルバイトだパートだと糊口をしのぐことはできないのだ。作家業だけで生活費のすべてを稼ぎ出さなくてはならない。たぶん、これまでの人生で、今がいちばん、貧困、という文字に近いところに、自分はいる。

友人たちはみな、呆れていた。離婚に際して、慰謝料はおろか、正当な財産分与すら要求しなかった、珠美の態度に。が、要求しなかったのではなく、要求しても無駄だと思ったから何も言わなかっただけだった。夫には、珠美に分け与える財産など、なかったのだ。収入は悪くなかったけれど、夫には、珠美に手渡していた生活費の他に、貯金をしようという感覚はなかったらしい。自分で稼いだ金は好きにつかう。夫は、金にゆとりができると、好きで集めていたモダンアートのコレクションにその金を注ぎ込んでいた。もし、事を荒立てて、裁判だなんだと騒ぎたてていれば、その、珠美には価値がわからない何点かの絵画やオブジェを手に入れるのと引き換えに、なけなしの自分の貯金まで弁護士費用に失うことになっていただろう。

夫。いや、元の夫。

結婚を決めた時、珠美は、夫の実直さに救われた気持ちになっていた。それまで珠美の生活を浸食していた人々と比べれば、地味な男だった。十近く歳の離れた男で、本の装幀デザイナーとして、友人が経営する小さなデザイン事務所に勤めていた。その友人は、特に売れっ子の装幀家というわけではなかったが、堅実で納期を守る仕事ぶりと、編集部や作家の要望を最大限取り入れてくれる融通性とで、そこそこに仕事に恵まれている方だったと思う。斬新で、若者受けのするデザインは不得手だが、時代小説や歴史小説の文庫などの装幀では、作家にも人気があった。夫の仕事はその友人のアシスタントが主で、自身のデザインを装幀に使ってもらえることは、そう多くなかっただろう。だが、給料はさほど悪くなかったのだ。珠美の小説が稼ぐ印税などあてにしなくても、夫婦二人、充分に楽しい生活をおくることができると思った。何もかも順調で、やっと自分にも、安定した幸福の日々が訪れたのだと安堵していた、あの頃。


考えても仕方がない。すべては、過去なのだ、もう。

洗濯機が動いているのを確認してから、コンビニに行き、朝・昼兼用の食事に、サンドイッチとミルクティを買った。コインランドリーに戻り、壁にそって置かれた会議室の机のような長細い机に向かって座る。漫画本や週刊誌が山積みになっていて、洗濯が終わるまで時間を潰すのはさほど辛くもない。サンドイッチをかじりながら、ここ一ヶ月ほどの週刊誌の記事にさらさらと目を通した。職業柄、新聞の社会面に載るような事件には興味が湧くが、芸能人のスキャンダルや政治の話は読み飛ばす。

ふと、ページをめくる手が止った。見覚えのある写真。藤子と……芝崎夕貴斗が並んで笑っている。何年前だろう。藤子が着ている、光沢のあるモスグリーンのワンピースは、珠美が何度かクリーニングに出して手入れをしたことのある物だ。いずれにしても、芝崎夕貴斗と藤子とがこうしてツーショットで写っているのだから、あの頃の写真なのは間違いない。小さな文字で書かれたキャプションを読んでわかった。藤子の小説が映画化された時の、舞台挨拶の写真だ。そう、あの作品で、芝崎夕貴斗は初めて主役の座を摑み、以降、とんとん拍子に人気俳優になってしまったのだ。

珠美は、胸の奥に感じた痛みをこらえて、週刊誌のページを閉じた。

夕貴斗と初めて会った、あの日の夕暮れのことを、珠美は、まるで映画の一場面を思い出すように思い出すことができる。夕貴斗はまだ、俳優としてはまったく名が知られておらず、その日もセリフらしいセリフはもらっていなかった。藤子は、自分の作品がドラマ化される時も、その撮影に立ち会うことはほとんどなかった。と言うよりも、毎週どこかのチャンネルで藤子の作品を原作としたドラマが放映されていたから、数が多過ぎて、すべての撮影に顔を出すことなどできなかったのだ。その代わり藤子は、時間のゆるす限り、一度は、珠美に撮影現場に顔を出させ、監督やプロデューサーに挨拶して、藤子から現場のスタッフに差し入れをするよう指示していた。

あの日。

朝からずっと撮影を見学し続けて、珠美はかなり疲れを感じていた。撮影現場を見ているのはとても面白いのだが、ロケ現場を二度ほど移動する間、渋滞の中をロケバスに乗っていて、少し車酔いをしていた。それでも、あとで藤子にいろいろと訊かれた時、答えられないと困るので、現場で気のついたことはひとつずつメモにとり、名刺を交換しなかった人の名前も、忘れないうちに書きつけていた。そのメモを書いている赤いノートが、椅子に座って見学していた珠美の膝からすべり落ちたのが、夕貴斗と言葉を交したきっかけになった。

「落ちましたよ」

リハーサルを繰り返している俳優たちの動きに気をとられていた珠美は、ノートを落としたことを気づかなかったのだ。かけられた声にハッとして、慌てて足下を見ると、一瞬早く、男の手が赤いノートを摑んでいた。

「すみません、ありがとうございます」

珠美は慌てて立ち上がり頭を下げた。その男が、この撮影スタッフの中でどんな役割を担っている人なのかわからないので、とりあえず、ばか丁寧に礼を言った。男は笑い出した。

「あの僕、テレビ局の偉い人とかじゃないから、そんなに気をつかわないでくださいよ」

「あ、はい。あの……俳優さんですか」

「あ、よかった。いちおう僕、俳優に見えるんだ」

「え、ええ」

実際、その男は、撮影スタッフにしては見栄えが良すぎた。顔が小さく足が長く、小柄な点も、男優だろうと見当がついた。

「芝崎です。芝崎夕貴斗と言います」

珠美は台本のいちばん前をめくった。キャスト表が印刷されている。

「あ……岩下猛志をされるんですね。ごめんなさい、わたし、俳優さんの名前とか、ほんとに何も知らなくて。でも岩下猛志は、このドラマでは大切な役ですよね」

「まあね。でも、セリフがないです、ほとんど」

夕貴斗はくくっと笑った。

「すぐ殺されちゃって、後は主人公の回想シーンの中で、寂しそうな顔で微笑む、ってワンパターン」

「む、難しい役だと思います。この作品の中では、岩下猛志はとても重要な存在ですから」

「僕もそう思ったんですよ、原作を読んだ時は」

夕貴斗はそこで、声を極端に低めた。

「でも、このホンだと、主人公の記憶の中で美化されているだけで、原作にあったような存在感はないですよね」

「豪徳寺の原作、読んでいただけたんですね」

「僕、小説読むの好きなんです。だから、どんな端役の時でも、原作があるホンだったらまず、原作から読みますよ」

「豪徳寺が喜ぶと思います。伝えておきます」

「あなた、豪徳寺先生の事務所の？」

「はい」

珠美は名刺を取り出して渡した。

「秘書のような仕事をしています」

「あ、僕、名刺とか持ってないんですけど」

珠美は赤いノートを開いた。

「お名前、しばざきゆうと、さんでしたよね」

「あ、そうか。そういうこともちゃんとメモってるんだ。芝公園の芝に山崎の崎、ゆうと、じゃなくて、ゆきとです」

「あ、ごめんなさい！」

「夕方の夕に、貴族の貴、北斗七星の斗」

「綺麗な漢字ですね」

「芸名ですから。事務所の所長がつけてくれたんです。劇団にいた頃は本名をつかってたんだけど」

「劇団にいらしたんですか」

「すっごい小さなやつですよ。芝居だけじゃぜんぜん喰えないんで、みんな他に仕事持ってる、って、そんなの。僕は定職についてなかったんで、今の事務所にスカウトされるまでは、必殺アルバイター状態でしたよ。いったい何種類くらいの仕事をしたのか、自分でも憶えてらんないくらい、いろんなことしたなあ」

「それが、演技の肥やしになっているんでしょうね」

「さあ、どうかな。今のとこ、それを証明するほどまともな役がまわって来てないですからね」

夕貴斗は笑った。

「でも、作家の秘書ってのはやったことないな。どんな仕事するんですか」

「作家さんごとにいろいろだと思いますよ。と言うより、作家さんで秘書をお持ちの方は、そんなに多くないみたいです。豪徳寺の場合は、主にスケジュールの管理ですね」

「芸能人みたいに売れっ子だものね、豪徳寺先生って。テレビにも出てるし」

「あれでも、テレビ出演はほとんどお断りしているんです。本人があまり好きではないですし、執筆の時間がとれなくなると困りますし」

「美人なのに、もったいないなあ。ワイドショーのコメンテイターとかしたら、人気出そうだけど」

「お話は来ていますね、いくつか。でも本人が、絶対に嫌だと言っていますから、実現はしないと思います」

「テレビに出て顔を売った方が、小説も売れるんでしょう？」

「そうかも知れませんね。でも、こちらの業界では、テレビに出る頻度が高くなるほど、小説の質が落ちる、と言われていることも事実なんです。実際には、人それぞれですから、いちがいには言えないと思いますけれど、要するに、一度テレビに出てウケてしまうと、テレビ出演の口ばかり来てしまい、じっくりと作品に取り組む余裕がなくなる、ということだと思います。少なくとも豪徳寺は、そう考えていますね。現実に、テレビで人気の出た作家は、小説の仕事をしなくなり、エッセイばかり書いている、というのはあるみたいです。わたしも、豪徳寺はテレビ業界には向かないと思います。もともと、いくらか人嫌いの傾向がある人ですから」

「僕、豪徳寺先生の本、好きですよ。と言っても、すごくたくさん出ているんで、十作くらいしか読んでないけど」

「そんなに読んでくださっていて、豪徳寺に話したら、とても喜ぶと思います」

「ほんとはね」

夕貴斗は、照れたように声をひそめた。

「今日、ちょっと楽しみにしていたんです。豪徳寺先生にお会いできるかな、って。図々しいみたいなんだけど、サインしてもらおうと思って、本も持って来たんですよ」

「それは……ごめんなさい。豪徳寺は今、ちょっと締め切りがたてこんでいまして」

「いいんです、そりゃ当たり前だもの、あれだけ人気のある作家なんだから、テレビドラマの撮影にまでつきあってらんないですよ」

「いいえ、そんなこともないんです。いつも自分の作品がドラマになる時は、撮影現場がどんな雰囲気だったか気にして」

「ごめんなさい、ほんとにそんなつもりじゃなかったんです。気にしないでください。今度、サイン会に行きます。やりますよね、サイン会、どこかで」

「そうですね……」

藤子はサイン会もあまり好きではない。出版社から頼まれれば断りはしないが、藤子がどう思っているかは担当編集者も知っているので、よほど書店から強い要請でもない限り、サイン会も滅多に開かない。珠美は、目の前にいる、無邪気な青年が気の毒になった。もっとも、芝崎夕貴斗という俳優が何歳くらいなのか、その時の珠美は知らなかったのだが、見た目、まだ三十代にはなっていないように思えたのだ。

「あの、もしよろしければ、ご住所を教えていただけますか。事務所の方でもいいんですけど。豪徳寺に言って、サインさせた本をお送りいたしますので」

「そんな、そんないいですよ、わざわざ」

夕貴斗は慌てたように手を振った。

「申し訳ないですから。ほんと、気にしないでください。サイン会には必ず行くようにしますから」

「サイン会の予定は、今のところないんです。それに、豪徳寺は、岩下猛志のキャラがとても好きなんですよ、自分でも。今度のドラマも、台本に目を通して、岩下猛志の場面が少ない、ってぶつぶつ言っていたくらいなんです」

珠美は肩をすくめた。

「脚本家の方に聞こえたら大変ですわね。ごめんなさい。ですから、岩下猛志役の俳優さんが自分の愛読者だと知ったら、きっと、とても喜びます。サイン本をお送りするくらいのことは、たいした手間ではありませんから」

珠美は、本当に藤子がそんなに喜ぶかどうかはわからないにしても、サインしてある本ならばストックがあるので、藤子がこの俳優に興味を示さなければ、そのストックを送ればいい、と考えていた。夕貴斗は恐縮した顔で、赤いノートに住所を書きつけた。

そこに小さく書き込まれた電話番号には、もっと小さな字で一言、添えてあった。

『ご親切に感謝します。近いうちに、何か御礼をさせてください』

2

「ほんとにおかまいなく」

島田は、座布団の上に窮屈そうにあぐらをかいた。

「足、崩させてもらっていいですよね」

「何も気にしないでください。見ての通り、気遣ってもらうような部屋じゃないし」

「新生活が始まったばかりなんて、こんなものじゃないですか。これから少しずつ、佐古先生らしい住いになっていくでしょう」

「どうでもいいことなんですけど」

珠美は、ペットボトルのウーロン茶を紙コップに注いで、島田の前に置いた。

「先生、と呼ばれるのは好きじゃないんです。普通に名前でお願いします」

「そうですか。それはどうもすみません。しかし面白いな」

「何がです？」

「いやね、政治家や医者や弁護士は、先生、と呼ばれないとむくれる。しかし作家さんってのは、はっきり二つに分かれる。先生と呼ばれたくない人と、先生と呼ばないと機嫌が悪くなる人と」

「ただの好みでしょ。で、お話は、芝崎夕貴斗さんのことだと昨日、おっしゃってましたね」

「はい。もちろん憶えていらっしゃいますよね」

「今日ね、コインランドリーでちょっと前の週刊誌を読んだんです。載ってましたね、芝崎夕貴斗。あれもあなたのお仕事なんですか？」

「どの記事かな。レディス・ウィークリーかな。あれは、僕の仕事じゃ、ありません。しかし遂に、載りましたか。これからワイドショーがひと騒動かな」

「記事は読みましたけど、意味不明でしたわ。芝崎夕貴斗さんは自殺している、そんな内容でしたけれど、見つかったわけじゃないんでしょう、彼の……遺体。なぜ自殺だなんて記事が、今ごろ出たんですか？　芝崎さんが姿を消して、もう何年になるかしら。わたしが結婚した直後でしたから、三年ですか？　その間、あんな記事が出たことはなかったのに」

「芝崎夕貴斗さんには、妹さんがいらっしゃったのはご存知でしたか」

「話の中だけでは。でもお会いしたことはありません。芝崎さんが豪徳寺先生と交際していた頃は、もう、妹さんはハワイにお嫁にいかれた後でしたし」

「今でもハワイにお住まいです。ご主人は米軍にお勤めでしてね。その妹さんの口から、芝崎夕貴斗さんの遺書の存在が明らかにされたんですよ」

「いつですか？」

「先月です。それが、アメリカで発行されている雑誌のインタビューの中にそういう意味の発言があったもんですから、その存在が日本に知られるのにタイムラグがあったわけです」

「アメリカの雑誌に、インタビューが？」

「芝崎夕貴斗さんが主演した連続ドラマ、『落日の人』、あれがアメリカで今、ヒットしてるんだそうです。ケーブル局で放映されたのが話題になって。いや、ヒットしたのは、あれに出ていたジュディー・イノウエ、日系四世の女優さんですが、彼女がほら、新作の映画でオスカー候補になってるでしょう？　ジュディー人気の波及で、『落日の人』が話題になって、彼女の相手役をした芝崎さんにも注目が集まった。ところがその芝崎さんは、三年前から行方不明です。それで、妹さんがハワイに住んでいるとわかって、メインランドのメディアがインタビューしたんでしょうね」

「その中で、芝崎さんが妹さんに遺書をたくした、とおっしゃっていたわけですか」

「お兄さんはどこにいると思うか、という質問に答えて、悲しいけれど、兄は自殺したのではないかと思う、と言ってます。英語の原文をお読みになりますか」

「いいえ、けっこうです。英語は得意ではないですし」

「どうしてそう思うのか、という質問に、兄が失踪してからハワイに届いた手紙が兄の遺書なのだ、と答えているんです。手紙はプライベートなものなので公開するつもりはないけれど、生きていることは辛いことだ、自分はその辛さに耐えられないかも知れない、と書いてあったと。インタビューは芸能誌のような雑誌だったので、それ以上突っ込んだ内容は出ていませんでしたが」

「そのインタビューのことが、今ごろ話題になり始めた、ということですね」

「そうです」

「島田さんも、それで？」

「いいえ」

島田は、紙コップからウーロン茶をぐいと飲んだ。

「僕はもっと前から、芝崎夕貴斗を探していました。彼が失踪した直後からね。本音を言えば、芝崎夕貴斗の妹が余計なことを喋ってしまって、日本の芸能マスコミまで芝崎夕貴斗の名前を思い出して騒ぎ始めたのは、僕にとっては痛い話なんですよ」

島田は、不敵な、という形容がぴったりくる笑い顔になった。

「お察しの通り、僕はフリーライターとして、たいして売れてない。名前も出ないような半端仕事やゴーストライターでなんとか食ってる状態です。早くまともなスクープをものにして、一流のルポライターの仲間入りをしたいと焦っているところです。その僕が、芝崎夕貴斗をこの三年、追いかけて来たのには、わけがある。芝崎夕貴斗が年齢を詐称して芸能活動をしていたことは、もちろん、ご存知ですよね？」

「彼の姿が消えてから、そんな記事が週刊誌に出てましたね。でも、男性が少しぐらい年齢をごまかしていたからって、誰が迷惑するわけでもないですし」

「興味がなかった、とは言わないでくださいよ」

島田がまた、にやりとした。

「警察じゃないんだから、調べはついてるんだぞ、とあなたをおどす気はないです。しかし、豪徳寺さんと芝崎夕貴斗が交際している間に、彼はあなたとも関係を持っていた。そのことについては、俗な言い方をすれば、ウラはとれてます」

「どんなウラだか知りませんけど」

珠美は溜め息をひとつついて苦笑いして見せた。

「男と女の問題って、結局、真実は当事者にしかわからないものじゃないですか？　そうは思いませんか？　誰がどんな証言をしようが、それで事実が変わるわけじゃない。そして事実として何が起こり、何があったのかは、わたしにはわかっていますから、それで充分です」

「あなた方は、簡単に言えば三角関係になってしまった。あなたが豪徳寺さんの秘書を辞めて結婚したのは、その三角関係を清算するためだった。否定も肯定もなさらなくていいです。僕は、自分のストーリーをあなたにお話ししています。あなたが訂正する気があれば訂正してください。どうでもいいとお考えならば、僕のストーリーでルポをまとめるだけのことです」

「ずるい言い方ね」

「はい。しかし、所詮、どんな事実も、まったく公平に、完璧に正しく解釈することなど不可能なんですよ。どんな書き方、まとめ方をしたって、ライターの主観の世界であることからは抜けられない。いやむしろ、だからこそ、ライターの存在する意味がある。ノンフィクションだって、構築された物語なんです。事実の羅列だけ知りたい読者なんていやしない。みんな、物語を知りたいんですよ。芝崎夕貴斗と豪徳寺ふじ子の間に横たわっていた物語、そして、芝崎夕貴斗がなぜ自殺したのか、その物語を、です。しかしその物語が、ライターの妄想であったりただのでっちあげであったりしたのでは、底が浅い。読者に底が見透かされてしまいます。それなら、あなた方小説家の想像力には到底太刀打ちできません。ノンフィクションの強みは、たとえそれがライターの構築した世界であるとしても、その土台に、現実がある、という点なわけです。主観によって再構成されたものであるにしても、その部品、つまりディテールは、事実である、ということです。その点を確認するために、僕はあなたと豪徳寺さんと芝崎さん、という三人の人間関係について、できる限りの客観的事実を集めました。その結果、あなた方は、恋愛を横糸にして三角形に編まれた輪になっていた、そう結論しました」

珠美は黙っていた。黙って、島田の瞳を見つめていた。

島田は続けた。

「あなたはその三角関係から逃げ、結婚、という道を選んだ。表向き、あなたが豪徳寺さんの秘書を辞められたのは、結婚したからだ、ということになっていますね。しかし、そこに僕は、若干のタイムラグがあることを知りました。あなたが豪徳寺さんのマンションを出て、ご友人のマンションに移られてから、ご結婚されるまで、実に、十ヶ月近い時間が経っています。あなたは結婚を理由に辞めたのではなく、辞めてから、結婚、という選択をした」

「わたしが居候していたのは、作家の野中恵那《えな》さんのマンションです。野中さんは、ニュージーランドの大学に一年間、聴講生として通われてたんですよ。わたしはただ、野中さんから、家賃はいらないから留守番がてら、何ヶ月か住んで欲しいと頼まれて、結婚の準備をする間、住まわせていただいただけです。そのことは野中さんに訊いていただければ、嘘ではないとわかります」

「野中恵那さんにはお訊きしました。あなたが今おっしゃったのと同じことを教えてもらいました。しかし、もうひとつ、教えてもらったことがあります。それは、そもそもその留守番の話は、あなたの方から持ちかけたことだ、ということです。野中さんがニュージーランドに行くことが決まって、何かのパーティであなたと話をした時にそのことを告げたら、翌日にメールが届いて、もしマンションが空くなら、少しの間でいいが留守番させて貰えないか、と言って来たのだと。その時のメールに、あなたが、豪徳寺さんの秘書を辞めるつもりであること、住いを探さないとならないことが書かれていた、そう野中さんはおっしゃってましたよ。野中さんにしてみたら、渡りに舟、という感じで、とてもありがたい申し出だったと言ってましたが」

珠美は口を閉じ、島田と少しの間、睨み合った。が、溜め息をひとつついて肩の力を抜いた。

「……あなたは何が知りたいんですか。わたし、プライベートな問題について、あなたにぺらぺら喋るつもりはありませんし、喋らないとならない義務も、ないように思いますけど」

「ですから、お話いただけなければそれはそれでいいんですよ。僕は自分が調べたことを事実だという前提で仕事を進めますから。ただ、訂正されるのでしたら、つまらない嘘はつかれない方がいいと思いますよ。嘘がひとつそこにあれば、その奥に、何かすごいものが隠れているんじゃないか、我々はそう考えますから」

「つまり、どっちにしてもあなたが真実だと思ったことは、わたしが否定しても書く、そういうことですか」

「難しい判断ですがね」

島田は、少し真面目な顔になった。

「僕だって、どんな有名人にもプライバシーがある、ということぐらいわかってます。もし僕があなたの立場だったら、僕に対して憤るだろうし、何より、恋愛だとかなんだとか、そういう問題を他人に根掘り葉掘りされることを理不尽だと感じるでしょう。有名税、なんて言葉は、下司の言い訳です。それもわかってます。プライバシーを暴かれることを覚悟しなければ作家になれない、なんてことになったら、文化的な危機です。佐古さんが、僕のせいで、作家なんかやめると言い出したりしたら、僕はそのことを世の中に償う方法を持ってません。しかし、今度のこと、芝崎夕貴斗さんに関することでは、どうしても、佐古さんと豪徳寺さん、芝崎さん、三人の間にあったプライベートなことを問題にしないわけには、いかないんです。先に手の内を明かしますが、僕は芸能スキャンダル、恋愛スキャンダルの取材をしてるんじゃないんですよ。僕が追いかけているのは、芝崎夕貴斗自殺の謎、そのものなんです」

「わたしとは関係ありません」

珠美は言って、もう一度島田を睨んだ。

「芝崎さんが、仕事もほったらかして姿を消したのは、わたしが結婚したあとのことですよ。豪徳寺先生の秘書を辞めてからは、芝崎さんとお会いしたことも、電話一本かけたこともありません。あなたが何を調べているにしても、芝崎さんの失踪とわたしとは、無関係です」

島田は、座布団の上でゆっくりと足を組み換えた。

「失礼します。最近、膝を痛めていましてね。僕ももう歳だ。今年、遂に五十の大台に乗るんです。自分が五十歳になる日が来るなんて、二十代の頃は、信じていなかったなあ。芝崎夕貴斗さんも、生きていればもう、いい歳だ。彼は芸能界にデビューした時点で、年齢を八歳もごまかしていました。それで通用したんだから、彼がいかに若く見えたか、ということですね。しかし、歳のサバを読む、というのは、単に若く思われたいということだけではない。特に、男優の場合は。芝崎さんは、八歳のサバ読みのおかげで、彼の履歴から、八年、という歳月を闇に葬ることに成功していたわけです。僕が、彼に興味を抱いたのはその点なんですよ。いったい彼は、どうして、八年もの自分の歴史を削ってしまわなくてはならなかったんだろう。彼が失踪して、彼については様々な憶測が飛び交い、嘘も本当もごたまぜになって報道されました。しかし、それらの報道をいくら整理してつき合わせてみても、芝崎さんが、二十代はじめから、芸能界にデビューした三十歳までの八年間、本当はどこにいて何をしていたのか、どうもはっきりしなかった」

「もう、いいわ」

珠美は島田の言葉を途中で遮った。

「わたしと何の関係があるのか、それについて答えていただけないんでしたら、それ以上、芝崎さんのことをわたしに聞かせても意味はないでしょう？　わたしは、彼とは、豪徳寺さんのマンションから自分の荷物を運び出したその日から、一度も会ってないし、一言も喋ってません。芝崎さんが自殺したにしても、自殺ではない何かの事情で失踪したにしても、それはわたしとは無関係なの。無関係、なのよ。申し訳ないけれど、もう帰っていただけますか。わたし、仕事をしないと。遊んでいたらこんな貧相なアパートの部屋代だって、払えないんです」

「芝崎夕貴斗と豪徳寺ふじ子は、初対面じゃなかったんですよ。あなたが知っている限りでの、彼ら二人の初対面の様子というのは、演技だったんです。嘘っぱちだったんです。彼らは、もともと知り合いだった。昔から愛し合っていたんです」

島田の言葉に、珠美はからだが硬直するのを感じた。息がつけない。胸が苦しい。

「あり得ないです」

珠美は、ようやく、言った。喉がひきつれた。ウーロン茶を口にふくみ、喉をごくりと鳴らして飲み込む。

「なぜ……なぜ演技する必要があるんですか？　どうして、わたしにまで、嘘をつく必要が」

「意図的にあなたに嘘をついていたのか、それとも、あなたと芝崎さんとの恋愛が始まってしまったので言いそびれたのか、その点は僕にもわからない。もともと、再会した瞬間に豪徳寺さんと芝崎夕貴斗との焼けぼっくいに火がついたわけではないんでしょうね。豪徳寺さんは、あなたを騙すつもりはなかったかも知れない。しかし結果的には、たぶん芝崎さんの方が、豪徳寺さんへの思いを断ち切れなかった」

　珠美は冷静さを保とうと努力したが、その意志に反して、震えた指先から紙コップがすべり落ち、ウーロン茶が薄っぺらなフローリングの床にこぼれた。

　雑巾を手に床に膝をつけると、島田がその雑巾を引っ張って取り上げた。

「構わないでください、わたしがこぼしたんですから」

「そうおっしゃらずに。お座りになって深呼吸されるといいですよ。顔色が悪い」

　珠美は反論することもできず、床に座り込んで、ゆっくりと息を吐いた。

「申し訳ない。信じていただけないと思うけど、僕は、あなただけでなく、豪徳寺さんのことも含めて、誰かを責めたいとか苦しめたいとか、そんなことは考えていないんです。ただ、三人の関係がどういうものだったのか、それを知ることが、芝崎夕貴斗失踪の謎を解くにはどうしても必要だ、そう考えているだけなんです」

「だから、なぜなのよ!」

　珠美はこらえきれなくなって、声を荒らげた。

「あたしは関係ない!　あたしは、あの人たちと関係のない暮らしがしたくて、結婚したのよ!　なのにどうして、あたしまで、夕貴斗の失踪に関係があるって言うの?」

珠美は、自分の頬に涙がつたうのを感じた。たぶん、悔し涙だ、と思った。

「藤子さんと夕貴斗がずっと前からの知り合いだったなんて、そんなこと、あたしは知らなかった。知ってたら……知ってたら、夕貴斗と恋愛関係なんかに、絶対にならなかったわ！　藤子さんって、そういう人なんだもの。彼女に悪気はない、でも、あの人はね、自分の周囲にいる男が、自分でなくて他の女の方を向いている状態を、そっとしておくことができない性分なのよ！　藤子さんのそういう性格、あたしは誰よりもよく知ってた。だから、夕貴斗が藤子さんに関心があるかも知れないってちょっとでも思ったら、絶対、夕貴斗の誘いになんか、のらなかったわ！」

島田は、真剣な顔で珠美を見つめていた。珠美が自分から口を開いてしまったことを嗤う顔ではなかった。

珠美は、ため込んでいた感情を吐き出すように、泣いた。

「……夕貴斗に初めて逢ったのは、藤子さんの作品を原作にしたテレビドラマの撮影現場だった。夕貴斗はまだ、大きな役をもらったことがない役者だったけど、実力は買われていて、その時も、けっこう難しい役についていたの。でもね、テレビドラマだったから、原作をかなりいじってあって、それが夕貴斗には不満だったみたいで。その時、何かのはずみで、藤子さんのサイン本を送る、ってことになったのよ。それで、何日かあとに、サイン本を送ったの。そしたら電話がかかって来た。本の御礼をしたいって言われて」

「それがきっかけで？」

珠美は頷いた。

「当時、藤子さんには別に恋人がいたの。もっとも……本当に恋人だったのかどうか、今でもよくわからない」

「作家の岩崎聡一さん、ですね」

「それも調べてあるのね。業界でも一部の人しか知らないことだったのに」

「そう思っているのは、あなたたち当事者だけじゃないかな」

島田は苦笑いした。

「少し調べたら、すぐに名前が出て来ましたよ。ついでに、岩崎さんが最初は、豪徳寺さんの実の娘さんの婚約者だった、ということも。それが事実なら、かなりデリケートな問題だったのは間違いないですね。だから業界の人たちは、知っていても知らないふりをしていたのかな」

「さあ、どうかしらね」

珠美は半ば諦めて肩をすくめた。

「編集者って、みんな、すごく偏差値の高い大学を出てるのよ。東大だの京大だの早稲田だの。そういうとこに入試で入れる人って、要するに、要領がいいってことでしょう。だから、作家を騙すのなんて、簡単なのかも知れない。作家ってのは、あたしも含めて、社会不適応者の集まりよ。人生を歩くのに要領が悪い人間が圧倒的に多いの。頭のいい編集者には、ころっと騙される。知らぬはなんとかばかりなり、って、そういうことだったのね」

「そう悪くばかりとらない方がいいですよ。みんな、気をつかっただけでしょう。実際、豪徳寺さんの娘さんは、その、編集者なわけだし」

「いい子よ」

珠美は、ティッシュの箱から数枚を引き出してはなをかんだ。

「本当に、いい子なの。妙子さんは……藤子さんにちっとも似てない」

珠美が笑うと、島田も少し笑った。

「いずれにしても、岩崎聡一さんと豪徳寺さんは、つきあっておられた」

珠美は、首を傾げ、少し考えてから、頷いた。

「藤子さんに自覚があったのかどうかわからないけど、岩崎さんの方は、そう考えていたんじゃないかな」

「岩崎さんの方が豪徳寺さんに夢中だったわけですか」

「そう、夢中」

珠美は、もう遠い昔に思えるあの時、飛行機の中で見つけた栞を思い出した。

「のぼせてたわ。完璧に、のぼせてた。藤子さんのこと、殺したいくらい好きだったんだと思う。妙子さんに自分の方からプロポーズしたくせに、勝手な人よね」

「しかし、先に岩崎さんをフッたのは岡本妙子さんの方だ、という話も聞きましたよ」

「フッたわけじゃないのよ。ただ、結婚、ってものに対して、妙子さんは、ある種の恐怖心を抱いていたの。わかるでしょ？　藤子さんと自分の父親とが離婚した時の修羅場を、彼女は、大人になってから聞かされて知ったの。それですごくショックを受けた」

「結婚というものに幻滅していた」

「まあ、そんなとこかも知れない。とにかく、岩崎さんは思い込みの激しいタイプで、ことを急ぎ過ぎたのよ。妙子さんは岩崎さんのことが好きだった。愛していたと思う。でもそんなにせっかちに結婚を迫られても、簡単に受諾できない心境だった」

「しかし、岩崎さんは、それを拒絶と受け取ってしまったんですね」

珠美は首を横に振った。

「それもわたしにはわかりません。だって、岩崎さんと個人的に親しく口をきいたことなんか、数えるほどしかなかったもの。いずれにしても、わたしが知っている事実はごくわずかしかないの。岩崎さんが妙子さんに結婚を申し込んだこと、妙子さんがその申し出に困惑していたこと、そのくらいなのよ。で、妙子さんから岩崎さんの話題が出なくなったので、どうなっているのかな、と思ったりもしたけど、わたしが立ち入ってあれこれ聞き出すような問題じゃないでしょう。藤子さんも何も言わなかったし。藤子さんは、妙子さんに恋人が出来たことは、素直に喜んでいたのよ。その点は嘘じゃない。だから、自分から妙子さんを悲しませるつもりで岩崎さんにちょっかい出したわけじゃないと思う。でも結果的には……岩崎さんの方が、気持ちを妙子さんから藤子さんに移してしまった。それだけのことだったんでしょうね、きっと。わたしが二人の関係に気づいた時には、岩崎さんは藤子さんに首ったけだった」

「豪徳寺さんの方はどうだったんですか」

「どうだった、って」

「岩崎さんほどには燃え上がっていなかった？」

「誰であれ」

珠美は、ひとつ息をついて言った。

「藤子さんが男に夢中になるなんて……そういう場面は、わたしには思い浮かべられない。藤子さんはいつもそうなのよ……自分から夢中になって追い求めることはしないの。でも、拒絶もしない。来る者は拒まず、去る者は追わず。岩崎さんとつきあう以前にも、何人かの男性が藤子さんのまわりにいたけれど、藤子さんは、いつも変わらなかった。……恋愛をしたからって自分が変化してしまう、そういう人じゃないんです、彼女は」

「恋愛に対して冷めている、ということですか」

「さあ。そういうことは、他人が想像してあれこれ言うべきことではないと思います。藤子さんの恋愛観を知りたいのなら、本人に訊いたらどうですか」

「恋愛に関しては、もっとも嘘つきになるのは当事者です。しかし、あなたのおっしゃる通り、憶測で豪徳寺さんの恋愛観をあれこれ言っても、何も始まりませんね。ただ、気になることがあるんですよ。豪徳寺さん、今回も入院されましたね。過労とのことでしたが」

「風邪をこじらせたそうです。軽い肺炎でした」

「豪徳寺さんの入院歴をちょっと調べてみたんですが、岩崎聡一さんと交際する前にも、年に一度程度入院していらっしゃる」

「あまり丈夫な人ではないんです」

「流産だった、という噂があります」

島田は、少しだけ皮肉な笑みを取り戻していた。

「看護婦や事務員、いや医者だって、立て前では患者のプライバシーを守ると言いますが、その実、親しい友人相手には、ぺらぺら喋ってしまうことって、多いものです。豪徳寺さんは、今回は救急車での搬送でしたが、これまではいつも同じ病院に入院されています。そちらの方面から、少しついていてみて、流産、という言葉が出て来たわけです」

「悪質なデマです」

「なるほど。習慣性流産の体質をお持ちだったわけではないんですね」

「わたしは知りません」

「わかりました。この件は、デマなんでしょう。けっこうです。いずれにしても、岩崎聡一さんと豪徳寺さんは、いちおう、交際していらした」

「岩崎さんはそう思っていたでしょうね。でも、藤子さんに自覚があったのかどうか……仮に自覚がなかったとしても、世間的には、岩崎さんと交際していたと言ってもいいと思います。そういう関係でした」

「それで、芝崎夕貴斗さんが豪徳寺さんに心を移す可能性は、考えていなかったわけですね、あなたは」

珠美は黙って、頷いた。

「芝崎さんは、豪徳寺さんに興味がないふりをしていた」

「そういうことです。……いえ、ただ、わたしに男を見る目がなかった、それだけのことだったんでしょう。仕方ないです。三人とも独身で、大人だったんですから」

「芝崎さんの不実に気づかれたのは、いつ頃のことだったんですか」

珠美は黙って、唇を嚙んだ。

「……言いたくありませんし、言う必要もないと思います。いずれにしても、気がついた時、夕貴斗は藤子さんと……島田さん、これは本当に事実なので、下手な勘ぐりはやめていただきたいのですが。わたし……修羅場は嫌でした。藤子さんと争いたくなんて、なかったんです。だから、気づいた時、夕貴斗のことは諦める決心をつけました」

「そんなに簡単に、自分の心を思い切れたんですか」

「わかっていただけないでしょうね」

珠美は、ゆっくりと深呼吸した。

「わかっていただけるように説明する自信もないわ。でも……勝てるとは、思えないんですよ。女なら、そういう時にはわかるんです。藤子さんはそういう人でした。もちろん、藤子さんの方がわたしより美人だし、収入もありました。普通に考えても、どちらか好きな方を選んでいいと言われれば、男の人は全員、藤子さんを選んだでしょう。でもね、それでも……容姿とか経済力とか、そんな問題だけなら、女は簡単に諦めません。諦められないものだと思います。奇跡を信じて、自分が愛されることを夢見て……そういうものじゃないかしら」

「僕には……僕は女性ではないから。しかし、おっしゃりたいことはなんとなくわかる。僕もそういう立場で他の男と女性を争うことがあった時、ただ顔とか収入だけで負けているなら、諦めないと思います。恋愛って、そういう、わかりやすい条件だけで成立するもんじゃないですからね。たぶん、周囲からは勝つ見込みのない戦いだと笑われても、本気で惚れていたら、そんなもんだけでは諦めない」

珠美は頷いた。

「藤子さんは、悲しそうな顔をしたんです」

珠美は、湿った雑巾を手に流し台に向かった。そのまま、島田に背中を向けて喋り続けた。

「夕貴斗との関係がわたしにばれちゃった時、です。ほんとに……悲しそうだった。他の人が言ったらとてもゆるせなかった言葉を、藤子さんは漏らしました。仕方なかったの。そう、一言」

「仕方なかった。……どういう意味だと思いましたか」

「さあ……あの時、わたし、どう思ったんだろう。ただ、呆然と、そうだな、仕方なかったんだな、と、納得してしまったような気がします。馬鹿みたいだけど、ほんとに、そう思ってしまった。同じ言葉を、前にも藤子さんは口にしたんです。岩崎さんとのことをわたしが問い詰めた、その時でした」

珠美の脳裏に、青い海の色が浮かんだ。ホノルルのホテル、プライベート・ビーチに面したテラスに、藤子はサンドレス姿で、ビーチチェアに寝そべり、本を読んでいた。珠美は、ルームサービスで届いたトロピカル・ドリンクのグラスを、ビーチテーブルの上に置いた。

「訊いておきたいことがあるんです」

珠美が立ったまま言うと、藤子はグラスのストローにちょっと口をつけ、本から目を上げた。

「なぁに……何よ、そんな怖い顔して」

「噂を耳にしました」

「噂？」

「藤子さん……岩崎さんと交際してるんですか」

「やあね」

藤子は、悪びれなかった。

「また、つまんない噂を聞き込んで。業界に流れてるその手の話って、ほとんどデマだって、知ってるじゃないの」

珠美はそれには答えずに続けた。

「妙子さんが岩崎さんからプロポーズされているのは、知ってますよね」

「そう聞いたわね。でも、あの子、断ったって言ってなかった？」

「結婚するつもりはあまりない、そういう意味のことは言ってました。相談を受けたことがあります。でも、その後の交際については、何も聞いていないんです」

「わざわざ珠ちゃんに相談しておいて、それで何も言わないってことは、別れた、ってことでしょう」

「そうかも知れません。でも……こういうの、よくないと思うんです」

「何が？　こういうの、って？」

「自分で、思いませんか？　はしたないと思いませんか？　藤子さん、たとえ妙子さんと岩崎さんが別れた後のことであっても、実の娘の婚約者だった男ですよ！」

「道徳の話をしているの？　珠ちゃん、わたし、あなたからお説教聞かされるのなんて、まっぴらよ。妙子は岩崎さんのプロポーズを断った。だったらそれで、妙子も岩崎さんもフリーじゃないの。わたしは独身で、そして三人共、子供じゃない」

「そんなことはわかってます。でも、世間がどう見るか」

「わたしは世間のために生きてるんじゃないわ。誰にどう思われようと関係ない」

「みっともない、って言ってるのよ！」

珠美は、つい興奮していた。

「わからないの？　自分のしてることが、すごくみっともないことだって、藤子さん、わからないんですか！」

「わからないわ」

藤子は言って、またストローに口をつけた。

「そんなもの、わかりたくもない。なんとでも、思いたいように思えばいいのよ。どうせ、他人がわたしの人生を肩代わりしてくれるわけじゃないんだもの。それにね、あたしのせいじゃないの。あたしのせいじゃないのよ。向こうが勝手にのぼせあがったの」

「そんな言い訳、通用すると思っているんですか、本気で」

「なんとでも言って。ほんとにあたしのせいじゃないんだもの。だってそうでしょう？　誰かが自分を好きになるのを止めることなんて、できると思う？」

「藤子さんがきっぱり拒絶すれば、岩崎さんだって」

「拒絶はしたわよ。何度もしたわ。でも、冷たくすればするだけのぼせあがるのよ。あたしにどうしろって言うのよ」

「藤子さんに隙があるんです。どこかで、無意識にかも知れませんけど、相手を誘っているから、相手も」

「無意識のことにまで責任はとれないわ。無意識って、眠ってる時と同じってことでしょう？　わたし自身に自覚がないのに、どうやって治したらいいのよ」

藤子はひとしきり笑った。珠美は、それでも、藤子をゆるす気になれずにそこに立っていた。

「ばかみたい」

藤子は、軽蔑しているような顔で、下から珠美を見上げた。

「どうして珠ちゃんがそんなに、ムキになるの？　妙子から恋愛相談受けて、妙子のお姉さんか母親にでもなった気分でいたわけ？」

「藤子さん」

珠美は膝を折って、藤子と目線を同じ高さにした。

「妙子さんが傷つくかも知れない、そういうふうには考えられないんですか？　妙子さんが結婚に関して臆病になってしまったのは……自分の両親が泥沼で傷つけあって別れた、そのことがあるからなんですよ。妙子さんは岩崎さんのことが好きです。きっと今でも好きなんだと思います。だから、破局したことをわたしに言えないんです。認めたくないんだと思います。なのに……妙子さんの耳に、藤子さんと岩崎さんとのことが入ったら……」


「仕方なかったのよ」

その時、藤子は、まったく別の話でもしているように、抑揚のない声で言った。

「どうしようもなかったの。だって……あんまり情熱的で……あんまり強引で。だから、運命なのかも知れないな、って思った」

「運命？　どういう意味？」

「子供を授かる運命」

言って、藤子は突然、泣き出しそうに顔を歪めた。

「今度こそ……この男なら、あたしに子供を授けてくれる……そんな運命を感じた……ような気がしたの」

藤子の顔は、ハワイの陽射しの下にいるのに、とても、とても青白く見えた。

3

「いずれにしても」

島田の声で、珠美は回想から我にかえった。

「豪徳寺さんには、いわゆる、悪気、というものがなかった。岩崎さんとのことも、仕方なかった、と言い、芝崎夕貴斗とのことも、また、仕方なかったんだ、と言った。それだけ聞けば、随分とふざけた意見のように思えますが、僕にはなんとなく理解できます。豪徳寺さんという女性は……男性から思いを寄せられるということに対して無防備で、しかも、実はとても弱いひとなんじゃないですか。誰かの強い要求に逆らうことができない。自分の意見を通すことができない」

「そうかも知れませんね」

珠美は、ウーロン茶をもう一杯ずつコップに注いだ。

「当たらずと言えども遠からず、といったところでしょう。藤子さんは強く見えるけど、ほんとは、とても寂しがりで、ひとりでは何もできない人です」

「しかしあなたは、彼女をひとりにした」

「いいえ、彼女には夕貴斗がいましたから」

「芝崎さんが失踪してからも、あなたは豪徳寺さんのところには戻らなかった」

「結婚していたんですよ、わたし」

珠美は笑った。

「島田さんは、なんだかわたしが、三角関係から逃げ出すだけのために結婚したみたいにおっしゃいますけど、これでもわたし、……夫だった男のことが好きでしたし、幸せになれると信じて結婚したんです。ただ、その判断が間違っていた、それだけのことです。いずれにしても、わたしも再デビューしてもう一度、作家としてやって行く決心がついたので、お互い、傷つけ合って憎み合う前に、いい飲み友達に戻った方がいい、そういう結論を出したんです。わたしの今のこの暮らしぶりを見て、何か誤解されているのかも知れませんけど……慰謝料も財産分与も、して欲しい、と頼むほど長い結婚生活ではありませんでしたし、夫の収入も、さほど多かったわけではありませんから。別れたら、苦しい生活になることは覚悟してました。でも、まあ幸い、小説の仕事はいただいています。とにかく書いて、来た仕事をこなしていれば、なんとか女ひとりくらい、食べられると思ってます」

「もちろんです。あなたの作品はとても面白いですよ。あ、これ、お世辞じゃありませんから。正直言って、豪徳寺さんの最近のものよりずっと好きだ」

「それでお世辞とは受け取りませんよ、わたし」

珠美がさし出したコップから、島田はおいしそうに二杯目を飲んだ。

「作家ってみんな、うぬぼれが強いんです。自分の書いたものがいちばん面白いと思ってます。わたしもそう。特に、最近の豪徳寺ふじ子の作品なんかと、比べて欲しくないわ、正直言って」

「手厳しいですね」

「本人もわかってるんです。もう、彼女には、物語を綿密に紡ぐだけの気力が残っていない。でもね、もし豪徳寺ふじ子の作品について何か語りたいのでしたら、ぜひ、十年前くらいのものを読んでください。ううん、五年前でも、今よりはずっとまし。昔の彼女は天才でした。わたし、彼女の書いたものを誰よりも先に読める、その嬉しさだけで、秘書をしててよかった、と思っていたんです」

「お好きだったんですね、豪徳寺さんの作品が」

「ええ」

珠美は力をこめて頷いた。

「大好きでした。今でも読み返すことがあるくらい」

島田が、大きくひとつ、溜め息をついた。途端に島田の肩が下がり、顔に皺が増えたように珠美には見えた。珠美の背中に、弱い戦慄が走った。島田は……この男は、何か、とんでもないことを考えている……とんでもないことを……

「手の内を明かします」

島田が、ゆっくりと言った。

「あなたの率直さに対して、僕は隠し事をし過ぎている。これではアンフェアだ。いや、あなたが隠し事をしていない、とは思ってませんよ。あなたは少し僕を見くびっています。豪徳寺ふじ子さんが、年に一度か二度、入院されるのは、過労のためとか胃炎とか、その都度そういう発表ですが、実はそればかりではない。彼女は妊娠し、そして流産している。なぜかそれを繰り返している。そのウラはとれているんです。彼女の体質は、妊娠はしても胎児が育たずに流産を繰り返す、いわゆる習慣性流産、というもののようですね。しかし普通、そういう体質の女性で未婚であれば、妊娠しないように最大限注意するはずだ。僕は男だが、女性が流産した時に肉体にこうむるダメージは、決して小さくはないだろうと想像することぐらいできます。それがわかっているのに、年に一度か二度、妊娠しているとすれば、それは、わざとやっているんだ、ということになる。豪徳寺さんは……言葉は悪いのですが、実は、相手は誰でもよかったんじゃないか。とにかく、子供が産みたかったんじゃないか。僕はそう推測しています」

「勝手な憶測です」

「そうですね。この点については、とてもデリケートな問題を含みますから、僕も迂闊なことを書くつもりはありません。ご本人に確認した上で、ご本人が承諾してくれた範囲で活字になるように配慮します」

「ぜひ、そうしてください」

「わかりました。その点はいいとして……ですね。僕がここで明かす手の内は、もっと重大なものなんですよ。正直、これを聞いてあなたがどう出るのか、僕としては、非常に怖い」

「怖い？　わたしに何ができるって言うんですか」

「なんでもできます。あなたにその気があれば……あなたがどこまで、豪徳寺さんを守ろうとするか、によりますが」

「わたしは」

珠美は、床の上に足を投げ出した。

「わたしにはもう、彼女の楯になる元気なんて残ってません。これからの人生は、誰のためでもなくて、自分ひとりのためにつかいたいんです」

「賢明な判断だと思います。しかしあなたは……豪徳寺さんのことが好きだ。だから、もう無関係なのに、入院した豪徳寺さんのところに駆けつけて世話をしている」

「習性みたいなものです。藤子さんも、他に頼る人がいないから。……そうね、でも……あなたの言う通りかも。わたし、やっぱり藤子さんって人が好きなんです。あんなにわがままでだらしなくて、神経質かと思えば無神経で……腹立たしいことはたくさんあったけど、でも、楽しかった。藤子さんと暮らして、彼女の秘書でいることは、とても楽しかった」

「あなたが、その友情を大事に考えるあまり、僕のしようとしていることを邪魔だてしても、僕はあなたを恨まないことにします。そうでないと、ここであなたに手の内を明かすことはできないですからね」

「じらさないでください」

珠美は、投げ出した足の先を揉んだ。フローリングの床が、冷え性の足先に冷たい。

「何を聞いても驚かないとは言わないけど、気絶したりしないから大丈夫よ」

珠美は冗談のつもりで笑った。が、島田の表情は前より硬くなった。

「あなたと愛し合った芝崎夕貴斗は、本名を、羽石武尊といいます」

「それは知ってます」

「彼は年齢を詐称していましたが、それは彼の責任ではなく、彼がとても若く見えたので、事務所がそうさせていたものでした。が、彼は、年齢の他にもうひとつ、芸能界に入る際に隠していたことがありました。逮捕歴です」

珠美は顔を上げた。島田は、ほとんど無表情になっていた。

「羽石武尊は、ある男性への暴行容疑で一度逮捕され、その男性との間に示談が成立したので不起訴になった。羽石武尊に暴行を受けた被害者の名前が、岡本行彦。岡本妙子さんの父親であり、豪徳寺ふじ子さんの、元夫です」

珠美は言葉を出せず、ただ瞬きした。藤子と夕貴斗とが、昔からの知り合いだったというだけでも衝撃だったのに、夕貴斗は、藤子の元の夫に暴力をふるっていた。つまり、それだけ、藤子との関係が深かったということになる。

「豪徳寺さんと旦那さんとが離婚する際、娘さんの親権を巡って深刻な対立があったことは、ご存知ですか」

「妙子さんから、そんなようなことを聞きました」

「豪徳寺さんが、婚家を飛び出したのは、お姑さんとの確執が原因だったようですが、諏訪を出て東京にまで来たのには、別の理由があった。豪徳寺さんは、なんとか自立して夫の両親と別居するために、アルバイトをしていたんです。電話セールスの仕事です。その仕事が、実は」

「原野商法だった。それで、セールス成績のよかった藤子さんは、詐欺の実態を知っていて働いていたのではないかと警察に疑われた」

「それも知ってらしたんですね」

「妙子さんから一度、聞いただけです。詳しいことは何も」

島田は頷いた。

「豪徳寺さんが詐欺に加担していたわけではないことは、その後の警察の調べで明らかになっています。しかし、一度そういった疑いをかけられてしまうと、地方都市で周囲の白い目にさらされるのは大変なことだったでしょう。それで豪徳寺さんは東京に出ざるを得なくなった。しかし、娘さんを連れて出るつもりでいた。が、岡本家の方では妙子さんを渡す気などなかった。事態はこじれ、ひと足先に東京で暮らし始めていた豪徳寺さんは、遂に業をにやして岡本家に乗り込み、そこで焼身自殺をはかった。幸い、豪徳寺さんの怪我はたいしたことなかったようです。しかし、家にも火を放ったことから、放火犯として逮捕されてしまった。岡本行彦さんは、家族喧嘩だからと警察に掛け合い、なんとか不起訴処分にしてもらったようです。でもその負い目から、豪徳寺さんは、妙子さんのことを諦めるしかなくなった」

「そこまでは聞いてます」

「では、そもそも夫婦仲がそこまでこじれた最大の原因が、岡本行彦さんの浮気だった、という話も？」

「聞きました」

「そうですか。……妙子さんは、すべて知っていらっしゃるわけですね」

「ええ。だから結婚に対して慎重になってしまったんだと思います」

「豪徳寺さんが東京に出られたのは、羽石武尊を頼ってのことだった、という話はご存知でしたか？」

「いいえ」

珠美はただ、驚くしかなかった。

「それじゃ、夕貴斗は……そんなに昔から……」

「羽石武尊は当時、専門学校でシステムエンジニアになる勉強をしていたんです。周囲には大学生だと言っていたようですが。羽石武尊の母方の従兄にあたる宮田新一は、暴力団の企業舎弟でした。その宮田が、原野商法の事務所を諏訪に持っていた。羽石武尊は、詐欺の片棒を担いでいるとは知らずに、その事務所で使い走りのアルバイトをしていました。そこで、豪徳寺さんと知り合ったんでしょう。当時羽石武尊はまだ十八歳です。豪徳寺さんは、二十三、四歳でしょうか。少し年上の人妻である豪徳寺さんに、羽石武尊は、一方的に思いを寄せていたようです。羽石武尊、つまり芝崎夕貴斗は、俳優になったくらいですから、若い頃から目立って美男子だった。それで、宮田の事務所でも、パートの女性たちに人気だったんですね。そしてその当時、同じ事務所でパートをしていた人に聞いたところでは、羽石武尊が豪徳寺さんに首ったけなのは、見てていてありありとわかったそうですよ。豪徳寺さん自身は、当時、姑の軋轢《あつれき》から逃れて親子三人で暮らしたいという強い願望で夢中になってパートをしていたようですから、十八歳の男の子の一途な思いには、気がついていなかったのかも知れない。ただ、やっかみもあってか、豪徳寺さんが警察に疑いを持たれた時に、羽石武尊と関係があったのではないか、というような噂が流れたようです。僕の調べた感触では、それは噂に過ぎず、豪徳寺さんはそれどころではなかった、と思います」

「でも……夕貴斗は、いえ、羽石武尊は、結局、藤子さんと東京で」

「そのあたりの細かい事情は、なにぶんにも当時、東京に出た豪徳寺さんが親戚や友人と没交渉だったことがあって、まだ調べていません。しかし、想像はできます。警察に疑われ、婚家を出ることになり、実家にも戻れなかった豪徳寺さんに、羽石武尊が東京行きを持ちかけたのでしょう。羽石家はそこそこの資産家で、武尊も小遣いに不自由のない生活だったそうですから、常日ごろ、東京に遊びに出かけていたんじゃないでしょうか。豪徳寺さんとしては、他に頼る者もなく、経済的基盤もなく、とにかく噂から逃れて知らない町に出て、気持ちを落ち着かせたいと考えた」

「それで、夕貴斗と暮らしていたんですか」

「いえ、羽石武尊が実家を出たのは、専門学校を卒業してしばらくしてからです。それまでは諏訪の実家にいました。つまり、豪徳寺さんと同棲はしていなかったということです。僕は、もしかしたら、二人はその当時、男と女の関係にはなっていなかったのかな、とも思っています」

「そんなこと……だって、夕貴斗は、藤子さんの元の夫に暴力をふるったんでしょう？　自分の恋人でもない女のために、そんなことするはずが……」

「岩崎さんの場合と同じだったんですよ、きっと。豪徳寺さんは、自分からは男性に対して何も求めない。しかし男性の側は、彼女に気に入られようと先回りしていろいろしてしまう。そこまで計算してあしらっているとすれば悪女だが、どうも、豪徳寺さんの場合、計算というよりは、状況に流されてしまっていつのまにかそうなっていた、という感じのように思います」

「彼女は馬鹿じゃないわ」

珠美は、自分の声が尖るのを感じた。

「まったく計算していない、なんてこと、ないと思いますよ」

「しかし、悪意を持って男性を振り回しているわけでもない」

「肝心なことは結果よ。悪意があろうとなかろうと、結局、夕貴斗は警察に逮捕されるようなことになっちゃったんでしょう？　藤子さんの方が年上だったんだし、夕貴斗の暴走を止めないとならなかったはずなのに」

「おっしゃる通りです。そしてそのことを悔やんだから、豪徳寺さんと羽石武尊とは、暴行事件のあと、顔を合わせないようになった。暴行事件が起ったのは、放火事件を起こして豪徳寺さんが諏訪を出てから二ヶ月ほどしてからのことです。中学の教師だった豪徳寺さんの元夫は、東京で、何かの講演会に出席し、帰りに、豪徳寺さんを訪ねたんです。ひとつには、別れたとは言え、自分の浮気で辛い思いをさせてしまい、娘まで取り上げてしまった元の妻が気掛かりだった、ということがあるでしょうが、もうひとつ、岡本行彦さんは、豪徳寺さんに対して、再婚の承諾を得たいと思っておられた。もちろん、法律的には、離婚した夫はすぐに再婚が可能です。しかし妙子さんはあくまで豪徳寺さんが産んだ娘さんですから、継母ができることについて、豪徳寺さんに承諾を得たかったんでしょうね」

「それって、浮気相手だった、花屋の娘さんのことですか。随分、身勝手ね。もとはと言えば、自分の浮気が悲劇のもとになったのに」

「未確認の情報なのですが、その時、中里美和さん、母親と一緒に花屋をやっていた女性ですが、彼女は妊娠していたのではないか、と。岡本行彦さんという方は、とても生真面目な人だそうです。浮気、というよりは、中里美和さんのことを真剣に愛してしまっていた。その分、豪徳寺さんの心の痛みまで気がまわらなくなっていたんだと思います。もちろん、豪徳寺さんは動揺したでしょう。興奮して、言い争いになったかも知れない。そのすぐあとで、羽石武尊が岡本さんを、職場である中学の近くで待ち伏せして、木刀で殴って怪我をさせたんです。命にかかわるような怪我ではなかったが、右腕の上腕を骨折する大怪我でした。豪徳寺さんが武尊に涙ながらに悔しいと訴え、それを聞いた武尊が暴走した、たぶん、そういういきさつだったと思います」

「でも、妙子さんに継母はいないですよね。妙子さんも、父親が再婚したとは言ってなかった」

「ええ」

島田が、なぜか、姿勢を正して正座した。

「問題は、そこにあるんですよ」

「……問題？」

「中里美和さんの行方が、わからないんです」

「あ」

珠美は、喉から出た言葉を吐き出すことができずに呑み込んだ。そして、混乱した。

確かに妙子は、父親の浮気相手が姿を消した、と言っていた。しかしそれは、妻子ある男との恋愛に疲れ、泥沼の愛憎劇の舞台に立っていることに嫌気がさして、都会へと戻ってしまったのだ、そういうことではなかったのか？　少なくとも、妙子はそう思っていた。あの時、岩崎のことで相談した時の妙子は、父親の浮気相手のことなど一顧だにしていない、というふうだった。自分の母親になったかも知れない女性、という認識があるとは思えなかった。ましてや、その女性の行方がわからないなどは、知りもしなかったに違いない。妙子の口ぶりでは、てっきり、その女性の方で妙子の父親に愛想を尽かして逃げた、そんなふうに受け取れたのだ。

「でも……確か、もともとは横浜だかどこだかで花屋さんをしていて、それでまた横浜に戻ったと……」

「手の内を明かす、とお約束しましたね」

島田はゆっくりと、自分で頷いた。

「すべて白状します。実は、僕は、羽石武尊の叔父になるんですよ。僕の姉が武尊の母親なんです」

珠美はまた、驚いて黙るしかなかった。

「武尊が失踪して、我々親族は、もちろん、八方手を尽くして武尊の行方を探しました。正直に言うと、豪徳寺ふじ子さんを疑ったこともありました。つまりその……豪徳寺さんが武尊を……」

「馬鹿なこと言わないで！」

珠美は反射的に怒鳴った。

「藤子さんにそんなこと、できるわけないでしょう！」

「わかっています。今は、僕にもそれが理解できます。豪徳寺さんは、キャラクターとして、どんなに不都合な状況になっても、武尊を殺してかたをつけるというようなことをする人ではない。第一、そんなことをする理由もない。豪徳寺さんは、恋愛に関して、ややこしいことをよくよと考えるタイプではなかった。武尊と別れたくなれば、武尊にそう言うだけ、むしろ、武尊が逆上して豪徳寺さんに手をかける、そっちの方がまだあり得たと思います。それに、武尊が失踪したと思われる数日の前後。豪徳寺さんは日本にいなかった。作品の取材で、中東を旅行していて、編集者数名が同行していました。武尊が、豪徳寺さんのマンションの管理人に顔を見られたのは、豪徳寺さんが出発した翌々日です。つまりその時点で、武尊はまだ、豪徳寺さんの部屋の鍵を持っていて、マンションに自由に出入りしていたわけです。そしてそれを最後に、武尊は消えました。豪徳寺さんが帰国した時、毎日掃除に通っていた家政婦さんが、ずっと武尊が来ていない、と言ったそうです。それきりでした。それきり、武尊の姿を見た人はいない。僕が芝崎夕貴斗失踪の謎に取り組んだのは、叔父として、甥っ子の行方を突き止めたかったからです。姪の、つまり武尊の妹のインタビューがアメリカの雑誌に載ったと知って、誰より驚いたのも僕です。姪は、武尊の遺書があることをずっと黙っていた。僕にも黙っていた」

「……どうしてですか」

「武尊の意志だったそうです。手紙に、これは遺書みたいなものだ、とあって、でも、他の人には絶対に言わないでくれ、と書いてあったのだそうです。姪は武尊の意志を尊重して、ずっと黙っていた。しかしアメリカで芝崎夕貴斗人気がたかまるにつれて、無責任な記事がゴシップ雑誌などに載るようになってしまった。武尊が、日本の女性人気作家のヒモで、その作家の財産を食いつぶして逃げた、とか、莫大な借金を押し付けて海外に逃げた、とか、そんなようなひどい記事がたくさん出ているんだそうですよ。それで姪は、武尊は金を持ち逃げしたのではなく、愛のために苦しんで死を選んだと思う、と、インタビューで答えたわけです」

「愛のために苦しんで、死を」

珠美は、繰り返して呟いて、それから、手にしていた紙コップを壁に向かって投げつけた。バシャッと、ウーロン茶が壁に広く飛び散った。

「しかし、僕は……武尊が死を選んだとしても、それがはたして愛のためだけだったのかどうか、今では疑問に思っています」

島田は、胸のポケットから畳んである紙片を取り出した。

「コピーです。姪に送って貰いました」

珠美は、手を伸ばすことができずに、じっとその紙片を見つめていた。島田は膝でにじるようにして珠美のそばに来ると、珠美の手に、紙片を握らせた。

「……わたしが……読んでもいいんですか」

「僕の責任で、あなたに読んでいただきたいと思います。武尊と妹とのプライベートな話題の部分はのけて、これは手紙の最後の部分だけですが」

『とにかく、そんなわけで、僕はかなり疲れてしまったんだ。藤子から、ホノルルはとても快適なところだったと聞いています。行ければいいんだけどね。でもその気力も、もうないみたいだ。藤子を愛したことは後悔していない。ただ、僕はやっぱり、藤子が本当に望んだものを与えてやれなかった。佐古珠美が結婚してしまってから、藤子は、気が抜けたみたいに暮らしていて、もう僕の顔も、ろくに見てはくれない。藤子にとっては、僕よりも佐古珠美の方が、大事な存在だったんだね。僕たちは、別れることになると思う。でもはたして、そのことに僕が耐えられるかどうか。僕は、藤子が望むものを与えてやりたくて、いつも先回りしてひとりで暴れていた。藤子のために僕自身が壊れてしまうとしても、それは本望だとまで思っていた。けど、ようやくわかった。藤子は、僕がして来たことなんて何ひとつ、望んではいなかったんだ。僕は藤子に、欲しくもないものを無理に与えようとじれていただけだった。

ごめんね、なんだか、愚痴ばかり書いている。でももう、こんな愚痴を読ませるのも最後になると思うんだ。この手紙は、ちょっとかっこつければ、僕の遺書みたいなものだね。あ、心配はしなくていいよ。単なる比喩だ。つまり、僕はそろそろ、一度自分を殺して、藤子を諦めて、そして生まれ変わって生きていかないとならない、そういうことだ。そうしないと、僕がして来たことがすべて、意味をなくしてしまう。それではあんまり、犠牲者に気の毒というものだ。幸い、俳優としての仕事は順調だし、僕はまだ、そんなに年寄りじゃないからね。

今度逢う時は、日本の大スターとして、ハリウッドに進出しているつもりだよ。

親愛なるサッチンへ

兄』

「佐古さん」

島田の低い声が、珠美の耳の奥に染みた。

「この率直で正直な手紙が、すべてを物語っていますよ。豪徳寺さんは、あなたの恋人を奪ってしまったことを、心の底から後悔しているんではないかな。もう一度訊きますが、豪徳寺さんは、妊娠したがっていた。なんとかして妊娠して、もう一度子供が産みたいと思っていた。願っていた。しかし、残酷な運命によって、妊娠が継続できない体質を持っていたために、その願いは叶わなかった。そうですよね？　だから彼女は、来る者を拒まなかった。どの男でもいい、岡本行彦さんのように、彼女に子供を授けてくれる男をなんとしてでも見つけたかったんだ。習慣性流産にはいくつもの原因があるようです。豪徳寺さんがその中の、どのケースなのかはわかりません。が、彼女は一度だけ、きちんと妊娠し出産しています。きっと医学的には説明がつくことで、彼女も、これまでに、医師から説明は受けているんでしょうね。しかし理性とは別の部分、彼女の心の問題として、彼女にとっては、岡本行彦さんとだけそれが可能だった、ということが、耐えられない、ゆるせないことなのではないか。なぜならその岡本さんは彼女を裏切り、そして、生涯ただひとり産むことの出来た子供は、岡本さんに奪われてしまったから。彼女は、岡本さんだけが自分に子供を産ませたという事実をどうしても覆したかった。そして、新しい子供を自分で産んで自分で育てて、もう一度、壊れてしまった自分の人生を創り直そうとしていた」

「……勝手な想像よ。あなたの……妄想です」

「そうでしょうね。でも今は、僕の妄想をちゃんと聞いてください。いいですか。つまり、豪徳寺さんは……誰も愛していなかったんです。岩崎さんのことはもちろん、羽石武尊、つまり芝崎夕貴斗のことも」

珠美は両手で耳をふさいだ。だが、島田の声は悪い魔法のように、珠美の脳へと入りこんで来た。

「豪徳寺さんが欲しかったのは、芝崎夕貴斗の、精子だけ、だったんですよ。それなのに、あなたは去ってしまった。嫉妬し、勝手に敗北し、豪徳寺さんをひとりぼっちにして、結婚してしまいました。豪徳寺さんはレズビアンではないかも知れませんが、あなたに対しては、ただの友情以上の、強い絆を感じていたはずです。そして彼女は、あなたには理解して貰えると思っていたんじゃないでしょうか。たとえ芝崎夕貴斗と性的関係を持ったにしても、自分が彼を愛していないことは、あなたにならわかって貰えると思っていた。なのにあなたが去って、彼女は後悔と絶望とで、無気力になり、夕貴斗は、そんな彼女をどうすることもできずに、自滅してしまった」

珠美は、答えずにすすり泣いていた。自分には、わかっていた。もちろん、わかっていたのだ。だが、プライドがゆるさなかった。自分の目と鼻の先で、夕貴斗が藤子と寝た。そのことが、どうしても我慢できなかった。

「夕貴斗の……武尊の失踪については、これでその理由の一部は理解できました。しかし、僕にはどうしても、この手紙の最後の文章がひっかかる。犠牲者に気の毒。この言い回しです。これは、武尊が、自分自身を豪徳寺ふじ子の犠牲者だと嗤っているとも受け取れる。だが」

島田は、音をたてて息を吸い込み、深呼吸した。

「犠牲者、とは誰のことなのか。誰が誰の犠牲になったのか。もしこの犠牲者、という言葉が、武尊自身以外の誰かに向けて書かれたものだとしたら、この文章は随分と冷たい。少なくとも武尊は、その犠牲者に対して、同情をしていない。犠牲となったのは当然だったが、というニュアンスが感じられます。そうは思いませんか？　文章のニュアンスという問題でしたら、あなた方小説家は、プロのはずですが」

「わたしにはわかりません」

珠美は首を振った。

「頭が痛いわ。混乱してしまって……ごめんなさい、頭痛薬を飲みます」

珠美は立ち上がり、机の上に置いたバッグの口金を開けた。

「中里美和はどこにいったのでしょうか」

珠美の背中に、島田の声が静かに流れた。

「母親の中里朝子も、美和が諏訪から消えた一年後、美和を探しに行く、と言い残して諏訪を出て、それっきりなんですよ」


珠美は振り返った。

島田の両目は、異様なほどどきらきらと光っている。

「新事実をもうひとつ、お伝えしておきます。中里美和と岡本行彦さんの恋愛は、藤子さんを追い出すために考えられた、罠でした。そしてその罠は、岡本家の姑と、その姑が昔から懇意にしていた中里家の令嬢、朝子とが、二人で仕掛けた罠、だったんです。朝子は店の資金繰りに行き詰まっていた。それなのに、藤子さんが諏訪から追い出された直後、朝子の借金はきれいに返済されています」

4

頭痛がおさまらず、珠美は、苦痛に耐えながら冷たい床に直に横たわっていた。島田の投げつけた言葉が、耳の奥、脳の奥で異様な大きさにふくれあがり、珠美の思考のすべてを支配している。

　中里美和はどこに行ったのか。中里朝子は。そう問われても、もちろん、珠美には答えの用意などできない。中里朝子と美和の母娘のことなど、妙子の話の中でしか知らないのだから。だが、島田の本当の狙いがどこにあるのか、それを思うと、珠美は気味悪さに身震いした。

　一回二錠と定められた市販の頭痛薬を四錠飲み、うつらうつら眠って、気がつくと部屋は暗くなっていた。びっしょりと寝汗をかいたせいでかすかな寒気がする。風邪をひいたのかも知れない。

　シャワーをあび、着替えを済ませてようやく人心地ついたところで、呼び鈴が鳴った。ドアの覗き窓の向こうに、見知った顔があった。

「顔色があまり良くないね」

元夫、哲雄は、本心から心配そうな声で言った。

「うたた寝して、風邪ひいちゃったかも知れない」

珠美が言うと、哲雄は顔をしかめた。

「気をつけないと。君って風邪、ひきやすいんだから」

「うん」

「食事はちゃんとしてるの？　コンビニのおにぎりばかりじゃだめだよ」

「わかってる」

哲雄の、いつもの自然な優しさに、珠美は胸の奥に痛みを感じた。この優しさにすがって、自分は哲雄と結婚したのだ。が、この優しさゆえに、あの結婚は終わった。

「これ、清風堂の焼きプリン」

哲雄は白い箱を、照れた顔で差し出した。

「もっと気の利いたものにしたかったんだけど、家から近いんで、つい」

「ありがとう。大好物」

珠美は箱を受け取り、蓋を開けた。清風堂は、結婚生活をおくった哲雄のマンションから遠くない場所にある小さなケーキ屋で、その焼きプリンは大人気なため、焼き上がり時間に行列しないと買うことができない。珠美がその行列に並んでまでプリンを買うのを、哲雄はいつも、あたたかく笑ってからかっていた。

迂闊にも涙が出そうになって、珠美は慌てて哲雄に背を向け、流し台の前に逃げた。

「お茶、いれるね」

「いいよ、そんな手間かけなくて」

「でも、食べるでしょ、プリン。六個も入ってるんだもの、いくらあたしでもこんなには食べられないわ」

「俺はいいから、坂木さんの店にでも持ってってあげなよ。あそこの女の子なら、甘いものは喜ぶだろ」

「そっか、じゃ、そうする」

珠美は頷いて、箱ごと冷蔵庫にしまった。

「でも、お茶はいれるわ。あたしも飲みたいの。うたた寝してたんで、なんだか頭がボーッとしちゃって」


哲雄は居心地悪そうに、小さな座布団の上に正座していた。あまりにも家具のない部屋なので、驚いたらしい。

「足、くずしてよ。あぐらかくと少しは楽よ」

哲雄は苦笑いしながら不器用にあぐらをかいた。

「ソファだけはできるだけ早く買うつもり。でもソファって、安物買うと後悔するでしょう。ほんとに気に入ったものが見つかるまで、飛びつかないようにしないと、あたし、おっちょこちょいだから」

「そうだね、君はソファが大好きだったものね」

哲雄は、渋めにいれた番茶をすすって満足した顔をした。日本茶を飲む習慣のなかった珠美が、やっと、哲雄の好みに合わせた茶がいれられるようになった、と思った時に離婚して、珠美自身、そのことだけには、妙に心残りがある。

「もしよかったら、うちにあるソファ、ここに送ろうか？　あれ、君のお気に入りだったし」

「いいわよ、あれ、すごく高いやつだもの」

「でも、君が選んだんだから」

「お金はあなたが出してくれたんじゃない」

「そういうことは、言いっこなし、にしよう」

哲雄は生真面目な顔で言った。

「俺たち、結婚してたんだから。結婚している間に買ったものは、二人のものだろ？　君だって知ってるじゃないか、俺が、家にいる時はソファには座らない、ってこと。家具だって、好きで使ってくれる人のところにあった方が幸せだよ」

確かに、哲雄はリビングでテレビを見る時も音楽を聴く時も、オットマン付きの一人用の椅子を好んでいた。安楽椅子型で、クッションの利いた、ヨーロッパの家具だ。ソファに寝ころんで本を読むのはもっぱら珠美。二人は、そうして、おのおのの好きな場所に陣取り、静かに時を過ごしていた。ある意味、あれは理想的な夫婦のかたちだったのかも知れない、と、珠美は思った。

自分たちは、うまくいっていたのだ。愛し合ってはいなかったかも知れないが、互いに慈しみ合い、いたわり合って短く終わった結婚生活を過ごしていた。あまりにも急激な破局は、今でもまだ、悪い夢だったように思える。

「それじゃ」

珠美は素直な気持ちになった。

「ソファだけ、もらってもいい？」

哲雄は笑顔になった。

「もちろん。すぐに送る手配する。引っ越し屋に相談すればいいよね。本棚も、君の本がなくなったらすかすかに空いてるんだけど」

「本棚はいいわ。この部屋、狭いでしょう。大きな本棚を置いたら生活できないと思うの。まだ段ボールを開けてないけど、この機会に、どうしても残しておきたい本だけ選んで、それ以外は古本屋に売るつもり」

「仕事はちゃんとできるの？　書斎がなくて」

「大丈夫よ、あたしの仕事は、あのパソコンで全部ＯＫだもの。このアパート、ボロだし安普請だけど、学生用なんでインターネットだけはケーブルが入ってるのよ。それが気に入って選んだの」

「電話は必要だろう。携帯だけじゃ、不便だろう」

「それはね。大丈夫、それも今月中になんとかする。ねえ、哲ちゃん、あたし、ほんとに大丈夫よ、そんなに心配しなくても。貯金だって少しはあるんだし、売れっ子じゃないけど、書き下ろしの仕事はいくつか来てるから、来年までには印税収入を得られるようになるんだから。なんだか、あんなふうにバタバタ出て来て、哲ちゃんに迷惑かけちゃって、悪かったと思ってる」

「冗談、言うなよ。悪かったのは俺なのに」

哲雄は苦しそうに顔を歪めた。

「君と柘植さんのことなんか邪推して、俺、ほんとに馬鹿だった。どうしてあんな妄想にとりつかれたのか……君がいなくなって、ずっと考えてるんだ。俺、頭がおかしくなってたんだな

「……」

「そうじゃない」

珠美は、ゆっくりと茶をすすって息を吐いた。

「哲ちゃんにあんな誤解を抱かせたのは、あたしの心が、哲ちゃんとの生活の方を向いてなかったからなのよ。だから哲ちゃんは苛立った。なのにあたし、自分の心がどっちの方向に向いているのかさえ、自分でわかってなかった。その上あたし……自分だけが特別だと錯覚してた。哲ちゃんだってクリエイターだったのに、哲ちゃんだって、無から有を生み出す苦しみの中にいつもいたのに、それすら理解できなくて。馬鹿はあたしだったのよ。って言うより、あたしたち、結婚しないでいた方が、よく理解し合えたのかも知れない」

「淋しい言い方だなあ。やっぱり、結婚したのは間違いだった？」

珠美は、溜め息をついて頷いた。

「ごめんね……でも、そう思う。あたしね、逃げ出したのよ。それは哲ちゃんもわかってたでしょう？　藤子さんのそばにいて、藤子さんの才能とか、魅力とか、そういったものにずっと圧倒され続けていて……恋愛でも、やっぱり藤子さんに負けた、なんだか、敗北感で窒息しそうで。そこから逃げ出して、伸び伸びと呼吸できる環境に身がおきたくなった。哲ちゃんはいつもあたしに優しかったから、そんな哲ちゃんのところに逃げれば、好きなように呼吸ができる、そう思ったのね。でも哲ちゃんだって、藤子さんとは全然違うにしても、何もないところから何かを生み出す仕事をしている人だったのに。あたしは、自分が呼吸することばかり考えてて」

「それを言うなら、俺だって同じだ。君が作家だ、ってこと、理屈ではわかっていたつもりだったけど、結婚を申し込んだ時に俺が君に求めていたものは、やっぱり、俺をサポートしてくれる妻、って役割だったんだ。豪徳寺ふじ子みたいな難しい人の秘書が長く出来た女性だ、ってだけで、しっかりしてて気がまわって、他人のサポートをするのがうまい、そんな理想的な妻のイメージを勝手に作りあげてた。一緒に暮らしてみて、君には君の創作世界があって、俺が入り込めない部分がある、そんな当たり前のことに気づいて、戸惑ってしまった。その上……おふくろが、あんな……」

「もういい。おかあさまのことは言わないで」

珠美は、掌の上の茶碗を見つめた。

「……おかあさまの気持ちはわかるのよ。大事な息子だもの、せっかく結婚したのに、忙しいからってほったらかしにされてるの見たら、腹が立つのは当たり前。売り言葉に買い言葉で、まともに喧嘩しちゃったあたしが大馬鹿だった」

「でも、おふくろは言い過ぎだった。それがわかってて、俺は、君をすぐに探しに行こうともしないで……」

「哲ちゃん、もうやめようよ。覆水盆に返らず、って言葉もあるじゃない」

珠美が言うと、哲雄は淋しそうに言った。

「やっぱり、もう元には戻れない？」

珠美は頷いた。

「今は無理。今、元に戻したって、うまく行かないと思う。結局ね、あたしはまだ自分に自信がないのよ。哲ちゃんと暮らしている間、あたし、哲ちゃんに嫉妬していたんだと思う。哲ちゃんは少なくとも、自分の才能をちゃんとお金に替えて生活できていた。でもあたしは、そうじゃなかった」

「給料もらって他人のデザイン事務所に勤めてるだけだぜ、俺。自分の才能で食ってるだなんて、恥ずかしくて言えやしない」

「そんなことない。同じことだもの、給料だってなんだって。哲ちゃんの才能が事務所の役に立つから、勤めていられるんだから。とにかくね、まずはひとりで生活できるようになりたいのよ、あたし。結婚、ができるとすれば、その自信がついてからじゃないと、同じことを繰り返すだけだから」

「でもさ」

哲雄は頭をかいた。

「こんなふうに、何もいらない、って言われると、俺だって困るんだよ。ソファだけでいいだなんて……俺たち、共同生活者だったんだから、分け合うものはちゃんと分け合いたいんだ。おふくろが言ったことが君をどれだけ傷つけたかはわかる。でも俺は、おふくろと同じように考えてるわけじゃない。君が俺に何ひとつ与えてくれなかったなんて思ってないし、俺を利用しようとしただけだなんて、もちろん思ってないよ。君には君のプライドがあるのはわかるけど、な、せめて、しばらくの間、生活費の一部くらいは」

「この話は、もうおしまいにして。じゃないと、あたし、もう哲ちゃんに会わないよ」

珠美は言って、立ち上がった。

「あたしだって飢え死にするつもりはないから、本当に困ったら哲ちゃんに泣きつくよ。でもそれまでは、ぎりぎり、自分ひとりで生きてみたいの。そうしないとあたし、自分が駄目になるような気がするのよ。あたし、あんまり長いこと、藤子さんのそばに居過ぎたのね。彼女から離れてすぐ哲ちゃんを頼ったりして、要するに、藤子さんの影響力から離れてひとりで生きられるかどうか、自分でわからなくなってたんだと思う」

珠美は茶碗を流しに置いた。

「あたしね、自分と藤子さんとの間に境目がなくなっちゃうような、そんな気分に襲われてたの、時々。藤子さんがただあたしを支配してる、ってだけなら、あんな奇妙な怖さは感じなかったと思う。でもね、違うのよ。藤子さんがあたしを精神的な奴隷にしていた、そんな単純な図式じゃなかったの。藤子さんがあたしの一部で、あたしが藤子さんの一部みたいな、むしろ、そういう……言葉であらわすのは難しいわ。でも……なんとなくわかるでしょ？　だから、自分の恋人だと思っていた男が藤子さんと寝てるってわかった時も、怒りとか失望とか、それだけじゃなかったのよ、あたしを襲った感情って。なんて言えばいいんだろう……ホッとした？　そう……安堵感みたいなものも、確かに感じたのよ。すごく馬鹿げているんだけど」

「わかる、って簡単には言えないけど、漠然と、つかめるような気はするよ、そういう感覚」

珠美は笑った。

「いいわよ、無理しなくても。たぶん、あたし自身にも藤子さん自身にも、よくわからない感覚なんだもの。あたしたち、レズじゃないかとか噂までたてられたけど、そういう関係は一切なかったのよ。藤子さんは男にしか性的な興味はないと思う。あたしもそう。でも、それでもやっぱり、お互いの間に流れているものが普通の友情だなんて、二人とも思ってなかった。友情、みたいな対等なものではないの。でも、どちらかが常に上、というような、固定された関係でもない。強いて言うなら……母と娘。そう、母と娘の関係に近かったかも知れない。それも、どちらかが常に母であり娘であるんじゃなくて、お互いに、相手の母になったり娘になったりするのよ。あたしは時々、自分が藤子さんを産んだような気持ちに襲われたし、自分が彼女から生まれたような錯覚に陥っていた。そしてたぶん、藤子さんも同じ混乱の中にいたと思う」

「難しいね。俺みたいな鈍感な人間には、なかなか想像できない。って言うより、男にはわからない感覚なのかも知れない。男は子供を産むことがないからなあ。生まれてから死ぬまで、男ってのは、単体でしか存在しない。でも女性は違う。実際に妊娠するかどうかじゃなくて、感覚として、胎内に別の存在を宿す、ってことが、わかるんだろうな」

「自分で喋ってたって、わかってるわけじゃないのよ。ただ、もやもやした気持ちをなんとかして言葉にして、自分で理解しようとしてるだけ。あたし自身にも、結局、わけがわからないんだわ。あたしは、豪徳寺ふじ子って人の毒におかされて、中毒になっちゃった病人なのね、きっと」

「彼女はそれだけ、すごい女性なんだね」

哲雄の言葉に、珠美は流し台から振り返った。

「すごい……うーん、わからない」

珠美は首を横に振った。

「一般的な意味で、すごい、というのとはやっぱり違う気がする。でもそうね……彼女は、特別だった。いろんな意味で」

「過去形で話すんだね、もう」

「ええ」

珠美は頷いた。

「あたしはひとりになりたいの。藤子さんがあたしにとって特別だった時代は、終わりにしたいのよ」

5

プール・モアのドアは半開きになっていた。そっと首を突っ込んでみると、モップを手にしたバーテンダーが仁王立ちになっている。

「あ、佐古先生」

バーテンダーは珠美に気づいて、手にしていたモップを下におろした。

「わあ、すみません。もう六時ですか」

「うん、そろそろ。でもまだだったら、喫茶店で時間潰してから来るわよ」

「いや、いいですよ。入ってください」

バーテンダーがドアを開けてくれたので、珠美は店内に足を踏み入れた。

「やだ、どうしたの、これ」

床に赤い液体が流れている。一瞬、血か、と背筋に戦慄が走ったが、次の瞬間には、甘ったるい匂いに気づいた。

「これもしかして……グレナデン・シロップ？」

「大正解〜」

雑巾を手にした汐美が憮然とした顔で現れた。

「つたく勘弁して欲しいわよ、開店間際にこれだもの」

「いったいどうしたのよ」

「ケンカ」

汐美は大袈裟に肩をすくめた。

「ナミエとアキコが摑み合いの大喧嘩したあげく、カウンターの中の瓶を手当たり次第投げたの。キーキーキーキー、まるで猿だったわよ。二人とも平手打ち食らわせて、あたま冷やして出直して来いって帰したけど」

「珍しいわね。ナミエちゃんもアキコちゃんも、そういうタイプに見えなかったけど」

「男のことになったら女なんて、猿も同然、ってことね」

汐美は、雑巾をパン、と自分の掌に打ちつけた。

「こういうのが困るから、多少色気がなくても、さっぱりしてそうな性格の子を選んで雇ってたつもりだったんだけどねえ。ま、銀座の女が、男に興味がないってのもそれはそれで問題なんだろうけどさ。でも自制心のない子は結局、この世界では成功できないのよ。ナミエは水商売に骨埋める気のない子だから仕方ないけど、アキコは、そろそろチーママくらいさせてもいいかと思ってただけに、がっかりだわ」

「二人でとり合うなんて、よっぽどいい男なのね」

「とんでもない」

汐美はぺろっと舌を出した。

「信楽焼のタヌキの方が男前よ。お腹の出具合は似たようなもんだけど」

「うわ」

珠美は汐美の手から雑巾を抜き取った。

「おじさんかぁ。じゃ、気前がいいんだ、その人」

「まあね、手広く商売してるみたいだから。ちょっと、やめてちょうだい、仮にもお客さんに掃除なんかさせられないわ」

汐美が素早く雑巾を奪い取る。

「気にしないでカウンターにでも座っててよ。あと、このへんだけで終わりだから」

「でももう開店時刻よ。早くしないと」

「大丈夫だって。それより、こんなに早く、珍しいじゃないの。どうした？」

「うん。……これ、あたしひとりじゃ食べ切れないから。清風堂のプリン。ナミエちゃんの好物なのに、残念だったな」

汐美は片方の眉を少し上げ、苦笑いのような笑みを顔に浮かべた。

「もしかして……哲雄さん？」

珠美が頷くと、汐美はまた大袈裟に肩をすくめた。

「やっぱりね、あの人、あなたのこと諦めてないだろうと思ってた。よりを戻そうって言って来たんじゃない？」

「そんな具体的じゃなかったけど」

「未練はあるのよ。ま、当然だろうね。もともとあっちがあなたに惚れて惚れて、押し切って結婚に持ち込んだんだから」

「そんなことない。あたしだって、哲雄のことは好きだった」

珠美はプリンの箱をカウンターに置いた。

「でも結婚したのは間違いだった。それだけのことよ」

「そうかなあ」

珠美の背後で、掃除を続けながら汐美は言った。

「正直、あたしには悪くない選択に見えたけどねぇ。少なくとも、あのまま豪徳寺先生のところにいたら、珠ちゃん、神経参っちゃったでしょ。あたし、あの頃の珠ちゃんのこと思い出すと、今でも背中がぞくっとするのよ」

「……どういう意味？」

「だからさ……なんか、珠ちゃん、追い詰められてて、神経がぴりぴりしてて。おぼえてるかなあ、いつだったか珠ちゃん、ここに来るなり号泣しちゃって、他のお客さんもいたんであたし、びっくりして、珠ちゃん連れて外に出たのよ。それで二人して、日比谷公園まで歩いたの」

「そんなこと……あったっけ」

「ほら、おぼえてない、ってことは、あの時、珠ちゃん、ぎりぎりだったんだよ、やっぱり。公園の手前のベンチに座って、珠ちゃんが泣き疲れて静かになるまで一緒にいたんだよ。それから、ふらふらする珠ちゃんをまた店に連れて戻って、ロッカールームに寝かせてさ。あの夜、豪徳寺さんのとこに戻したらいけないと思ってあたし、自分のマンションに連れてったの。なのに珠ちゃんたら、あたしが寝入ってからひとりで戻っちゃったんだよね」

「あ……汐美さんのとこに泊ったのは憶えてる。あたし、酔いつぶれたんだと思ってた」

「あの頃、ほんと、珠ちゃん、いっぱいいっぱいだったよ。あたしもう限界だろうなと思って、とにかくお金は貸してあげるから、豪徳寺さんのとこは出た方がいい、って何度も何度も勧めたじゃない」

「そうだね」

珠美は、カウンターに置かれたステンドグラスの小さなランプを見つめて言った。

「そうだったね……汐美さんに勧められて、あたし、藤子さんと別れる決心したんだった」

「はい、掃除終わり。開店するけど、何飲む？　ボトル出す？」

「うん」

「今夜、女の子が二人も欠けてるから、お客が入って来たら相手できないと思うの。だから今のうちにつきあっちゃうよ」

「いいのに、あたしのことなんて気にしなくて」

汐美は笑いながら、ボトルと水割りの用意をし、付き出しを盛りつけ、珠美の横のスツールに座った。

「とにかく、あの時、豪徳寺さんのとこを出たのは大正解だったと思うよ。あのままだったら珠ちゃん……豪徳寺さんのこと……」

「……なに？」

珠美は、そっと横を見た。汐美は、聞こえないほど小さな声で呟いた。

「殺してたかも、よ」

「まさか」

珠美は、ウィスキーをグラスに注ぎ、氷だけ浮かべてぐっと飲んだ。

「ちょっと、手酌でしないでよ、ここは銀座なんだから」

「いいから、気にしないで。他のお客さんが来たら退散するから」

「そんなこといいけど」

汐美は自分の分の水割りをゆっくりとした動作でつくった。

「ほんとにあたし、そう思ってたんだよ……そのくらい、あの頃の珠ちゃんの目、なんて言えばいいのか……妙に光ってて、怖かった。それだけ珠ちゃん、芝崎夕貴斗のこと、本気だったんだろうね」

「どうなのかなあ」

珠美は、琥珀色の液体をグラスごと回転させ、その中に透けて見えるものが何なのか見極めようとした。

「今になってみても、よくわからないのよ。確かにあたし、夕貴斗が好きだった。恋をしていたんだと思う。でも……藤子さんが夕貴斗と寝たって知った時、あたしの胸の中に湧いたものって……嫉妬とか、憎悪とか、そういう、熱のあるものじゃなかった気がするのね。もっと冷たい……ひやっとするもの。言葉ではうまく表現できないんだけど……あたしが追い詰められていたのって、夕貴斗を藤子さんにとられた悔しさとか、悲しさとか、そういうもののせいじゃないのよ。そうじゃなくて、ああ、うまく言えない。言えないけど……藤子さんを助けられない無力感、そういうものに近かった気がするの」

「助けられない、って、なんであなたが豪徳寺さんを助けないとならないの?」

「そんなの、わからない。自分でも自分の感情が理屈に合ってるとは思ってなかったもの。でも、ほんとにそういう気持ちに近かった。なんとかして藤子さんを助けないと、みんなで溺れてしまう、あたしも夕貴斗も、三人とも溺れて死んでしまう、なんか、そんな感じだった」

「複雑過ぎる」

汐美は、ふう、と息を吐いた。

「説明されても、あなたと豪徳寺さんの関係って、やっぱあたしにはわかんない。あなたたちって、その……女同士で恋愛感情はなかったんでしょう？」

「それもね……正直、わからないのよ。恋愛感情って、なんだと思う？　その相手とセックスしたいと思うことだとしたら、それはなかった。あたしは藤子さんにそういう気持ちって持ったことないし、藤子さんだってあたしの知る限り、女とは寝なかった。でも……恋愛感情ってものの正体が、相手を独占したいという気持ちなんだとしたら、少しはあったかも知れない。あたしは藤子さんを、少なくとも、他の人間よりはよく知ってると思い込んでいたし、藤子さんもあたしに対して、そういう態度を見せてたから」

「ただの独占欲と恋愛感情とは、違うものだと思うけど」

「ほんと？　本当にそう思う？　恋って、相手を他人に渡したくない、そういう気持ちのことじゃない？」

「それだけじゃないわよ……たぶん。でも、そうね、この歳になっても、恋愛感情の正体を知っている、とは言えないかもね、あたしも。誰かに恋をしている時、それが恋だろうな、ってのはわかっても、その、恋、って気持ちの正体までは、知ろうと思ったことがないから」

珠美は、むせかえるほど濃いオン・ザ・ロックを喉に流しこんだ。氷のせいで冷えた液体は意外なほど喉に抵抗がないが、食道を通る間に炎のように燃えて内臓を焦がして落ちる。

「あたしがぎりぎりだったのは本当。でもそのぎりぎりさが……もしかしたらあたしにとって、最後の砦だったのかも」

「小説家の言葉は抽象的過ぎて、あたしには意味不明ね」

汐美が、珠美のグラスにミネラルウォーターを注いだ。

「食事してないんでしょ？　いきなり濃いの飲んだりしたら、胃が荒れるわよ。お互い、もうそんなに若くないんだし、からだが資本って点でも一緒だし。離婚したのは珠ちゃんの自由だけど、ひとりで生きていくなら、病気になったら終わりなのよ」

「……うん」

珠美は素直に頷いた。

「チーズ切ってあげる。たんぱく質と脂肪で胃に膜を張っておくと、お酒で胃が荒れるのを防げるらしいわ」

汐美はカウンターの中に移動した。

「お願いだから、からだは大事にしてよね。あたし、佐古先生の作品の愛読者でもあるのよ。お客としてこの店に来てくれるのも嬉しいけど、それ以上に、あなたの新作が本屋に並んでるのを見るのは、嬉しい。その楽しみを、あたしから奪うようなことはしないでよね」

スライスして出されたチーズは、クリーミーで、くるみのような味がした。

「島田ってライターが、来たの」

珠美が言うと、汐美はカウンターの中で立ったままグラスを握り、頷いた。

「そう。そのうち行くと思ってたけど……裏のありそうな男ね。大丈夫？　豪徳寺先生のスキャンダルとか探してるんじゃない？」

「作家のスキャンダルなんて、あまりおいしいネタじゃないわよ。あの男のターゲットは……夕貴斗らしいの」

「芝崎……さん？」

「週刊誌が騒ぎ始めるてんでしょ？」

「ああ、まあね……美容院でぱらぱらめくるくらいだから、詳しいことは知らないけど、芝崎さんが遺書を妹さんに送っていたとか」

「読ませて貰ったわ、そのコピー。遺書、というより、妹さんに宛てた手紙の一部だった。……わたしには、自殺を決意した人間の文章には読めなかったけど……遺書みたいなもの、という表現はあった」

「やっぱり……自殺なのかしらね。豪徳寺さんって……人を本気で愛することのないひとだって、あなた、言ってたわよね、以前に」

「そうだったかな……言ったかも。でも、あたしには所詮、藤子さんの心の中まではわからない。藤子さんが夕貴斗を愛していなかったのかどうかなんて……わかるわけないのよ」

「でも、珠ちゃんにならわかるんじゃない？　芝崎さんが、豪徳寺さんに受け入れられなかったことを苦にして自殺する可能性があったのかどうか」

「藤子さんは夕貴斗を受け入れたわよ」

珠美は笑った。

「受け入れて、そして吐き出したのよ」


「芝崎さんは、傷ついたと思う?」

汐美の声は、なぜか、乾いていた。

「あたしね……島田ってライターがここに現れたのは、ただ珠ちゃんの居所を突き止めたかったからじゃない、そんな気がしたの」

「どういう意味?」

「うん……実はね……珠ちゃんには関係のない話だし、なんとなく言わずにいたんだけど。珠ちゃんが結婚して少ししてから、芝崎さんがひとりでこの店に来たことがあったのよ。あれって……考えてみたら、芝崎さんが失踪したって騒ぎになった頃とほぼ同時だったような気がするの。芝崎さんが店で飲んで帰って、それからほんの二、三日後に、昼のワイドショーで、芝崎夕貴斗がドラマの撮影をすっぽかした、って騒ぎになって、それから芝崎さんの事務所が、本人と連絡がとれないので警察に家出人の捜索願を出したって発表して、でも芝崎さんのマンションの部屋は、生活していたまんまだった、事故に巻き込まれた可能性がある、って、どんどん話が大きくなっていった。あたし、ほら、物事を整理して考えるのが苦手でしょう? あれよあれよという間に、芝崎さんの失踪事件が大事になっていっちゃうのを唖然として見ているうちに、店にひとりで来たのは失踪の前だったから無関係だわ、って、なんとなく曖昧なまま納得しちゃってた」

「……そうじゃなかった、ってこと？」

汐美は、カウンターの奥の棚から、ブランデーのボトルを取り出した。まだ酒は八割方入ったままのそのボトルのラベルには、マジックで、見覚えのあるサインがしてあった。

夕貴斗のサイン。

「日付が入ってるでしょ、そこに。島田ってライターがここに来た後で、ふと思い出して引っ張り出してみたのよ。普通はね、半年ごとにボトルの整理をして、期限切れのお酒は捨てるんだけど、有名人のボトルは、奥の方に残してあるの。そうやって、ラベルにサインがしてあることが多いから、お店の飾りにいいのよ。時々、引っ張り出して棚に並べたりするわけ。もっとも、失踪しちゃった俳優のボトルじゃ飾りにはならないんだけど、なんとなく、ね、芝崎さんのボトルは捨てる気になれなくて。いつもここで珠ちゃんと待ち合わせて、二人で楽しそうに店を出て行った、そんな姿がまだ、記憶に焼き付いてるし」

珠美は、金色のラベルに指をすべらせ、夕貴斗のサインをなぞった。

「珠ちゃんが結婚してからは、芝崎さん、一度もここには来なかったのよ。それがその日、ふらっと口開けにやって来て、カウンターでいいよ、っていつものように言って、ボトルがもう残ってなかったんで、ニューボトル入れてくれて、そのサインをしたの。でも、そうね、水割りを二杯くらい飲んだだけだったと思う。あたしもこうやって、カウンターの中からお相手したんだけど、芝崎さん、口数は少なかった。あたしも、何を話していいのかわからなかったしね。もしかして、珠ちゃんの新婚生活の様子でも訊きたいのかな、とは思ったけど、向こうが尋ねないのにこっちからぺらぺら話すようなことじゃないし。ただ、芝崎さん、沖縄でドラマの撮影があったとかで、すっごく日焼けしていてね、そのことを言ったら、お土産をくれたのよ」

「お土産？」

「そう。芝崎さんには申し訳ないんだけど、それもすっかり忘れちゃってて、ボトルを引っ張り出した時にやっと思い出したの。これ」

汐美は、カウンターの上に、小さなガラスのボトルを取り出した。

「星砂」

「そう。キーホルダーになってる。古風よね、今どき、こんなもの買って来るなんて。自分でも、ありふれててごめん、って言ってた。でも、沖縄の、なんとかいう小さな島での撮影でね、夜、砂浜を歩く場面で、月がとても綺麗で、その月の光に照らされて、砂浜の砂が銀色に輝いていたのが、すごく印象に残ったんですって」

珠美は小さなボトルに詰め込まれた、星の形をした砂粒を見つめた。

「今になって、あたし、芝崎さんに悪いことしたな、って思ったの。もしかしたらこれ、芝崎さん、あなたに渡して欲しくて、あたしにくれたのかも知れないのよね。自分ではとても言い出せなくて、あたしが、あら、これ、佐古先生にお土産ですか、って一言訊いてあげてれば、芝崎さんの気持ちもほぐれたのかも知れないって……あの頃あたし、どうしても芝崎さんのこと、ゆるす気になれないでいたから、これを貰っても、なんだ星砂か、三百円くらいのもんだろうな、なんて意地悪に思っただけだった。珠ちゃんを裏切って豪徳寺先生と通じたような男に、同情する気にはなれなかったの。でもね、あの晩、芝崎さん、なんだか……ふんわりとしてて……どう言えばいいのかしら、張りつめたものが切れて頼りなく漂っている、そんな雰囲気だった。豪徳寺先生と破局したっていうのは、文壇関係からなんとなく耳に入ってたけど、芝崎さん、あなたのところに戻りたかったんじゃないのかな」

「違うのよ」

珠美は、星砂を見つめたまま、言った。

「違うの。あたし……勘違いしていたの。何もかも、あたしの思い上がりだったのよ。今日ね、島田があたしに教えてくれたの。藤子さんがあたしから夕貴斗を奪ったわけじゃなかったの」

「どういう意味？」

「だから……夕貴斗と藤子さんは、ずーっと前に……藤子さんがまだ諏訪で主婦をしていた頃に、知り合っていたの。そして、藤子さんが妙子さんを残して諏訪を出なくてはならなくなった時、東京で、夕貴斗は藤子さんを支えていたらしいの」

「そんなこと」

汐美は絶句し、それから息を吐き出した。

「芝崎さん、一言も言ってなかったじゃないの」

「あたしも聞いてない。藤子さんからも」

「そんな……どうしてあなたに隠さないとならなかったか、わからないわ。少なくとも豪徳寺先生って、あなたに隠し事をするようなタイプじゃないでしょう」

「言えなかった理由は、なんとなくわかるの。ひとつには、夕貴斗の過去に関係あることだから。夕貴斗の本名は、羽石武尊、っていうんだけど」

「あ、それは知ってる。武尊、って字がなんだか芸名みたいで印象に残るわよね。そのまま芸名にした方がよかったのに、もったいないな、と思ったわ」

「できなかったのよ……印象深い名前だから。彼の親戚に暴力団筋の人がいたらしいの。で、その親戚が、昔、原野商法でたくさんの人を騙して儲けてたの。夕貴斗はその人の会社でバイトしていて、そして、藤子さんもそこでパートをやっていたらしいの」

「じゃ、諏訪にいた時に？」

珠美は頷いた。

「夕貴斗も藤子さんも、働いている会社が詐欺をはたらいているなんて知らなかったはず。でもね、藤子さんはそこで、電話でアポイントメントを取るパートをしていて、その成績がとても良かったらしいの。そのせいで、藤子さんのせいで詐欺にあったと言う被害者がいたらしくて、藤子さんも取り調べを受けたんですって。もちろん、すぐに釈放されたけど、それが藤子さんが離婚して諏訪を出ることになったきっかけになった」

「そんなことがあったんだ」

汐美は、驚いた顔のままでビールの栓を開けた。

「ごめん、なんだか喉渇いちゃったわ。豪徳寺先生も、辛かったでしょうね。地方都市では、警察に取り調べを受けた、ってだけで、犯罪者みたいに言われるだろうから」

「夕貴斗はたぶん、その頃から、藤子さんのことが好きだったのよ。島田の言い方では、二人の仲があやしいって言ってる人もいたみたいだけど、あたしはわかる。……夕貴斗が一方的に藤子さんに憧れて、自分の親戚のせいで諏訪を追われることになった藤子さんを助けようとしたんだと思う。それで、東京に出た藤子さんと繋がりを持っていた」

「でも、ずっと続いていたわけじゃないでしょう、まさか」

「ずっと続いていたんだったら……何もかも、それでよかったのよ」

珠美は、グラスに残った酒を飲み干した。

「二人は別れた。たぶん、藤子さんの方から、夕貴斗を捨てたのね……いつものように。いつだってそう。藤子さんにとって大事なのは……その男が、自分を妊娠させられるかどうか、それだけなのよ」

「なによ、それ」

汐美はコップに注いだビールを音をたてて飲んだ。

「妊娠、って、豪徳寺さんには娘さんがいるでしょう？」

「そう、妙子さんを産んだ。でもそれが奇跡だったことに、妙子さんを失ってから気づいた」

「奇跡……」

「藤子さんは、妊娠が継続できずに流産してしまう、習慣性流産という体質を持ってるの。習慣性流産にはいくつかの原因があるらしいけど、藤子さんの話では、藤子さんの場合、受精卵を異物とみなして自分自身の免疫がはたらいてしまって、受精卵を殺してしまうんですって。医学的な詳しいことは知らないけど、妊娠はしても、安定期に入る前に流産しちゃうのよ」

「それじゃ、お嬢さんが生まれたのは」

「だから、藤子さんからすれば、奇跡だったのね。きちんと医学的に検査すれば、ちゃんと説明のつく理由はあるんでしょうけど、藤子さんにしてみたら、妙子さんは、一生のあいだでたったひとり、産むことのできた子供だった、それなのに、その子を失ってしまった、そういうことになるわけ。それが藤子さんには……耐えられなかった、我慢できなかったんだと思う。自分を裏切って若い女と浮気した夫、そして、自分が苦境に陥った時、助けてくれずに自分を追い出す側についた夫。そんな男だけが、この世でたったひとり、藤子さんとの間に子供のつくれる男だった。その事実が、理屈じゃなくて、藤子さんにはゆるせなかったのよ」

「理解できるような……できないような話だわね。あたしはこの歳まで、子供が欲しいと思ったことって、ないし。珠ちゃんは？」

「あたしもない。本音の奥の、そのまたずっと深いところでは、もしかしたら、自分も母親になりたいという気持ちがあるのかも知れないけど、少なくとも、自分の生活や人生を賭けてまで子供が欲しいとは思わないわ。でも、この世には、子供を産むことが存在証明に感じられる女もいるのよね。同じ女なのに、なんだか、とても深い川で隔てられているような気がする」

「深いんでしょうけど、幅の狭い川よ、きっと」

汐美は言って、ふ、と息を吐いた。

「豪徳寺さんにしても、子供そのものが欲しい、子供を育てたい、というのとは少し違うんじゃない？　言葉は乱暴かも知れないけど、豪徳寺さんの心の中には、別れた旦那さんを見返したい、そういう気持ちが強くあって、それが、もう一度子供を産みたい、という気持ちとくっついちゃった。自分でも、その区別がつけられなくなっちゃった。そういうことのように思えるんだけど」

「たぶん、その通りよ。でもね、そんなに簡単に片づけられる感情じゃないのよ……きっと。藤子さんは、見ていて切なくなるくらい、無節操に、自分を抱きたがる男にからだを預けた。それなのに、彼女が欲しかったのは精子だけ。だったら精子バンクとか使えばいい、あたしなんかそう思う。そんなセックスが楽しいはずないし、愛してもいない男の子供を身ごもるんだったら、ややこしいことがない方がいいに決まってるもの。アメリカにでも渡って、精子バンクから精子を買って妊娠すればいい、そう思う。でも藤子さんはそうしなかった。藤子さんにとっては……男と寝て、その男を自分のからだで確認して、妊娠して、子供を産む、そのすべてのプロセスが大事だったの」

「まるでわからないわ……豪徳寺さん、セックスが好きだったの、それとも嫌いだったの？」

どっちなんだろう。

珠美にも、その答えは用意できなかった。わからないのだ。藤子の、はたから見れば奔放で節操のない男性遍歴も、そこに流れる藤子のあまりにも切ない願いを知っていれば、苦行にしか見えなくなる。

「いずれにしても、夕貴斗はたぶん、ずっと藤子さんのことが好きだったんだと思う。あたしとのことは、ただの気の迷いだったのか、それとも、それなりに真剣だったのか、あるいは……ただ藤子さんにいちばん近いところにいる女だから取り入りたかったのか、それはわからないけど」

「そんなふうに言うもんじゃないわ。芝崎さんは、あなたに対して本気だったわよ。豪徳寺さんに対する思いが昔から消えていなかったとしても、あなたと出逢って、新しい恋愛をしていたことは間違いない」

「ほんとにそう思う？」

「思うわ。今さらこんなことであなたを慰めたって、しょうがないでしょ」

汐美は、星砂のボトルを珠美の方へ指先で押した。

「あの夜の芝崎さんは、他の誰でもない、あなたに逢いたくてここに来た。それは絶対、確かよ。あたしだってこの商売、長いんだもの、そのくらいはわかる。ただあの時はまだ、あたし自身が芝崎さんに対して怒りを抱いていたから、気づいていても、何かしてあげようって思わなかっただけ。あたし、この星砂のこと思い出して、こうやってあらためて見て、すごく後悔したのよ。

もしあの晩、あたしがあなたに連絡して、声だけでも芝崎さんに聞かせてあげていたら……芝崎さん、自殺なんてしなかったんじゃないか、って」

「夕貴斗が自殺したのかどうか、まだわからないわ」

珠美は立ち上がった。

「そろそろ帰ります」

「そうね、その方がいいわ。珠ちゃん、なんだか顔が蒼い。すごく疲れてるみたい。ちゃんと夕飯食べて、よく寝ないとだめよ」

「うん」

「あ、それ」

汐美が星砂のボトルを見た。いらない、と言おうとしたが、なぜか言葉が出ず、珠美は星砂のボトルをポケットに入れた。

6

汐美に念押しされたせいなのか、まともな食事をしないと、という気持ちが湧いて、銀座でたまに行く洋食屋に入り、ビフカツの定食を頼んだ。油で揚げた牛肉のようにボリュームのあるものを食べるのは、離婚して以来、初めてかも知れない。だが、食欲がない、というよりは、何を食べても味を感じない日々が続いていて、自分がまともな食事をしていない、という自覚がなかったのだ。気づいてみれば、ジーンズのウエストがかなりゆるくなり、口紅を塗ろうとすると口元の皺が気になった。贅肉は減っても、肌がその変化についていけず、頬や顎などがかえってたるんでしまうのは、年齢からして仕方のないことだろう。

いくらかアルコールが入って胃が動いているのか、ビフカツもご飯もなんとか胃に収まった。だが、食事をした、という満足感はあまり得られない。相変わらず、何を食べても味がろくにわからない。

長い一日だった。島田、元の夫、そして汐美、と、それぞれの人々がそれぞれに、珠美の心をかき乱した。だがまだ夜は終わっていない。珠美は、銀座線に乗った。

玄関のセキュリティシステムで藤子を呼び出すと、藤子は弾んだ声を出した。

「珠ちゃん？　来てくれたの！　上がって、上がって！」

聞き慣れた、どこまでも邪気のない、機嫌のいい時の藤子の声。

自分はいったい、藤子に何を言おうとしているのだろう。何を訊こうと思っているのか。愚かな真似はやめて、引き返せ、と、珠美の理性が耳の奥で金切り声を上げている。

それでも、珠美はエレベーターに乗った。

開いたドアの内側で、藤子は部屋着のまま、途方に暮れたような顔で微笑んでいた。

「入って、ねえ、入って」

藤子に腕をつかまれ、靴を脱ぐのもせかされながら広いリビングに入った。

巨大な胡蝶蘭の鉢植えが、リビングテーブルの上に、窮屈そうに載っていた。その蘭の向こうで、柘植が、困ったような笑顔で珠美を迎えた。

「いいタイミングだなあ。佐古さんに電話しようか、って話していたとこだったんだよ」

「柘植さん、いらしてたんですか。これ、柘植さんが？」

「いや、違うんだ」

「週刊誌よ」

藤子が、投げつけるように言って、ソファに座った。もう動こうという気配はない。珠美は内心苦笑しながら、自分でキッチンに向かった。

「珠ちゃん、ちょっと、お茶なんかいいわよ」

「いえ、わたしが何か飲みたいと思って。お夕飯に、銀座の銀鈴亭でビフカツ食べたら、喉が渇いたんです」

「あ、いいなあ。あたし、あそこのビフカツ、もう何年も食べてないわ。おいしかった？」

「ええ、昔から変わらない味ですね。ただ、歳のせいか、揚物はやっぱりちょっと、お腹に重たいかな」

「銀座にいたんですか、佐古さん」

「プール・モアに」

「汐美さん、お元気ですか。最近、とんとご無沙汰で」

「あの人もいつも変わらないですよ。プール・モアにはもう、文芸関係の人ってほとんど行かないでしょ？」

「そうですねぇ、あそこは普通の会社関係の客が多いでしょう、どうしてもね、作家さんによっては、くつろげないっておっしゃる人もいて。でも俺は個人的に汐美さんのファンだから、もうちょっと安かったら自腹で通うんだけどなあ」

「プール・モアは、銀座のクラブとしてはいちばん安い部類ですよ」

「わかってるんだけど、それでも俺には高いのよ」

「高給取りなくせに」

「いくら稼いだって右から左だよ。息子二人私立大学、末の娘まで中学から私立通ってんだから、たまらないよ」

柘植の口調はまるきり本音だ。珠美は苦笑いしつつ、紅茶のしたくをして湯を沸かし、リビングテーブルの半分近くを占めている胡蝶蘭の鉢を持ち上げた。

「これ、窓のとこに置きますね。テーブルの上だと邪魔でしょう」

「あ、そのリボンとか、はずさないでね。そのまんま送り返すことになるかも知れないから」

「週刊誌からですか」

「そう。そこに送り状、とってある」

藤子に言われて、珠美は鉢の横に置いてあった宅配便の伝票を見た。なるほど、いちおうは名の知れた週刊誌の編集部からになっている。が、スキャンダル記事中心の、あまり上品な路線とは言い難い方針で編集されている男性週刊誌だった。伝票の横には、退院御祝い、と書かれた熨《の》斗《し》もあった。

「てっきり、なじみの編集部からだと思って、箱を開けちゃったのよね。でも、送り返すことできるわよね？」

「返さないとならない理由があるんですか、藤子さん」

「だって、独占手記を書けって言って来たのよ。花が届いてから依頼の電話があったんだから、まったく、ずるいったら」

「独占手記って、何のですか」

「決まってるじゃない、芝崎くんのことよ」

藤子は、肩で大きく溜め息をついた。

「もちろん断ったわ。だって独占手記に書けるようなこと、何にもないもん。でもしつこくて、ぜひ考えておいて欲しい、って、なかなか電話を切ってくれないんで、今、来客中だから、って強引に受話器を置いたのよ」

「ほんとに俺がいたし」

柘植は頭をかいた。

「俺ってなんか、こういうタイミングだけやたらといい男なんだよね。たまたま加藤一清《かとういっせい》さんの原稿もらいに渋谷まで来たんで、ふじ子先生と晩飯でもどうかな、って寄ったんだけど」

「食べ損ねちゃったわよ、夕飯。珠ちゃん、何か出前、とってくれないかなぁ」

珠美は逆らわなかった。あたしはもう、あなたの秘書ではありません。そう言ってしまうのは簡単だが、なぜか珠美は、藤子の甘ったれた顔を見て、安堵していた。

「和食でいいですか」

「いい」

珠美は、自分がいた頃のままリビングの一角に設けられている事務用の机に座り、懐かしい引き出しを開けて、京料理の弁当を出前してくれる店に電話をかけた。すでにラストオーダーに近い時刻だったが、豪徳寺、と名乗ると、電話に出た女将は上機嫌で、すぐにお持ちします、と言ってくれた。一食五千円の弁当が二つ。こういうことならば、自腹で夕飯など食べずに来ていればよかったな、と、珠美はひとり、苦笑いした。


「だいたい、なんで今頃になって、芝崎くんのことなんかで騒いでるの？」

藤子は、珠美に説明を求める顔になった。

「さっぱりわけがわからない。あの人がいなくなって、もう三年以上経つのよ」

「芝崎さんが出演した映画だかドラマだかが、アメリカで人気になっているらしいんです。それで、芝崎さんの妹さんがハワイに住んでいるので、アメリカの雑誌がインタビューしたんだそうです。その記事が雑誌に載ったんですが、その中で、妹さんが、芝崎さんは自殺したのだと思う、と言っていて、それを日本のマスコミが見つけて、騒ぎ出したみたいですよ」

「佐古さん、詳しいね」

「わたしのところにも今日、雑誌のフリーライターが取材に来たんです」

「へえ」

柘植は、驚いた顔になった。

「君のところへ？　じゃ、そのライターは……」

「知ってました」

珠美は、紅茶をいれてテーブルの上に並べた。

「わたしが結婚する前、一時的に芝崎さんと交際していたことは、ちゃんと知ってましたよ。でもそのことにはあまり関心がないみたいでした。やっぱり、藤子さんの近くにいた者として、藤子さんと芝崎さんの関係を知りたかったみたいですね。面倒なので、何も喋りませんでしたけど」

「つまり、あたしのせいにしようってことね」

藤子は紅茶をすすって、投げやりに言った。

「あたしとの関係に行き詰まって、芝崎くんは自殺した。そういうストーリーになっちゃうんだ、結局」

「違うんですか」

柘植が、なんでもない、という口調で言う。

「実際、ふじ子先生、あの俳優さんのことフッちゃったわけでしょ。彼が本気だったとしたら、悲観して自殺、ってのもあり得ることでしょう」

「いやな人ね、柘植さん。フるとかフられるとか、人の心なんてうつろうものなんだから、仕方ないじゃないの」

「やっぱりフッたんだ」

「知らないわよ。もともとあたし、芝崎くんと結婚する気なんてなかったわ。それは何度も言ってあったのよ。第一、変なのよ」

「変って、何が？」

「突然いなくなっちゃったでしょ、芝崎くん。でもね、いなくなっちゃう前に、車の予約注文してたのよ」

「車？」

「そう。わたし、車のことは詳しくないんだけど、国産の、なんかアルファベットがつくスポーツカー。すごく高いの」

「ホンダのNSXかな。去年、生産が中止された国産のスーパーカーです」

「それかも知れない。とにかく、注文してから届くまでしばらくかかる車だったみたいで、突然、車屋さんから電話があったのよ」

「ふじ子さんのところにですか」

「本人と連絡つかないって。当たり前よね、失踪しちゃってたんだもの。週刊誌の記事で、わたしと同棲していた、って書いてあったんで、相談にのってくれませんか、って」

「引き取って欲しいってことだな」

「でしょうね。でも断ったわ。同棲していたなんて大嘘だし、わたし、彼とは結婚もしてないから、彼が残した借金を払う義務、ないでしょ」

「そりゃそうだ」

「でもしつこかったのよ。作家だからお金はあるんだろう、みたいな口ぶりで。わたし、車の免許持ってないのに、そんなもの引き取ってもどうしようもありません、って突っぱねたわ」

「車屋さんには気の毒だけど、芝崎氏のご両親にでも相談しないと、ふじ子先生に引き取れって言うのは無茶だな。でもあの車は人気が高いから、大丈夫ですよ、車屋さんの方でうまくさばいたでしょう、きっと」

「変だなあ、って思ったのはね、その車を注文したのが、取材旅行先から芝崎くんに電話したのに、電話に出なかった、その前の日だった、ってことなのよ。もちろんそういうことは、車屋さんが連絡して来てはじめてわかったことだけど」

「芝崎氏は、自動車が好きだったの？」

「すごく好きだった。それまでも、アウディとかＢＭＷとか、贅沢な車に乗ってたわ。俳優としては、まだブレイク直前って感じで、そんなに収入があったわけじゃないんだけど、何しろひとり暮らしだったしね、他のことにお金をつかわなかったから、車では贅沢できてたみたい」

「じゃ、きっと、予約注文を出した時はすごく楽しみだったろうな」

「でしょう？　なのにその翌日に失踪するなんて……」

藤子は眉を寄せ、宙を見る目になった。

「何か変なのよ。……何か……だって、芝崎くんは、失踪だの自殺だのするような性格じゃなかったんだもの。あの人は、藪の中を歩く時、足下をナタで払って進むタイプよ。藪が深いからって引き返したり、別の道を探したり、そういう慎重さとか器用さはなかった」

「ほんとにふじ子さん、きついこと、彼に言わなかった？　もう二度と逢いたくないとか、目の前から消えて、とか」

「あたし、誰かにそんなこと言ったこと、ないわよ、柘植さん」

「そうだね」

柘植は頷いた。

「ふじ子さんは、自分から積極的に拒絶しない人だものね。男がどれだけ夢中になっても、決して、ふじ子さん自身は溺れたりしない。でも拒絶もしない。ここからは入っちゃいけません、って、線引きする人だ。男にとっては、激烈に拒絶されるよりこたえるかも知れないけど」

「なんだか辛辣ね、柘植さん」

藤子は唇を尖らせた。珠美は、その場の空気にうんざりして、またキッチンに逃げた。

藤子はたぶん、柘植とも寝ているだろう。そして、いつものように流産して、柘植に言ったのだ。ごめんなさいね、もう、あなたとはしない方がいいと思うの。

すべてが、馬鹿馬鹿しい、という気がした。自分はいったいなぜ、今、ここにいるのだろう。もう二度と藤子に煩わされることがないように、結婚までしてここから出て行ったのに。

藤子は壊れた女なのだ。そしてたぶん、彼女のそばに居続けることで、自分もまた、壊れた女になりつつある。逃げても無駄だったのだ。藤子がこの世に生きている限り、彼女の影響から脱出することなど、できやしない。

弁当が届いたので、柘植と藤子は向かい合ってダイニングテーブルに座り、食事を始めた。珠美は、バケツに水をくんで、テラスの温室に入った。

温室の電灯をつけると、白い蘭の花が、一斉に、珠美の方へと花を向けたような気がした。ひと鉢ずつ、水苔の湿り具合を確かめながら、水を与えていくと、花が囁き始めたような、流れる空気の微妙な動きがわかる。珠美は、温室の真ん中に立ち、しばらく、花たちの囁きを聞いていた。

*

「器用なのね。日曜大工ができるとは思わなかった」

珠美が言うと、タオルで汗を拭いながら、夕貴斗は笑った。

「こんなもの、たいしたことないよ。組立式の温室だもの。でも、すごい数の蘭だね。リビングが埋まってる」

「だから温室が必要だってかなり前から藤子さんに言ってたんだけど、彼女、計画的に物事をする、ってのが苦手だから、つい後回しにしちゃって。リフォーム屋さんに見積もり出して貰ったこともあるんだけど」

「高かったでしょう」

「ホームセンターでこれを買った金額の、倍くらい」

「もったいないよ。簡易温室なんて、ただ組み立てるだけなのに」

「でも、わたしにはできないもの」

「この程度の労働でよければ、いつでも言って」

夕貴斗は、珠美が差し出したミネラルウォーターのペットボトルから、ごくごくとおいしそうに水を飲んだ。

「ところで、あの話、考えてくれた？」

夕貴斗の問いに、珠美は小さく頷いた。

「答えはいつ聞かせてもらえるのかな」

「あのね、芝崎さん」

「夕貴斗でいいよ。そんなに困った顔されると、傷つくな。ノーならノーで、僕は諦めるけど、でもね、こういう生活って、不自然じゃない？　珠美さん、豪徳寺さんの書斎の奥で寝てるんでしょう？」

「書斎にしてる部屋の隣りに、多目的ルームがあるのよ。窓はないけど、広さは四畳くらいあるし、ベッドも衣装タンスもちゃんと入ってるから、特に不自由はないのよ」

「それって、要するにウォークイン・クロゼットでしょ？　部屋じゃないよ」

「誤解しないで。あそこで充分だって言ったのはわたしなんです。藤子さんは、一部屋をわたし用に空けてくれるってちゃんと言ったのよ。でもわたし、荷物もそんなにないし、もったいないからって」

「だからって、それに甘えるあの人もあの人だ。珠美さん、やっぱり、もう一度ちゃんと考えて欲しい。ここを出て、ちゃんとした部屋で暮らした方がいい。僕と暮らすのが嫌だったら、ひとりでもいいから。通いだって豪徳寺さんの秘書の仕事はできるだろう？　今の状態だと、自由に逢うこともできない。君専用の電話すらないんだから」

「藤子さんは電話に出ないわ。別に不自由なことなんて、ないじゃない」

「君が自由につかえる時間がほとんどないじゃないか。豪徳寺さんが取材旅行に出た時だけしか……君と朝までいられないなんて……僕も君も、子供じゃないんだぜ」

「……わかってるけど」

珠美は、出来上がったばかりの温室の、きらきらしたガラスの壁を通してさしている夏の夕暮れの中で、夕貴斗の整った顔を見つめていた。その目はとても真剣で、とても、怒っている。

夕貴斗は自分を愛していてくれるのだ。珠美は、そのことが、眩暈《めまい》がするほど嬉しかった。だが同時に、怖くもあった。

なぜこの人は、藤子さんではなく、あたしの方にこの目を向けているのだろう。そんなことが現実にあり得るのだろうか。夕貴斗の整った美しい顔が、次第に濃さを増していく夕闇の中で、いつにも増して、くっきりと際立って心に焼き付く。

恋愛というものから遠ざかって何年も経っていた。だから淋しかった。男のからだが恋しかった。匂いが懐かしかった。そして夕貴斗は綺麗な男で、優しかった。何もかもが揃っていた。ただ束の間の、大人同士の気まぐれな夜を過ごす相手としては、最高だった。それだけでいいと思っていた。愛されることなど、期待するだけ辛いと思っていた。

それなのに。

この男は、あたしを、愛している、と言った。

「蘭なんて好きじゃないよ」

夕貴斗は、八つ当たりのように言った。

「花に罪はないけど、この複雑過ぎる花びらが、卑猥で、これみよがしで、好きになれない。もっと自然に花びらがとれるような花がいい。君はそう思わない？」

「でも、綺麗よ。美しいと思う」

珠美は、胡蝶蘭の白い花びらに、そっと触れた。

「君は……豪徳寺さんと暮らしていたいんだね」

夕貴斗が、深く、溜め息をついた。

「なぜなのかな……彼女は君のこと、大切にしているようには見えないのに」

なぜなのかなんて、自分でもわからないのよ。珠美は心の中で、そう答えた。

＊

「何してるの？」

藤子の声で、珠美は我にかえった。

「柘植さん、気にしてたわ。あなたに嫌われてるって」

「ごめんなさい、なんかぼんやりしちゃって。柘植さん、もう帰られたんですか？」

「明日、九時から会議なんだって。偉くなると大変よね、サラリーマンは」

「後で謝りのメール、出しておきます」

「いいわよ、そんなの。嫌われてると思ってるくらいの方が、あの人、しおらしくて。だいたい、あの人があんまり図々しいから、あなたの旦那さんがつまらない誤解しちゃったんだから」

「あれは……違うんです。離婚の原因はもっと別のところにあって」

藤子は、小さな蘭の鉢を二つ三つ移動させ、鉢の棚にスペースを作った。

「ね、座りましょう。やっぱり花っていいわね。こうやって花に囲まれてると、女に生まれて来て良かった、と思うのよ、あたし」

珠美は、藤子の横に腰をおろした。藤子の体温が伝わるほどからだを寄せていると、微かに、藤子の好んでいるライラックの香りが鼻の奥をくすぐる。香水ほど強い香りではない。藤子は、下着や寝巻きを入れて置く棚に、ライラックの石鹸を入れておく習慣を持っている。フランス製のとても高価な石鹸で、一ヶ月ごとに新しいものと取り換え、棚に入っていたものが風呂場に移動する。そうしたところには、いつも、細かな神経を行き届かせているのが藤子だった。

ほんとですか、と、訊いてしまいそうになった。本当に、女に生まれて幸せだと思っているのですか、と。

女に生まれてしまったために、藤子は、子供を産む、という呪縛にがんじがらめになり、そのためだけに、自分のからだを他人に投げ与え、傷つき、壊れていくのに。

「柘植さんとのことは、夫の……元の夫の、ほんとに馬鹿げた誤解で、元の夫も、そのことはもう納得しています。自分の勘違いだった、って。わたしもだらしなかったんです。結婚してから思うように作品が書けなくなっちゃって、それを誰かのせいにしたかった。姑が嫌味ばかり言うので、そのせいで気が散って書けないのだと、自分に思い込ませようとして。柘植さんに愚痴って、酔っぱらって、迷惑かけたし……思い返すとほんと、いい歳して、幼稚だった」

「同居していたわけじゃないんでしょう？　お姑さんと」

「ええ、でも、新居のマンションって、夫の実家から徒歩圏内でしたから。そこからして、考えが甘かったんですよね。電車に乗らないと行き来できないくらいの距離を保っておけば、あんなに頻繁に顔を出されることもなかっただろうし、そうすれば、お互い、そう腹も立たなかっただろうから」

「後になって、ああすれば良かった、こうすれば、って後悔しても遅いことって、あるものね……あたしもいまだに、大昔のことを思い返して、時を巻き戻してやり直したい、と思うこと、あるわ」

「だめですよ、藤子さんの時は、絶対に巻き戻したら」

「あら、どうして？」

「作品が消えてしまいます。藤子さんがこの世に送り出した、百を超える作品が、消えてなくなってしまいます」

藤子は身じろぎし、それから、体重をかけるようにして珠美に寄りかかった。

「消えてなくなった方がいいものも、いっぱいあるわ。珠ちゃんだって、そう思ったからあたしを見捨てた。そうなんでしょう？」

珠美は答えなかった。所詮、藤子に何かを隠しておくことなど、できない、と思った。藤子は続けた。

「珠ちゃんは、最初から、あたしじゃなくて、あたしの小説に心酔してた。してくれた。あたしね……時々、自分の小説に嫉妬したわ。あたしがどんなむちゃくちゃなわがままを言っても、珠ちゃんは怒らない。はいはい、って、言われた通りにしてしまう。どうして？　なんでなの、って、じれちゃった。珠ちゃんは、最初っから、あたしのこと、ひとりの人間としては扱ってくれなかったのよ。珠ちゃんが好きな小説を産む雌鳥にしか、あなたの目には、見えていなかった。その意味では、柘植さんも他の人たちも、みんな、みーんな、同じ。あたしがいくら、珠ちゃんに、あたしって人間を見て欲しいと願っても、珠ちゃんが待ち望んでいるのは、あたしの新しい小説だけだった。夕貴斗のことなんて、ほんとは、ほんとは関係なかったんでしょう？　珠ちゃんは、あたしがもう、小説家として終わってる、そう思ったから、ここを出て行ったんだわ」

「全然」

珠美は、片側の肩にだけかかった藤子の重みを分散するため、腕を藤子の腰にまわした。藤子は安心したように、からだの力を抜く。

「全然、関係なかったわけじゃないですよ。わたしだって女なんです。夕貴斗のことは愛していたし、藤子さんが夕貴斗と寝たことは、今でも恨んでます。昔、この温室を夕貴斗が組み立ててくれた頃ですけど、夕貴斗から誘われたことがあるんです。ここを出て、自分と暮らさないか、って」

「そうしてれば良かったのよ」

藤子は怒ったように言った。

「そうしてれば、いろんなことがもっと、違う方向に行ったのに」

「ええ、わたしもそう思います。後悔しています。でも、やっぱり時は巻き戻せない。わたしね、さっき、どうしてあの時、夕貴斗の言う通りにしなかったんだろう、夕貴斗の胸に、素直に飛び込まなかったんだろう、って、考えていました」

「どうしてなのか、わかった？」

「理由は二つありました。ひとつは、藤子さんの言った通りです。わたしは藤子さんの小説に心酔していたんです。その小説を生み出す人のそばを離れるのが嫌でした。藤子さんのそばにいれば、いつか自分にも、小説の神様が間違って微笑みかけてくれるかも知れない。そう、馬鹿げたことを信じていたんです。わたしにはわかっています。わたしは知っています。わたしの才能は、藤子さんの才能に比較したら、ごく凡庸で、時の波に一度洗われたら消えてしまう程度のものなんです。でも藤子さんの作品は、たぶん、時代を超えて残ります」

「全部じゃないわ」

藤子は、とても寂しそうに言った。

「ほんの何作か、だけよ。あとのものは、みんなクズ」

「その何作か、だけだって、希有な恩寵です。神に与えられた。わたしにはきっと死ぬまで、そんな恩寵は与えられません。わたしは、藤子さんのそばを離れるのが、もったいなかった、んです。その意味では、わたしにとって、夕貴斗よりも藤子さんの方が必要でした。大事でした」

「もうひとつの理由は？」

「もうひとつは」

珠美は、思わず笑いを漏らした。

「なによ、気持ち悪い。ひとり笑いなんかして」

「すみません。でも、藤子さん、怒らないでくださいよね。わたし、正直に言っちゃいますよ」

「どうぞ。あたしが怒ったって、珠ちゃんには何の効き目もないんだから、どうせ」

「じゃ、言います。わたし、藤子さんのこと、信じてなかった。信用してなかったんですよ、たぶん。藤子さんは必ず夕貴斗を誘惑する。そう確信していたんです。そして夕貴斗はきっと、それに応じてしまうだろう。逆らうことができないだろう。そう思っていました」

「失礼ね」

藤子は珠美の肩のあたりに、歯をたてた。薄いカーディガンしか羽織っていなかったので、力は入っていなくても、藤子の前歯は尖って痛かった。

「ひどい言い方だわ。珠ちゃんだって知ってるでしょ、あたし、自分から男を誘惑したことなんて、一度もないのよ」

「それは、藤子さんの主観ではそうだ、というだけのことです。藤子さんのからだや顔は、主観とかけ離れた状態なんですよ、いつだって。藤子さんは、男を見ると、まず、その男との間に子供が作れるだろうか、そればっかり考えてしまうんです。おそろしいことに、ほとんど無意識に。藤子さんの脳の中には、もうひとりの藤子さんがいます。女の妖怪みたいな存在です。女であることがそのまま怪異になってしまった、そんな化け物です」

「ひどい。ひど過ぎる」

「でも、本当のことだって、わかるでしょう？　妊娠が継続できるかどうか試すためだけに、男と寝る。それって、相手の男性の人格とか人間性とか、そういうものまったく無視してますよね。雪女が、自分になびいた男を凍死させるみたいなもんなんです。藤子さんの心の中にいる、その妖怪が、男を誘惑するんです。藤子さんの主観とは無関係に、藤子さんの目や、口元や、指先や、胸や、足を妖怪が支配して、男を誘うんです。そして、それに逆らえる男なんて、どこにもいない。わたしはあの時、どこか本能的に、そう悟っていたんです。いつかはきっと、夕貴斗も藤子さんと寝てしまう。そう思っていたんです。だから、ここを出なかった」


「夕貴斗は」

藤子は、半分眠っているようなけだるい声で言った。

「違うのよ。あの人だけは……違う」


「ええ」

珠美は、藤子の腰にまわしていた手を持ち上げ、藤子の髪を撫でた。

「今日、そのことを知りました。夕貴斗はずっと昔から……ずっとずっと昔から、藤子さんの心の中に妖怪が棲みつく前から、藤子さんのことが好きだったんですね」

「あの人は……学生だったの。とても綺麗な顔をしていた。でも、何もなかった。何も言ってはくれなかった。わたしたちは若くて、わたしは、自分のことだけであたまがいっぱいだった。姑から逃げて、娘と夫と三人で、たださやかに幸せに暮らしたかった。それだけだったのに……」

「東京に出てから、夕貴斗が藤子さんを助けてくれたんですか」

「そうね。……いろいろと面倒をみてくれたわ。あたし、東京に知り合いなんかいなかったし。

でも、東京以外、思いつかなかったの。どうせどこで暮らしても他所者になるのなら、みんなが他所者でできている東京の方がいい、そう思ったのね。就職するところも、他の田舎町よりはありそうだったし。夕貴斗は、アパートを借りるのに知り合いに保証人を頼んでくれたり、働き口を見つける手伝いをしてくれたり、ほんとに、あたしに優しかった。でもね、何もなかったのよ。何もないままだった。あたしにそんな心の余裕はなかったし、夕貴斗は、あたしの混乱につけこむつもりはない、って、はっきり言ってくれた。他に頼る人もなくて、あたしはただ、夕貴斗に甘えるしかなかったのよ。でも、あの頃のあたしは今みたいに身勝手じゃなかった。今みたいに、人の親切をタダで受け取って平気でいられる女じゃなかったのよ。夕貴斗の気持ちはありがたかったし、他に何も、御礼する方法がないのなら……いいと思っていたの。そのまま、夕貴斗の気持ちを受け入れても、いいと」

「愛してはいなかったけど？」

「そう……愛してはいなかった。でも、それだったらあたし、元の夫のことだって愛してはいなかったわ。そんなこと、重要なことだとは思っていなかった。夕貴斗がそう望むなら……なのに夕貴斗はあの時も……消えちゃったのよ。突然、何も言わずに」

珠美は、漠然と予想していたことが現実になったことを知った。

藤子の髪は柔らかかった。細くしなやかで、もう五十を過ぎているのに、指先がすっと滑るほどなめらかだ。生え際が真っ白になっていることなど、たいしたことではない、と、指先の心地良さに珠美は思う。

結局、自分は、この人から逃げることはできない。離れることもできない。なぜなら、逃げたくないから、離れたくないから、だ。

中里朝子と美和の母娘は、いったい、どこにいるのでしょうね。

その一言が言い出せないまま、珠美は、藤子の髪を撫で続けた。少なくとも、藤子には答えられない問いなのだ。それだけは、確かだろう。

中里朝子も美和も、もうこの世にはいない。

夕貴斗が。

羽石武尊が殺したのだ。たぶん。

夢の続き

1

懐かしいコーヒー豆ひき機だった。重たい鉄製で、古めかしいさび止めの着色がされている。がっしりとした木製のテーブルに固定して使うもので、藤子のマンションにあるダイニングテーブルは、上板が華奢なガラス製だったから、そこで使うことはできなかった。たぶん、第二次大戦前のヨーロッパかアメリカの家で、調理場に置いてあった堂々とした一枚板のテーブルにはよく似合ったものだろう。ずっと昔に編集者がくれた品物で、ロンドンのアンティーク市で見つけたものらしい。その編集者の名前も会社も、藤子はとうに忘れていた。とっくの昔に異動になり、もしかしたらもう定年退職しているかも知れない、と。だがその重たい逸品が、なぜか藤子の心をずっと捕らえたままで、使えもしないのに、キッチンの棚に置かれていた。

ある日、柘植が、にこにこしながら大きな荷物を背負ってやって来て、キッチンに置いたのが、木製の椅子だった。傷だらけだが、見ただけで歴史があるとわかる、とても重量のある椅子だ。

都内の骨董雑貨屋で見つけたのだと言った。柘植は得意げに、棚からコーヒー豆ひき機を取り出し、その椅子の背にセットした。ぴたり、とはまった。
藤子は大喜びして、以来、紅茶党の藤子が気まぐれでコーヒーを飲む、と言い出した時には、ハンドルをゆっくりとまわして椅子の背中で豆をひいた。確かに、コーヒーメーカーのミルでひいた時よりも、香りがよくなる気がする。
椅子の大きさまで含めて考えれば、コーヒーミルとしては、あまりにも巨大だ。それでも、その椅子の背でごきり、ごきりと豆をひくのは、珠美にとっても、快感になっていた。

四年ぶりに、藤子の部屋で、朝のリビングに満ちたコーヒーの香りを胸に吸い込んだ。

藤子が、帰らないで、と言ったので、そのままここに泊った。藤子のとっておきの赤ワインを二人であけ、とりとめのない話を、藤子が眠ってしまうまで続けた。ほとんどが小説の話だった。藤子は読書家ではない。作家としては本を読まない方だろう。が、好きな作品にはとことんのめり込み、めくり過ぎて端が透けてしまうまで同じ本を繰り返して読む。そうした作品については、どんな細かな部分でもしっかりと憶えている。頬をあかく染めながら、そんな、溺愛している作品について語っている時の藤子は、特別に美しい、と珠美は思う。小説の神、などというものが本当にいるのであれば、その寵愛は、そんな時の藤子の瞬間にあらわれるのだ。そして、藤子のその姿を見ることができる人間は、その瞬間、小説の神の愛に触れ、そのおこぼれにあずかることなる。

藤子との会話に触発されて、珠美は、頭の中に新しい作品の構想を得ていた。メモをとっておく必要すらないほど、くっきりと、珠美の脳には新作の骨組みができあがっている。わずか数時間で。

藤子にコーヒーを飲ませたら、自分のアパートに飛んで帰って、書き始めよう。珠美は、幸せな気持ちでそう思っていた。


呪縛は解けたのだ。

夕貴斗は罪をおかし、それゆえ、消えた。藤子もそのことをちゃんと知っている。整理して理解はしていないだろうが、心の奥では、それでいい、と思っているはずだ。島田はどこまで嗅ぎつけているのだろうか。どこまでにしても、もはやどうでもいいことではあった。朝子と美和の母娘がどんな姿で発見されようと、あたしにも、藤子にも、もう関係ない。

*

「佐古先生!」

呼び止められて、珠美は驚いて振り返った。聞き覚えのある声だったが、張りの有る男性の声で名前を呼ばれると、島田にあとをつけられていたのか、と、一瞬、びくりとしたのだ。だが、そこに立っていたのは、味菜《みさい》書店の菅野だった。

「どこかに行かれるんですか」

菅野の視線は、珠美が手にしているボストンバッグに注がれている。

「ええ、ちょっと取材したいことが出来ちゃって」

「担当編集者と一緒じゃないんですね」

「急に思いたったの。書いてるうちに、確かめておきたいことが出来たのよ」

「それで夜行ですか。いいなあ、なんか、プロって感じで」

菅野は少し酔っているのかも知れない。耳が赤い。

「菅野さんは、接待か何か？」

「いや、同僚と飲んでただけですよ。上野に行きつけの、安くて旨い焼き鳥屋があるんです。今度、ぜひお連れします」

「ありがとう。焼き鳥って大好き」

「豪徳寺先生は、お元気ですか」

「ええ。三日前に、マンションへ行ったわ。なんとなく一晩、二人で飲んじゃった。すごく久しぶりに。あ、でも大丈夫よ、あの人のからだのことはちゃんと考えて、二人で赤ワイン一本だけだから。それもあたしが三分の二。藤子さん、菅野さんには感謝してた。お花を運んでもらったのに、何の御礼もしてないって気にしてたわ。今度、ぜひ、お食事でもご一緒に、って」

「そんな、あの程度のことは、ターコ先輩に頼まれたらイヤとは言えないですから。でも豪徳寺先生と佐古先生と一緒に食事、ってのは、すごくそそられますね。ご迷惑でなければぜひ、お願いしたいなぁ。あ、もちろん、接待ですよ、うちの社の」

「味菜書店が、女流エンタメ作家二人を接待するの？　そんなの、領収書、経理から突き返されるんじゃない？」

「まかしといてください。経理を納得させる手段なら、百も持ってます。なんだっていいんですよ、企画をでっちあげちゃえばいいんだから。うち、グルメ本もたくさん出してますからね、女性人気作家がすすめるレストランの本か何か、作ることにしたっていいし、小説の中に出て来る食べ物の場面だけ集めて、再現した料理本なんて、面白そうでしょ？」

「前例があるわよ」

「あったっていいじゃないですか。柳の下に十二匹はドジョウがいるのが、我々の業界の法則ですからね。あ、十二匹、に根拠はないです。一ダース、ってだけで」

少し酔っているせいなのか、菅野の口はなめらかで、笑顔には屈託がなかった。

「あ、ホームまで、かばん、持ちます」

「そんな、特に重くないから大丈夫よ」

「いいです、いいですって。僕ね、一度、夜行列車に乗る女性をホームで見送る、って、そういうのやってみたかったんですよ」

「あなたの終電がなくなっちゃうわ」

「構いません。タクシーで帰ったって、二千円ちょっとですから。長年の憧れだったシチュエーションです、ぜひ、やらせてください」

珠美は、菅野の言葉に思わず笑い、バッグを手渡した。


「ねえ、菅野さん、菅野さんって、ご実家がお金持ち？」

「あれ、なんでですか。金持ちのわけないじゃないですか、僕、地方国立大出ですよ」

「そんなの関係ないじゃない」

「おおいに関係あります。地方の国立大に入れる偏差値があって親が金持ちなら、東京に出て、早稲田に入るんです、普通、マスコミ志望なら」

「そんな、決めつけて」

「現実ですよ。佐古先生だってご存知でしょう、出版界なんて、石を投げたら早稲田出に当たるんですから」

「早稲田と日大は、卒業生の数がやたらと多いからよ。業界によっては、石を投げたら東大に当たる、ってとこだってあるわ」

「いずれにしたって、就職を考えるなら、無理してでも東京に出て早稲田に入っておけばよかったなあ、って、後悔してますよ、俺」

「味菜書店が気に入らないの」

「いや、仕事はそこそこ面白いですけどね、うち、組合ないから、給料がとにかく安くって」

「その割にはベンツ」

「あ、やっぱそれか、誤解のもとは」

菅野は頭をかいた。

「女性に理解してもらうのは難しいかもなあ。男って、バカなんですよ。欲しいものがあると、食事を抜いても買いたくなるんです。特にね、車ってのはなんかそういうとこ、刺激するもんがあるんだなあ。あ、女性にだって、車が好き、って人はもちろんいますよ。いますけど、三食食べられなくなっても車を買う、ってバカは、少ないんじゃないかなぁ」

「なんだか、自慢してるみたいに聞こえる」

「そうですか？　いやその……自慢してるのかな、俺」

菅野は、朗らかに笑った。

「ベンツなんて欲しがるのって、俗物だと思うでしょう。いや実際、俗物だからいいんですが、あれはちょっと理由があるんです。あれね、形見なんですよ」

「形見？」

「はい。会社の先輩で、すごく尊敬していた人がいたんです。その人が、中古でいい車見つけたって、喜んで見せてくれたのがあれでした。中古車屋まで俺のこと引っ張って行って、いいだろ、いいだろ、って。確かに割安だったけど、それでも、俺らが買うには勇気のいる価格でしたよ。でも先輩、手付け払ってね、手続きが済んで車が届くのを、ほんと、首を長くして待ってたんです。それなのに……」

菅野は、下を向いた。

「自宅の風呂場で倒れて、それっきりだったそうです。虚血性心不全、ってやつですね。いつもカラスの行水なのに、なかなか風呂から出て来ないんで、奥さんが心配して風呂場を覗いたら、湯船の中でぐったりしていたって。救急車で病院に運ばれたけど、だめだったんです。まだ四十になったばっかりだったのに」

「……お気の毒ね。働き過ぎだったのかしら」

「早く言えばそうですね。とにかく、仕事にのめりこむ人だったから。まあそんなんで、車が届いた時には、もう先輩はこの世の人じゃなかったんですよ。葬儀の時、奥さんからその話を聞いて……奥さんは車を運転しない人だったし、何しろ安くはない車ですから、未亡人にローンはきつい。夫の形見なのでなんとかしたいけれど、どうしようもない、って言われて……気がついた時は、定期解約してました。もちろんそれでは足りなくて、毎月、六万円もローン払ってます。昼飯は毎日、コンビニ弁当です」

珠美は笑いながら、泣きそうになった。上野駅構内の通路を歩きながら、こらえ切れずに、嗚咽を漏らした。

「すみません……湿っぽい話で」

「違うの」

珠美は、足を止め、小さく深呼吸した。

「ちょっと、似たような話があって、それを思い出してしまったの。やっぱりね、車がとても好きな男性がいたのよ。その人も、無理をして多額のローンを抱えてでも、欲しい車があったのね。それで予約して、受注生産だったのか、半年も経ってからその車が納品されたの。でもね、その男性は……車を予約した翌日から、どこかに姿を消してしまったのよ。半年後にせっかくの車が届いた時、それを受け取ってあげる人は誰もいなかった。あなたみたいに、代わりにローンを払ってでも、形見としてその車を大切にしてあげようと考える人は、彼のまわりにはひとりも、いなかった」


「その人、車の予約をしたのに、どこに消えちゃったんですか」

菅野の声は、なぜか、珠美の耳に、とても乾いて聞こえた。

「おかしいですね。事故にでも遭ったのかな」

「ほんと、おかしいわね」

珠美はまた、歩き出した。

「世間は、その人が自殺するために姿を消した、と思ってる」

「あり得ないでしょう。車好きな男なら、そんなこと、あり得ないですよ。それとも、車を予約した翌日に、自殺しないとならないようなことが起こったのかな」

「そういうことって、信じられない？」

「さあ」

菅野も歩きながら、首を横に振った。

「人生には何が起こるかなんて、わかりませんからね。今日までは何事もなく順調だったのに、明日、死んだ方がましだ、ということが起こる、それは可能性としては否定できないだろうな。でも……もし俺がその人なら、予約は取り消すな。電話一本かけるなりなんなりして」

「取り消すのが悔しかった……淋しかった、ってこともあるのかも」

「まあ……それはわかるけど。でも、受注生産だったような車なら、あのベンツなんかより高いでしょう。残された人たちへの迷惑とか考えたら……あ、そうか、自殺する時って、そういう迷惑は考えないものかも知れないなあ。考えられないというか。自殺した、っていうのは確かなことなんですか」

「わからないわ。だって、消えてしまったんですもの」

「じゃ、それは自殺じゃないですよ」

菅野が、はっきりと言った。

「事故かトラブルに巻き込まれたんです。本人は、死ぬ気なんてなかったと思いますよ」


不意に、菅野が口笛を吹き始めた。

「……何の曲？」

「あ、すみません、無意識にやっちゃった」

「いいの、続けて」

「でもじろじろ見られてます」

「いいから、続けて。とても綺麗な曲。どこかで聞いたことあるんだけど、題名が思い出せない」

「マイケルは舟を漕ぐ、って曲です。Michael, row the boat ashore」

「日本語の題名は、漕げよ、マイケル」

「そうです。子供会のキャンプファイヤーなんかで、輪唱とかしますよ。でも、原曲は、ゴスペルです。黒人の労働者が、舟しか交通手段がなかった川を必死でボートを漕いで往復し、働いた、そういう歌ですね。今さっき話にでた先輩が好きで、よく口ずさんでいたんです。あ、そうそう」

菅野は、珠美の顔を覗き込むようにして言った。

「今、思い出しましたよ。この曲……豪徳寺さんの小説にも出て来てましたね。短編で……俳優の青年が、自分が愛した年上の女のために、その女の夫を殺す。死体を担いで山を歩きながら、彼が歌う……マイケル、ロウ、ザ、ボート、アショー、ハレルーヤ!」


ハレルヤ。


珠美は、もう一度、足を止めた。

ジャケットのポケットの中で、指先が、小さなガラスのボトルに触れていた。星砂の瓶。

窓の外に雪を探している自分に気づいて、珠美はひとり笑いを漏らした。雪が舞っているはずがないのだ。季節が違うのだから。

2

菅野が駅に現れたのは、本当にただの偶然だったのだろうか。あの口笛も、藤子の小説の話も。読んでいたはずなのに、忘れていた。藤子の作品については誰よりも詳しい、という自負があったのに、やはり、心があの作品を記憶に残すのを嫌がったのかも知れない。

題名は、『月光の川』。藤子がロマンス小説に挫折し、低迷していた時代に書かれた短編で、これと言ったオチも派手などんでん返しもない、だが、奇妙に印象的な作品だ。一度思い出してしまうと、まるで今さっき活字になっているものを読んだばかりのように、くっきりと思い出すことができるのは不思議だ。

年上の女を自分のものにするために、その女の夫を殺し、山に捨てる若い男。死体を背負ってけもの道を踏みしめながら山奥へと歩いて行く男の背中に月が出て、川の流れのような白い光が男の前方を照らし始める。男は、『漕げよ、マイケル』を歌い出す。単調な歌詞。闇の中に溶ける、ハレルヤ。菅野が言っていた通り、この歌は、ジョージア州の黒人奴隷たちが、唯一の交通機関だった運河を手漕ぎのボートで移動する際に歌われていた曲が原曲だ。ゴスペルと呼べるかどうかまでは知らないが、珠美の記憶では、ハイウェイメン、というアメリカの若者グループが歌って、六十年代に大ヒットした曲だった。作品の中の男には、六十年代に学生運動に参加していた叔父がいて、その叔父が、男が幼い頃によく歌ってくれた歌、という設定だった。重い死体を背負いながら夜の山をさまよう男の脳裏に、愛する女の言葉がひとつひとつ甦る。その言葉をゆっくりと噛みしめているうちに、男は真実に気づくのだ。

女が本当に愛していたのは、自分が今、背中に背負っている、この死体なのだ、と。

そして男は積もった落ち葉にすべって崖を転がり落ち、岩に頭をぶつけて死ぬのだが、死の間際まで、男は、動かない唇の間から息を漏らして歌い続け、ハレルヤ、と呟いて息絶える。

ハレルヤ。主に栄えあれ、とでも訳せばいいのか、神をたたえる言葉を呟いて。

あの作品は、羽石武尊が芝崎夕貴斗として藤子の前に再び現れる、その前に書かれていたはずだ。そして珠美は、菅野が口笛を吹いたのを聞いた時、あの時聞いた曲だ、と思った。夕貴斗が、吹いていたのだ。同じように、口笛で。それを聞いたのは、あの蘭の温室を組み立てている最中に、一度、そしてあの時で二度目。

作品の中で殺人を犯す若い男は、羽石武尊だ。藤子は、夕貴斗が昔、藤子のためにと犯した罪について知っている。妙子の父親が再婚すると聞いて、おそらく藤子は動揺し興奮し、慟哭《どうこく》したのだろう。妙子に新しい母親ができてしまう。妙子が永遠に奪われてしまう、と。それを聞いた夕貴斗は、花屋の母娘について調べたのかも知れない。その結果、島田の言う通りだと知った。すべては姑の仕組んだ罠であり、そのせいで藤子がこんな地獄に堕ちてしまったのだ、と、知った。夕貴斗は花屋の娘を殺した。そして、その女が横浜に戻ったかのような偽装工作をした。娘の失踪に疑問を抱いた母親が探しに現れると、おそらくは、その母親も殺してしまった。夕貴斗にしてみれば、二人は、藤子の仇だったのだ。だが夕貴斗は、自分の犯罪が発覚した時に藤子におよぶ害をおそれ、藤子のそばを離れた。夕貴斗の藤子に対する愛は、それほどに深い献身の姿をとっていた。

羽石武尊は俳優になり、芝崎夕貴斗になった。そして、時効が成立した。たとえ二人の遺体がどこからか発見されたとしても、刑法上、夕貴斗が罪に問われることはなくなった。それでも夕貴斗は用心していたのだろう。偶然、藤子の作品を原作としたドラマに出ることになった時も、藤子本人と顔を合わせないようにするつもりでいたに違いない。そして、撮影の見学に現れたのは、藤子ではなく、その秘書である自分だったのだ。

珠美は、窓の外の闇に目をこらした。

何もかも、自分の妄想なのかも知れない。島田は見当違いの方向を追いかけている鼻の効かない駄犬に過ぎず、夕貴斗は誰も殺してなどいないのかも知れない。

いずれにしても、自分にはもう、関係のないことだ。

夕貴斗はもういない。そして、あたしは藤子から離れることができない。

珠美は、深く、溜め息をついた。

＊

携帯の電源が切ってある。

藤子は、いらついて受話器をたたきつけるように戻した。どこにいるのよ、珠ちゃん！　自宅の電話は留守電のままだ。携帯も繋がらない。

珠ちゃん、珠ちゃん、ったら！

なぜあの人は、素直に戻って来てくれないのだろう。藤子は、苛立ちの中で唇を嚙む。もうわかったはずなのに。ここで一緒に暮らすのがいちばん楽しい、って、ちゃんとわかったはずなのに。


自分は同性愛者ではない、と、藤子はその点には確信がある。少なくとも、女性に対して情欲を感じたことは一度もない。が、珠美の存在は、他の女とはまったく別の、何か、なのだという意識がいつもどこか心の中にあった。

柘植が初めて珠美を連れて来た時、藤子は、珠美の中に自分と読者の二つの存在を見た、と思ったのだ。

珠美は藤子の作品をよく読んでいて、そして、憧れと軽蔑とを同居させた目で、藤子を見ていた。

あなたの書くものなんて、ほんとはくだらない。

珠美の軽蔑が、藤子を嗤っていた。

でも、あなたの書くものが大好き。

珠美の憧れが、藤子を煽っていた。

そしてさらに、その軽蔑と憧れの向こう側には、いつか自分がおまえになってやるのだ、という、無言の敵意があった。

だから、珠美のことが好きになったのだ。

好きでたまらなくなったのだ。

妙子を奪われ、武尊に去られ、たったひとりで毎日を単調な繰り返しの中に埋没させ、少しずつ少しずつ、自分が死んでゆくのを感じていたあの日々の中で、藤子は、物語を書くことを思い出した。遠い遠い昔、まだ思春期にもなっていなかった頃、大嫌いな算数の計算帳に何気なく綴り始めた物語は、やがて計算帳を埋め尽くし、そこから溢れて別のノートへと広がっていった。

とりとめもなく続く少女の冒険物語。次々と現れる、突拍子もない生き物たち。他の誰のためでもなく、ただ自分のためだけに、無限に溢れて来る物語の中にどっぷりと全身を浸して、藤子は幸福を感じていた。自分がそれで食べていけるようになるなどとは、かけらも考えていなかった。ただ、一日一日、一時間一時間、一分一秒、枯れて無意味な存在へと変化していく自分という存在を、物語でくるみこんで守りたい、救いたい、そんな思いだけで綴っていた。

本当は、あの頃に書いた他愛のない、毒にも薬にもならないようなロマンス小説がいちばん好きだ、と、珠美に打ち明けたら、彼女はどんな顔をするだろうか。

物語の中で、女たちはただひたすら、無邪気に恋をしていた。周囲が何を思うかなど、彼女たちは頓着しない。彼女たちの視界には、恋をした相手の顔や姿しか映っていない。どんな障害に行く手を阻まれても、彼女たちは、自分が男から愛される未来をいつだって信じていた。

すべては夢物語だった。すべてはただの、嘘、だった。

自分は、たぶん、恋をしたことがない。恋とはどんなものなのか、知らないのだ。だから描けた。だから、どこまでも自由に、一切を肯定して描くことが出来た。あの頃の自分は、夢の中に逃げ込んで、それでかろうじて呼吸していた。

やめてしまえばよかったのかも知れない。

藤子は、自分の両掌を広げて見つめた。そこには何もない。自分は、何も摑んではいない。

無邪気な恋愛の物語が売れなくなった。商売として成り立たなくなり、誰も、書いてください、と言わなくなった。あの時、書くことなどやめて、何か他のものを探していたら。もしかしたら、夢の続きを追いかけていることが出来たのかも知れない。

だが、あたしには勇気がなかった。

藤子は、掌に浮き出た薄青い静脈をじっと見つめる。そこには、使われて汚くなった血が流れている。酸素のない血が、流れている。

夢をつづることをやめ、今度は、鏡に映った自分をつづり始めたのだ。

夫に裏切られ、子供を奪われ、夢をつづることをやめ、鏡の中にいたのは、貪欲でぎらつく目をした、物欲しそうな女だった。藤子はその女を描いた。ある時はその女に人を殺させ、ある時はその女に男を誘惑させ、そしてある時は、その女が惨めにのたれ死ぬ様を描いた。描いて、描いて、書き殴った。まるで復讐のように。憎悪の果ての、破局のように。


珠美は、あの頃の作品が好きなのだ。珠美が執着しているのは、あの頃の、惨めにのたうちまわる、あたし。


珠美は武尊に本気だった。あたしはそれを知っていた。そして武尊は、あたしを忘れようとしていた。珠美と一緒に、あたしの前から消えようとしていた。

ほんとはね、珠ちゃん。

藤子はひとり、笑う。

ただ、あなたを怒らせてみたかっただけなのよ。だってあたし、わかっていたもの。武尊との間にも子供なんてできないこと、最初からわかっていたんだもの。

藤子は思い出す。

妙子を産んでから半年後に流産した時、医師に、習慣性流産の疑いが濃厚、と言われた。妙子が産めたことが、むしろ奇跡だったのだと、わかった。

あの時の衝撃。妙子が唯一の奇跡だったのに、その奇跡はもう、自分の手の届かないところに去ってしまった、と知った、あの時の気持ち。

あたしが忘れたいと願い続けていたのは、あの時の、あの気持ちなのだろう、きっと。自分をがんじがらめにしてしまった、あの恐ろしい呪縛から、あたしは逃げたかったのだ。だから、無邪気な恋を描いた。どんな障害が前に立ちふさがっても、笑顔で乗り越えてしまうような女を描いた。愛されることを信じている女を描いた。あのまま夢を綴り続けていたら、珠美のような女を身近に引き寄せてしまうことにはならなかったのに。


珠美は、自分にとって、悪夢なのだ、と藤子は思う。自分から夢を消し去り、憧れを取り除き、プライドと上昇志向だけ残して形を整えれば、それが珠美になる。珠美のあの、一挙手一投足が、どれだけ気味悪く、どれほど鬱陶しいものだったか。あたしの言うことをなんでもはいはいと聞き、まるで母親のような声であたしに指図し、あたしが癇癪《かんしゃく》を起こせば、この上ない哀れみを帯びた目であたしを見つめる。だからあたしはじれて、余計にイライラして、珠美に無理難題を押し付けたくなる。だがその珠美の瞳の奥には、青く冷たい野望の炎がいつも燃えていた。珠美にとって大切だったのは、あたしの小説だけ。あたしが、鏡の中にいる醜い女を描いて綴った、夢のかけらもない小説だけ。それだけ。

珠美を幸せにしたくない。

藤子は、唇を噛む。

珠美がひとりで幸せになることは、ゆるさない。

珠美がこの部屋を出て行った時、あたしはそう思った。だから、武尊に……夕貴斗に言ったのよ。珠美はあなたに本気よ。あなた、珠美を取り戻していらっしゃいな。

武尊は、う、ま、く、や、っ、て、く、れ、た。珠美はあたしのところに戻って来た。

もう珠美を手放したりはしない。どこまでも、どこまでも、あの女はあたしと一緒に歩くしかない。だってあたしは知ってるんだもの。知ってるのよ。あたしにはわかる。珠美という女を理解しているから。

来訪者を告げるチャイムが鳴った。ほっておこうか、と思ったが、チャイムはしつこく鳴り続ける。藤子は物憂げな動作でソファから起き上がった。

「なんだ、あなたなの」

カメラの前に、緊張しているのか、こめかみがひきつっている顔が映っている。

「何か、ご用かしら」

「話し合いたいんです。入れてください」

「話し合うことって、何か、残っていた？」

「まだ」

相手の声は、異様に低く静かだ。

「まだ、何も話していない。まだ、何も」

藤子は溜め息をひとつついて、ロックを解除した。

部屋の玄関チャイムが鳴るまで二分はある。洗面所に行き、疲れた顔に、リップクリームだけ、近づけた。

3

金沢着は朝の六時三十二分。珠美は腕時計を見て、それから携帯電話のアラーム機能を六時二十分にセットした。リクライニングシートを倒しても眠れるとは思えなかったが、万が一寝過ごして、車掌に起こされることになったら恥ずかしいな、と、思う。だがセットを終えた携帯電話を、膝にかけた上着のポケットに戻しながら、そんな自分の小心ぶりに、思わずこみあげた笑いを呑み込んだ。

こんなにも臆病で、こんなにも小さな自分、という女が、あの時だけはなぜ、あんなふうに振る舞えたのだろう。

いったいあの時、自分には、何が起こったのだろう。

今でもまだ、よくわからない。珠美自身にもわからない。

たぶん、永遠に、わからない。

＊　＊　＊

「うるさいことを言うつもりじゃあ、ないんですよ。ごめんなさいね。でも、どうしても気になっちゃって」

まさ子が手にしているのは、豚肉のパックだった。珠美は、まさ子が何を言い出すつもりなのかまるでわからず、その豚肉のパックをまさ子の手から受け取って顔を近づけた。

「これ……あの、製造年月日、昨日になってますけど」

「そんなことはわかっています」

「お肉は、お魚と違うから、買ってから数日くらいは大丈夫のはずですけど」

「ですからね」

まさ子の眉が、す、と上がる。この女は、怒りを抑えるとこんな陰険な顔になるのか。珠美は半ば興味深く、まさ子の顔を観察した。

哲雄に似ている。母子なのだから当たり前だけれど、目元や口元がそっくりだ。けれど、顔の輪郭は違う。この女の額は狭く、顔は細長い。哲雄はどちらかと言えば丸顔で、額は堂々としている。哲雄の方がいい顔だ、と思う。

新婚三ヶ月目くらいまでは、まさ子も遠慮していたような気がする。哲雄の方から電話で誘わなければ夕飯時に来たりはしなかった。来る時は、いつも、他人行儀に土産を持っていた。珠美の顔色を窺うような愛想笑いをし、それなりに気をつかってくれていた。だが、次第にまさ子は本性をあらわし始めた。週に、二度、三度と、何かと用事にこじつけては顔を出すようになり、夕飯時まで居座ることもしょっちゅうになった。舅の仙一との仲がいまひとつうまくいっていない、と哲雄から聞かされたのは、新婚半年目くらいのことだろうか。すでにもう何年も家庭内別居状態で、仙一は、夕飯を家でほとんど食べないらしい。浮気、というよりは、お妾さんのような女が外にいて、その女は小さな小料理屋の女将だと言うから、夕飯はそこで済ませているのだろう。それで少し、まさ子に同情した。老齢に入り、ちゃんと夫が生きているのに、その夫に裏切られ、たったひとりで夕飯を作って食べる生活は味気ないだろう。そう思ったから、できるだけ嫌な顔をしないでいた。そして、それがいけなかったのだ、と気づいた時には、もう何もかも手遅れだった。

「ですからね、肉が古いとか新しいとか、そういうことが言いたいんじゃないのよ。珠美さん、これ、このあぶら身」

まさ子は指先で、豚肉の白い部分を指さした。

「あぶら身がこんなに多い肉を、哲雄に食べさせているんですか、あなた」

「……これはバラですから」

「そんなこと、わかってます。だから、なぜ豚のバラ肉なんて買って来るのか、それが訊きたいんです、わたしは。哲雄が健康診断で、中性脂肪が少し多いと診断されたこと、あなた、知っているわけでしょう?」

珠美は、心の中で深呼吸する。どうして自分が、こんな女のこんなくだらない話を聞くために、貴重な執筆時間を無駄にしなくてはならないのか、そう思うと情けなくてたまらなくなる。

「それ、哲雄さんのリクエストなんですよ。豚汁はバラ肉じゃないとおいしくないって」

「いくら哲雄が好きでも、哲雄の健康を考えたら、こんなもの、買えないはずです!」

まさ子の声がヒステリックに高くなった。ちゃんと茹でてあぶらを落としてから使っています、などと説明するのも面倒で、珠美は、肉のパックを手に立ち上がり、キッチンのごみ箱に音をたてて放り込んだ。

「すみませんでした。もう買いませんから」

「あ、あなた。食べ物をそんな……もったいない……」

「お食べになるんでしたら、どうぞ、お持ちください」

珠美はごみ箱を掌で示して見せる。

「パックされてますから、拾っても汚くはないと思いますよ。あの、おかあさま、わたし、原稿の締め切りが近いんです。仕事に戻ってもよろしいでしょうか。あ、もちろん、何時までもゆっくりしていらしてください。夕飯は、哲雄さんは事務所で食べて来るはずですから、宅配ピザでもとりましょうね」

まさ子のこめかみが大きくうねるのが見えた。気味の悪い芋虫のようだ。面白いのでしばらく見ていたかったが、まさ子の裏返った声を聞くのはまっぴらだったので、軽く頭を下げて仕事部屋のドアを開け、素早くすべり込んで鍵をかけた。

哲雄があぶらっこいものが好きなのは、母親であるまさ子がそういう料理ばかり作っていたからだ。まさ子はあまり料理が得意ではなく、なんでもかんでも炒めてしまうような料理しか作れない。仙一が、料理上手な女に惹かれたのもわかる気がする。しかもまさ子は、自分が魚と鶏肉が苦手なので、牛肉と豚肉ばかり食卓に出していたらしい。哲雄に魚を食べさせるため、料理本を何冊も買込んで苦労しているのはあたしなのだ、と、珠美は憤然としてパソコンの前に座った。

死ねばいいのに。

珠美は、まさ子が苦痛の中で息絶える場面を脳裏に描き、ひとり、にやりとする。憎悪というよりは、ただの嫌悪だ。ゴキブリやドブネズミを嫌うのと同じ感覚。憎む価値もない。あんな女がこの世にいること自体が、間違っている。

冷たい怒りが胸を満たして、むしろ執筆意欲が湧いて来た。珠美は深呼吸をひとつしてパソコンをたちあげ、猛然とキーを叩いた。そして、自分がつむいでいる物語に半分意識を預けながら、脳の片隅で、藤子のことを考える。藤子の姑も、まさ子のようにねちねちと、小言を繰り返し、嫌味を言い、藤子の生活から潤いや喜びを奪い去っていったのだろうか。いや、きっと、まさ子など足下にも及ばないほどひどい女だったに違いない。いくらまさ子があたしを疎んじたとしても、息子に浮気相手を斡旋《あっせん》してまで嫁を追い出す気力はないだろう。第一、それはとても危険な賭けだったのだ。もし藤子には何の落ち度もなく、ただ藤子の夫の浮気だけが原因となって離婚していたとすれば、妙子の親権は藤子に認められた可能性が高いし、生活費を保証する他にも、慰謝料だって払わされることになっていただろう。藤子が原野商法の会社でパートをしてしまい、警察に事情を聴かれるような事態になってしまったから、姑の計略は上首尾に終わった。藤子から何もかも奪いとり、身ひとつにして追い出すことが出来たのだ。

でも……まさか。

それもまた、藤子の姑の計略の一部だった、とか……？

妙子の話では、藤子は自分の意志でパートをしていた。夫にも義父母にも、妙子を幼児教室に通わせる、と嘘をついて。たぶん、その時点では、藤子の行動はまったく藤子ひとりの意志によるものだったはずだ。だが、妙子の祖母が、藤子のパートのことをずっと知らないままでいた、ということが、有り得るのだろうか。諏訪というところがどんな土地なのか、珠美は知らない。が、妙子の話から、不動産屋の前にたたずんでいただけでも噂になるような土地柄なのだ、ということは察せられる。だとすれば……藤子の姑は、途中で気づいたのではないだろうか。嫁が嘘をついてパートに出ている、そのことに。だがすぐには騒ぎたてず、機会を待ったのだ。パート先の会社がうさんくさい会社だというのも、地元に情報源を多く持っていた旧家の夫人であれば、すぐに知ることができたのではないか。

珠美は、想像を巡らせながら、ひとり、苦笑いした。

今になってそんなことをいくら想像しても、すでに二十年以上前に、すべては終わってしまっている。藤子は姑の罠にはまって地獄を見たのかも知れないが、だとしても、それももう、過去のことなのだ。

過去の、こと。

ドア越しに、荒く音をたててマンションの玄関ドアが閉められた気配がした。まさ子が猛然と怒りくるいながら、退散したのだ。いい気味だ。まさ子は今夜、さぞかしまずい夕飯を食べることになるだろう。味などわからないほど、あたしに対して腹をたてて。

珠美はもう一度、溜め息をついた。

馬鹿げている。こんな生活、馬鹿馬鹿しくて、話にならない。どうしてあんな女のために、あたし自身がこんなに醜く矮小になっていかなくてはならないのだ。

なぜ結婚なんて、してしまったのだろう。

思っても仕方のないことを、また思う自分が大嫌いになる。

珠美は、意識の中からすべての現実を追い出した。やがて作品の世界へと全身が溶解し、浸透する。誰にも邪魔されない世界。自分がすべてを決定できる世界。

その世界の中で、珠美は乱舞し、跳躍し、飛翔する。

他の誰も必要ではない。自分だけがいればいい。脳から指先へと伝わる言葉が、白い入力画面に黒いダンゴ虫のような文字をひとつずつひとつずつ現していき、そのひとつずつの文字が、ゆらぎ蠢き、珠美の世界を固めながら、珠美を現実世界の呪縛から解き放つ。

キーを叩きながら、珠美は泣いていた。自分にはもう、ここ以外に逃げ場がない。


電話が鳴っていた。

珠美は、ふ、と、作品の世界から現実へと戻った。電話が鳴り続けている。いったいいつから鳴っているのだろう。パソコン画面の右上に表示された時計を見る。キーを叩き始めてから二時間以上経っていた。もう、八時過ぎだ。

珠美はのろのろと立ち上がり、リビングの電話機に手を伸ばした。

「もしもし?」

珠美の呼びかけに、相手の声が耳をくすぐるように流れ出した。

「あの……珠美さん?」

声でわかった。電話を通してもあまり変わらない、よく通る、艶のある声。俳優として鍛えた声だ。

「芝崎さん。……お久しぶりね。でも、どうしたの? ここの電話番号、わたし、教えていましたっけ」

「藤子さんのとこに、結婚通知の葉書が来てたでしょう。ごめんなさい、俺、電話番号、憶えちゃったんだ」

「あなた、得意だったものね、電話番号とか数字が並んでるのを憶えるの。別に構わないけど。でも……どうして？　藤子さんから何か？」

「逢えないかな」

珠美は、夕貴斗の言葉を予期していた。予期していたことに、自身で気づいた。驚かなかった、少しも。そしてそれが、藤子の意図であることすら、理解していた。夕貴斗本人がどう思っているにせよ、藤子がそれを望んだのは間違いないのだ。

「ドラマの撮影で、沖縄に行ったんだ。それで……」

「お土産？　わざわざわたしの分も買って来てくれたんだ」

「ぜんぜん、たいしたもんじゃないんだ。ごめんなさい。スケジュールが押してて、買い物とかしてる暇なかったし。ホテルの売店で……すごくくだらないものなんだけど……」

「あなた、酔ってる？」

「うん、いや……そんなに飲んでないよ。少しだけ。プール・モアに寄って来たから」

「そう」

「ご主人、いらっしゃるの」

「今夜は戻らないわ。ずっと事務所。急ぎの仕事がある時は事務所に泊ることが多いの」

「君は、締め切り？」

「そうね、でも……だいぶ進んだから。あさってまでに、あと十五枚くらい」

「雑誌に載るの？」

「うん、いちおう、そういう依頼なんだけど。でもどうかな、出来が悪かったらボツかも」

「珠美さんの小説なら、ボツなんて有り得ないよ」

「何も知らないくせに」

珠美は笑った。

「どうでもいいわ。わたしの小説のことなんて、もう、あなたに関係ないものね」

夕貴斗は少しの間、無言だった。

「ねえ」

珠美は、感情をこめずに言った。

「用事がないなら、切るわよ」

「逢いたいんだ」

夕貴斗がもう一度言った。あと一回、言うだろうか。あと一回言うなら……

「どうしても、君に逢いたい。逢って、話がしたい」

「わかったわ」

珠美は機械的に答えていた。あと一回、逢いたいと夕貴斗が言ったから。理由はそれだけだった。言わなければ受話器を置いていただろう。

「わたし、まだ晩ご飯食べてないの。そろそろお腹空いて来たな、って思っていたところ。よかったら、どこかファミレスでも行って話さない？」

「ファミレスだなんて。何が食べたい？　店、探すよ」

「いいのよ、ファミレスで。今夜は、ややこしい味は欲しくないの。冷凍食品をレンジでチンしたみたいなご飯が食べたいの」

夕貴斗は、少しだけ笑った。

「相変わらずだね、君って。わかった、じゃ、ファミレスにしよう。君の家の近くだとまずいよね」

「あらどうして？　友達とファミレスにいるところくらい、誰に見られてもまずくはないわよ。それより、あなたの方が目立つかもね、ファミレスじゃ」

「俺のことなんか、気にしなくていい。それじゃ、えっと」

珠美は、もより駅の改札を夕貴斗に指定した。三十分で来ると言う。電話を切り、洗面所の鏡に顔を映す。化粧っけのない素顔は、くすんでたるんで、実際の年齢より老けて見えた。

藤子がけしかけたのだ。珠美には、その様子が手にとるようにわかった。いつものように、心外だわ、という顔で男を見て、藤子は言う。あら、そんなつもりじゃなかったのに。誤解させてしまったのかしら。

いつもなら、男は怒り、わめき、藤子を淫売だと罵って出て行くだろう。だが夕貴斗はそんなことで驚いたりはしなかったはずだ。夕貴斗は常に迷っていた。もともと、藤子を「選んだ」つもりはなかっただろう。夕貴斗は、あたしと結婚したがっていた。それはわかっていた。それなのに、藤子と寝た。あたしがゆるせないのは、そのことなのだ。あたしを愛していなかったのなら、ゆるせるのに。

藤子は微笑んで言っただろう。あなたにはやっぱり、珠ちゃんが必要なのよ。ね、珠ちゃんを奪い返していらっしゃいよ。あの人、結婚なんかしても幸せになれたはずないんだから。

藤子はあたしを取り戻すつもりなのだ。珠美は、冷たい水で顔を洗い、手荒く化粧水でその頬をはたいた。

あたしは戻らない。もう、藤子のところになんか、戻らない。あの女にはすでに、才能なんかないんだ。あの女の書くものは、どれもこれも、クズばかり。あの女のそばにいても、あたしには何ひとつ、得られるものなんてない。何ひとつ。何ひとつ。

久しぶりに見た夕貴斗は、美しかった。哲雄と比較して、その華奢で小さな顔の中に綺麗に配置された眉、目、鼻、口のどれもこれもが、好ましかった。こんなに綺麗な男に、自分は愛されているのだ。それは、とても心楽しいことだった。夕貴斗が何を喋っているのか、珠美はほとんど聴いていなかった。目の前に並んだ皿から茹で過ぎたスパゲティを口に運び、ただうっとりと、夕貴斗の顔を眺めていた。

皿のスパゲティがすべて胃におさまる頃には、珠美はすっかり満足していた。

もう、いいわ。これで充分。

藤子のところに戻る気はない。夕貴斗を手に入れる気もない。自分が何をしたいと思っているのか、自分が本当に望んでいたことは何なのか、珠美はようやく、知りつつある。

ひとりで小説を書く。

自分がしたかったことは、それだけなのだ。

「あのね」

珠美は、夕貴斗の顔に視線を留めたまま、微笑んで言った。

「あたしたち、終わったのよ。終わったの。思い出は思い出のまま、大事にとっておかない？　あたしたち、もう若くないし、これから先、素敵な思い出がそんなにいっぱいつくれるとは思えないもの。あたし、あなたのことがとても好きでした。そういう気持ちが持てただけでも、よかったな、と思っているの」

夕貴斗は黙って珠美を見つめている。珠美は、夕貴斗が、お土産、と言ってテーブルの上に置いたまま、話に夢中で珠美に手渡すのを忘れていた小さな紙袋を、指先で引き寄せ、貼られたテープを剝して、開けた。

袋から転がり出て来たのは、ガラスの小さな瓶だった。五センチほどの瓶。キーホルダーになっている。

「星砂、ね」

珠美は指先で瓶をつまみ、目の高さにかざした。

「わあ、ほんとにひと粒ひと粒、砂が星の形をしてるのね。こうして間近で見たのって、初めてなのよ、あたし」

「ありふれてて、ごめんね。でも……実は俺も、初めて本物を見たんだ。で、ちょっと感動しちゃって。それさ」

夕貴斗は、ふふ、と笑う。

「死骸なんだよ、生き物の」

「嘘」

珠美は、瓶の中を覗き込んだ。

「ほんとだよ。えっとね、なんて言ったかな、売店のお兄さんが説明してくれたんだけど……あ、そうだ、有孔虫だ」

「ユウコウ、チュウ？　虫なの？」

「アメーバなんかの仲間だって」

「なんだ、虫じゃなくて、原生動物ね。じゃ、これ、その動物の殻みたいなもの？」

「詳しいことは知らないけど、有孔虫が死ぬと、固いとこだけ残るんだって。だから、遺骨だね。それが星の形しているのが星砂。他にも、太陽の形のもいるらしいよ」

「ふぅん……なんだか面白いわね。今まで星砂なんて興味なかったけど、そう聞くと興味が湧いて来た」

「君ならぜったい、そう言うと思った」

夕貴斗は満足そうに笑った。

「僕も、生き物の死骸だって聞いて、すごく気に入ったんだ。だってさ、すごいよね、石垣島の星砂海岸なんか、掌ですくった砂の半分くらい、星砂なんだって。それだけたくさんの有孔虫が死んだんだ、って思うと、ゾクゾクする。そんなにいっぱいの命があって、そんなにいっぱいの死がある、なんか、圧倒されちゃったんだ、俺」

「その気持ち、わかる」

珠美は瓶をそっとゆすった。星の形の砂粒が、小さな瓶の中で踊る。

「この小さな瓶の中にも、何百って死が詰まってる。それが砂浜一面にあったら……眩暈がしそうね」

「うん。撮影につかったのは星砂海岸じゃないんだけど、珊瑚がくだけた白い砂浜でね、夜だったから、あたまの上にでっかく、満月が出てたんだ。白い月の光がさ、撮影用のライトよりもっと明るく、砂浜全体を照らしてるんだよ。銀色なんだ。ずーっと、海の際まで、銀色の砂が広がってる。掌ですくうと、その中にもね、ちょっとだけど、星砂が混じってるんだ。銀色の世界の中に、無数の、星の形をした死が隠れてる。そう考えただけで、背中が震えそうだった。星の形の死、だよ。こんな残酷なものって、この世界に他に、ないかも知れない」

星の形の、死。

憧れの形をした、絶望。

こんな残酷なものって、この世界に他に、ないかも知れない。

ないかも、知れない。

珠美の視界に、藤子の笑顔が映る。憧れの形をした絶望の笑顔が、映る。


「終わりにしたくないんだ」

夕貴斗が不意に、言った。

「俺、珠美と別れたくない。別れたらいけない、と思った。沖縄にいる間、ずっと考えていた。それで結論、出して来た。離婚して欲しい。無茶言ってるのはわかってる。なんでもする。ご亭主には俺が話す。土下座する。金が必要だったら、事務所に借金してでも用意する。どんな困難でも、俺は乗り越える覚悟がある。絶対に、珠美と別れたくない」

夕貴斗の声が震えている。泣かないで。泣かないでよ、と、珠美は祈った。

「藤子さんは星の砂なんだ。あの人は……星の形の、残骸なんだ。惑わされたとは言わない。悪かったのは俺で、あの人じゃない。あの人は最初から、俺なんか欲していなかった。俺はちゃんとわかっていたんだ。なのに……星の形をしていたから……指先で触れてみずにはいられなかった。朝が来る前に、間違ってしまったのがわかったよ。でも、君に合わせる顔がなかったんだ。だから別れるのは仕方ない、って、無理に自分に言い聞かせてた」


「今さら、無理よ」

珠美は、自分でも驚くほど冷たい声が自分の喉から出るのを聞いた。

「あなたの都合だけで、あなたの気持ちだけで世の中は動いていないのよ。わたしにはわたしの人生がある。わたしは、自分の人生をビデオテープみたいに巻き戻すつもりはないし、すべて消去して新しい人生を録画するつもりもない。そんなことしても、一度録画された人生は、新しい人生の下から透けて見えて、やがてそれが浮き上がって、何もかもめちゃくちゃにしてしまう」

「巻き戻して消去して欲しいんじゃない」

夕貴斗は、テーブルの上に出ていた珠美の手を握った。

「これまでの君の人生もすべて、俺が引き受ける。君は何も言わなくていい。俺が君の夫に話をして、謝り倒して、気の済むようにしてもらって、代わりに君を自由にしてもらう」

哲雄が可哀想だな、と、珠美は他人事のように思った。哲雄は気が小さい。そして、お人良しだ。どれほど腹が立っても、どれほど悲しくても、結局は、夕貴斗のこの強引さに押されて、夕貴斗の要求を呑んでしまうだろう。

哲雄との結婚は間違っていた。珠美は、姑の顔を思い浮かべ、あらためてそう思った。だがそれは、自分と哲雄と姑と、三人の間の問題なのだ。夕貴斗は無関係だ。いずれは哲雄と離婚することになるとしても、それは、夕貴斗の元に戻る、ということを意味しない。

珠美はもう一度、夕貴斗の顔を正面から見た。そして、自分の恋が終わっていることを確信した。

笑い出してしまいそうだった。こんなものか、と思った。人の心など、こんなに簡単にうつろい、変わってしまうものなのだ。藤子と夕貴斗のことを知った時に感じたあれほどの怒り、悲しみ、絶望は、いったいどこに消えてしまったのだろう。


「旅に出ないか」

夕貴斗が突然、言った。

「これから、駅に行って、なんでもいいから乗れる列車に乗るんだ。そして、どこか遠くに二人で行く」

ああ、と、珠美は合点した。数ヶ月前に珠美自身が書いた短編小説の設定だ。復縁を迫る男と、迷う女。二人が夜行列車に乗って旅に出る。たった数日間、二人は同じものを見て同じものを食べる。作品の主題は、同じ体験をしていてもまるで違う感想を持つ、人の心のすれ違う様、だった。旅が終わり、二人が元の駅に戻った時、男は前と同じように復縁を口にする。そこで作品は終わる。女が何と答えるのかは、読者の想像にまかされている。恋愛小説特集に書き下ろした短編だった。競作の形だったので、同じ雑誌に他の作家の恋愛短編も載った。それらと読み比べて、はっきりと地味だった。華がなく、惹きも弱かった。自分で書いたものなのに、古くさい、と思った。大昔の、だらだらと意味もなく日常の描写が続く私小説のように、自己満足しか表現されていない駄作だった。けれど、なぜか、愛しかった。そんなものしか書けない自分、恋愛、を描くのに、ほんの少しの華やぎすら表現することのできない自分が、哀しく、愛しかった。失敗作なのだろう。が、あれを書いたことで、ある意味、踏ん切りはついた。作家としての自分の弱点も見えた気がした。

「今からって、もう遅いわよ。もう十時近いのよ」

「夜行なら今から出るよ、たいてい」

「小説のまね事なんかして、何か意味がある？」

「答えが知りたい」

夕貴斗は、頑固な口調で言った。

「あの作品では、女の方は何も答えずに終わってる。女が何と答えるのか、どうしても知りたいんだ」

「それは読む人が勝手に決めていいのよ。どんな答えでも、好きなように想像すれば」

「そういう意味じゃない」

夕貴斗の声には、有無を言わせない強さがあった。

「君は答えを用意していたはずだ。あれを書いた時、ちゃんと、女がどう答えるのかあたまの中にあったはずなんだ。俺が知りたいのは、それなんだ」

「それは」

珠美は、自由になる左手で、夕貴斗の指を一本ずつ開いて、摑まれていた右手を離した。

「とても傲慢な考え方でしょうね。……読み手は、書き手が何をどう書こうと、発表された作品を自由に読み、どんなふうにも想像をめぐらせる権利はあるわ。でもね、書き手が、本当は何を思っていたのか、それだけは、読み手には永遠にわからない。想像し、分析し、ああだこうだと結論づけることはできても、それが真実なのかどうかは、決してわからない。わかってはいけない。そういうものじゃないのかな……だって、もしそれを知ってしまったら、小説の解釈はただひとつに収束してしまう。他の読み方はゆるされなくなってしまう。あなたのしようとしていることは、強盗みたいなものなのよ。小説を離れたところで、生身の書き手をこうして脅して、その真実を知ろうとするなんて、ね」

「俺が知りたいのは、君の、珠美の真実だ。珠美が何を思いながらあの作品を書いたのか、なんだ。小説の作者の話じゃない。俺は……ただの読み手なんかじゃないはずだ。違うのか？　違う、と君は、言うつもりか？」

　夕貴斗がもう一度、珠美の手を摑んだ。今度はとても強く。珠美は手を引き戻そうとしたが、一瞬、遅れた。夕貴斗はそのまま立ち上がる。腕を引っ張られ、珠美も腰を浮かせた。

「行こう。旅に出よう」

　夕貴斗に引きずられ、珠美は仕方なく、席を離れた。

　どこへ旅に出たとしても、結末は変わらないのに。小説の中の女がそうであったように、あたしの心も、どんな旅をして何を見ようと、変わることはないのだ。なぜなら、旅立つ前に、もう答えは出ているのだから。

　夕貴斗のしたいようにさせよう、珠美はそう思いながら、夕貴斗について歩いた。地下鉄を乗り継ぎ、小説で自分が描いた場面の通りに上野駅に着く。作品の中で急行能登を使ったのは、金沢、という町が、心のすれ違いを微妙に表現するのにふさわしい、様々な顔を持っている、と思ったからだ。学生の頃、二度ほど、女友達と旅した町。夕貴斗は金沢に行くのは初めてだ、と言った。はしゃいだ声を出している。まるで、友達と旅行に出るみたいに。

夕貴斗の純粋さには、どこかいびつな部分がある。珠美は、夜行急行の座席に隣り合って座った夕貴斗の横顔を、そっと見つめた。尖った鼻の先に、小さな小さなほくろがある。鼻のてっぺんにではなく、少し右側に。日焼けしていると気づかないほど小さなほくろだ。この男に恋焦がれていた時、このほくろに舌を這わせるのが何より好きだった。皮膚とは異なる、微かな感触。あの感触だけは、もう一度、味わってみたい、と思う。けれど、男としての夕貴斗が自分の中に入って来ることには、もう、何の興味もない。鬱陶しさを感じるだけだ。

ただ恋が冷めただけで、同じ人間に対して、こんなにも違った感情を抱くということ自体が、珠美にとってはひとつの驚きであり、発見だった。いつか、この気持ちを文字にしてみたい、と思った。この残忍さを、文章で表してみたい。

ここ数日眠りの浅い夜が続いていたので、列車の揺れが眠りを誘った。珠美は、列車が大宮の駅を出る頃には、もう、うつらうつらと半分意識を失っていた。

寒さで目覚めた。車内がひんやりと冷えている。窓は白く曇っている。

腕をさすっていると、隣りで夕貴斗が身じろぎし、目を開けた。

「ね、寒くない？」

「そう？」

夕貴斗がからだを起こす。

「ほんとだ……暖房、壊れたのかな」

夕貴斗が立ち上がり、窓際のフックにかけてあった二着の上着をはずした。

「ここ、どのあたりかしら」

ガラスに顔を近づけて、曇りを掌で拭ってみたが、窓の外はまだ、漆黒の闇に沈んでいる。だが目が慣れて来ると、闇の中が銀色に光っていた。

「……雪」

夕貴斗もガラスに顔を近づける。

「雪だね……雪国を走ってる」

「あの先の黒いところ、あれ、海じゃない？」

「うん……日本海だ。座席、ひっくり返そうか？　後ろ向きって気持ち悪くない？　こんなに空いてるし、迷惑にはならないと思うよ」

言われて初めて、珠美はそのことに気づいた。上野を出た時とは、列車が進む方向が逆になっている
「いいわ、このままで。面白いじゃない」

「そう？　珠美が気にならないならいいけど」

「あなたはあっちに座れば？」

夕貴斗は靴を脱ぎ、長い足を向かい側の座席に投げ出していた。上野を出た時から指定席は空いていて、空席が目立った。今は出発した時よりもっと乗客が減っている。自由席で高崎あたりから通勤している人の中には、混雑が嫌で、疲れている時など、指定券を買う者もいるのかも知れない。まだ日本海に雪が残るこの季節の平日に、わざわざ夜行に乗って遠方に行こうとする人は少ない。

夕貴斗は、ううん、とのびをし、立ち上がって、向かい側に座った。何時間かぶりで、夕貴斗の顔を前から見る。少し白目が赤いのは、まだ三時間程度しか寝ていないからだろう。

「直江津は過ぎたのかしら」

夕貴斗が腕時計を見て頷いた。

「過ぎてるはずだよ。次は糸魚川だね。金沢まで、まだひと眠りできる」

珠美はもう、眠くはなかった。窓ガラスに頭をもたせかけると、その冷たさで意識がどんどん冴えて来る。

「ねえ」

珠美は、夕貴斗の顔を見ず、窓の外の暗い景色に目をこらしたまま訊いた。

「この旅の終わりに……あたしが、ノー、と言ったら、あなた、どうするの？」

「それを今、質問するのは、ルール違反だよ」

「そうね……そうだわ。でも……」

「君は、ノー、なんて言わない」

夕貴斗はなぜか、楽しそうな口調で言った。

「こうやって旅に出た時点で、君はもう、俺のところに戻った。結婚生活を続けていくつもりなんて、君にはもうない。だろう？」

そう、結婚生活は続けられないだろう。だがそれは、夕貴斗のところに戻る、ということとは、まったく別の問題なのだ。

夕貴斗は無邪気だ。なぜこの男は、こんなにも無邪気なのだろう。

不意に、理由もなく、背中に寒気が走った。

夕貴斗の表情が、上野を出た時とは違っている。どう違うのだろう。どこがどう、と指摘はできないけれど、でも、確かに、違っていた。


「君は、ノーなんて、言えない」

夕貴斗はもう一度、抑揚のない声で繰り返した。

言わない、ではなく……言えない……

「君がノーと言ったら、俺は自首する」

「……自首？」

夕貴斗はいったい、何の話をしているのか。その目は異様なほど大きく見開かれ、なぜか、明るく、楽しげに輝いていた。

「なんのこと?……自首、っていったい……」

「たいしたことじゃないんだ」

夕貴斗は微笑んだ。

「たいしたことじゃない、ほんとだよ。もうとっくに時効だし。だから自首しても、刑務所に入れられる心配はないんだ。でもさ、俺が自首したら、きっと、あの人は困るだろうな。藤子さんは」

「藤子さんと関係のあることなの?」

「まあね」

夕貴斗は、くくっ、と笑った。

「関係があると言えば、ある。でも、ないと言えば、ない。あの人は何も知らなかったはずだ。少なくとも、俺は何も言わなかった。時効が成立したから、あの人ともう一度会う決心がついた。でもあの人は、あのことは何も言わなかったし、何も訊ねなかった。きっと、今でもまだ、何も知らないんだと思うよ。でも俺が自首したら、すべてがマスコミに知られる。報道される。あの人は、耐えられるかな? 君だって、彼女が苦しむところは見たくないだろう? だから君は、ノー、と言ったらいけないんだ。ごめんね、これじゃ脅迫だね。でも、仕方ないんだよ。今はもう、どんなことをしてでも、君を取り戻したい。取り戻さないと俺、生きていかれない。それがわかったから、この旅に君を連れ出したんだ」

「ちゃんと……わかるように説明して。何の話なのか、さっぱり……」

その時、車内アナウンスが、糸魚川到着が近いことを告げた。

4

寝た、という感覚がないまま、携帯が鳴って目が覚めた。窓辺に置いた携帯電話を取り上げて開いてみたが、電話でもメールでもなく、セットした時刻にアラームが鳴っただけだった。腕時計を見る。もうすぐ金沢に着く。

顔を洗いたかったが、我慢した。部屋を出る前に歯は磨いたけれど、口の中がべたついている。駅に着いたらまず、比較的綺麗なトイレを探そう。

胃がしくしくと痛むほど空腹を感じていた。昨夜は何を食べただろう。思い出せない。プール・モアに寄ってそれから……銀座で洋食を食べた。夕飯を食べてから翌日の昼頃まで何も食べないのはいつものことなので、まだ朝のこんな早い時間にこれほど空腹になるのは不思議だった。眠りが浅かったせいだろうか。夢とも記憶ともつかないぼんやりとした光景が、目を閉じるとまた浮かんで来る。日本海の黒さと銀色の雪の、輝き。

無意識にポケットに入れた指先が、ガラスの小さな瓶を探り当てた。採り出して、星砂の入った瓶を見つめる。

夕貴斗は、あの時、二つの瓶を持っていたのだ。汐美は勘違いしていたが、土産の星砂は二つあった。ひとつはあたしに。そしてもうひとつ……これは……最初から、プール・モアの汐美にあげるつもりで買ったもの？

そうではないだろう。これは……藤子のために買われたものだったはずだ。夕貴斗は、沖縄で気持ちに整理をつけたと言っていたけれど、本当は最後まで、迷っていたのだ。

結局、夕貴斗はこれを藤子に渡せなかった。汐美にこれを渡してしまった時点で、もう、藤子のもとには戻らない、という決心をつけたのだろう。そして、あたしのところに来た。

珠美は、星の砂を窓から差し込んでいる朝日に透かしてみた。星の形の、憧れ。憧れの、死骸。

夕貴斗はなぜ、あんなにもあたしに執着したのだろう。時効になってしまった犯罪を自白して藤子を破滅させるぞ、とあたしを脅してまで、あたしを手に入れようとしたのだろう。

あの目に、恋はなかった。情熱もなかった。夕貴斗はただ、無邪気に、そしてなぜか興奮して、はしゃいでいた。

そう、たぶん、あれは夕貴斗の復讐だったのだ。あたしと、そして藤子への復讐。

急行能登は、金沢駅のホームにすべり込み、停まった。荷物は小さな旅行用ボストンだけ。何泊するかも決めていない。生活費をできるだけ切り詰めなくてはならない今、あてのない旅などは贅沢にもほどがある。それでも珠美は、金沢までやって来たことを後悔はしていなかった。

どこを見よう。どこに向かおう。どこに行くにしても、今度はあなたと一緒よ、夕貴斗。珠美は、ポケットの中の星砂を握りしめる。これが誰のために買われたものであろうと、今は、あたしの手の中にある。


携帯電話が、上着のポケットの中で振動した。歩きながら、珠美はフリップを開いた。電話だ。発信元の番号に見覚えがない。

「もしもし？」

「……佐古先生……」

この声は……菅野。

「もう、金沢に着かれましたか」

「……ええ。でも……あたし、あなたに携帯の番号、教えた？」

「ターコ先輩から」

菅野の声が奇妙に揺れている。

「……佐古先生に電話してくれって言われました。自分でかけたいけれど……取り乱していて、うまく話ができないだろうからって」

「妙子さん、どうしたの?!　何かあったの！」

「豪徳寺先生が」

菅野が息を吸って吐く音が、受話器を通して耳に響いた。

「亡くなりました」

瞬間、珠美の視界は白くぼやけた。世界の輪郭がゆらぎ、音と熱が失われた。

「……相川という男が、無理心中を仕掛けたらしいです。全身を刺されて……豪徳寺先生ご自身が、瀕死の状態で一一〇番して……緊急手術を受けたんですが……相川は、先生のマンションのバスルームで、自分の喉をサバイバルナイフでかき切って自殺していたようです」

上野駅で菅野が吹いた口笛の音が、珠美の耳の中で鳴り響いていた。

終章

作家の親の葬式には出ても、作家の葬式には出ないのが編集者。そんな陰口を汐美と叩いてから、何日経っただろう。

珠美は、ほんの少しだけ安らいだ気持ちになって、焼香の列を見つめた。そんなに薄情ではなかった。自分が生きているこの世界は、それほど、冷たくはなかった。

柘植が泣くのを見るのは初めてではない。柘植は男のくせに、涙腺がゆるい。だが今日の涙は、やはり、特別なものに違いない。柘植と藤子との間に過去に何があったにしても、あるいは、何もなかったにしても、柘植は藤子のことが好きだったのだ。男が女を愛するような、好き、ではなくて、たぶん、もっとシンプルでもっと温かい、好き、という気持ちで、好きだったのだ。

延々と続く焼香の列。

藤子は、こんなにも愛されていた。

わがままで気まぐれで、男にだらしがなくて、時に辛辣で残酷で。藤子を憎んだ者もたくさんいただろう。珠美が藤子のそばにいた間にも、藤子とうまくいかなくて会社を辞めざるを得なくなった者もいた。それでも、藤子の部屋にはいつも、白い蘭の花が溢れていた。藤子が好きだと言ったので、誰もが藤子に贈るようになった、白い蘭の花の鉢が。

藤子は信じていなかった。それらの花々が、真心や感謝など、美しい心から贈られた物だとは、みじんも、信じていなかった。それはただの社交辞令で、必要経費で、機嫌とりで、と、藤子はむしろ、それを贈ってくれた者たちの心を軽蔑していたのかも知れない。だから藤子は、温室に花々を閉じこめてしまったのだ。

それでも、結局、藤子は、温室の中で白い蘭に囲まれていることの心地よさから、離れることはできなかった。

温室にあった花々は、今、藤子の祭壇の周囲に飾られている。菅野が葬儀社のワゴン車を借りて、藤子のマンションから持って来てくれた。

妙子は、喪主の席に座っている。藤子の両親はすでに他界し、他の親戚とも、諏訪を出て以来ほとんど行き来がなかった。親族席のいちばん後ろに座っているのが妙子の父親だ。珠美は、その父親が、藤子の不幸の元凶だったのだ、と、禿げ上がった頭をした年老いた男を見つめた。男は気の毒なほど萎縮し、縮こまり、誰とも目を合わせないように下を向いたまま、じっと、耐えている。その顔は、やはり、妙子に似ていた。藤子にとって生涯ただ一度の奇跡だった妊娠と出産。その奇跡を藤子にもたらしたのは、間違いなく、この男なのだ。こんな、みすぼらしい、痩せて貧相で、見るからに情けない男だけが、藤子のからだに命を宿す役割を果たした。藤子が、この男の呪縛から脱け出そうとどれほど強く願ったか、あれほどまでに愚かしく、妊娠しようともがいていた彼女の気持ちが、珠美にも今、わかった気がした。

遺族席に座って欲しいという妙子の願いを断り、珠美は一般の焼香客の列に並んで焼香を済ませた。

明日の告別式には出ないつもりだ。今夜で、自分と藤子とのすべての物語は、終わる。

「佐古先生」

葬儀場からロビーに出たところで、菅野に呼び止められた。喪服を着た菅野は、上野で見た時よりも痩せて、尖って見えた。

「もう帰られるんですか。ターコ先輩のそばに、もう少しいてあげてくれませんか」

珠美は小さく首を横に振った。

「わたしがいない方が、きっと、いいと思う。お父様もいらっしゃってるみたいだったし」

「あんまりひどいことで、ターコ先輩、まだ気持ちの整理がついてないんです」

「それは当然でしょうね……まさか……こんなことになるなんて」

「外、マスコミが来てますよ。山ほど。芝崎夕貴斗が失踪した時と同じくらい、騒ぎになってる」

「あの時は失踪だったけど、今度は殺人だもの。でもわたしは大丈夫よ。あの時も顔は出てないし、作家としては知名度も低いから。外に出てすぐにタクシーを拾えば、追いかけて来たりはしないでしょう」

「そうかなあ。佐古先生は豪徳寺先生の秘書だったわけだし」

「今は違うもの。それより、あなたこそ、妙子さんのそばにいてあげないと」

菅野は、戸惑ったような苦笑いを見せた。

「岩崎さんがいらしてて」

「岩崎……岩崎聡一、さん？」

菅野は頷いた。

「だって……もう昔のことよ、妙子さんと岩崎さんのことは。岩崎さんは、藤子さんにお別れを言いに来た、それだけでしょう」

「たぶん、そうなんでしょうね。でも」

菅野は微かに肩をすくめた。

「ターコ先輩は今でも、あの人のことが好きなんですよ」

「まさか、そんな、いつまでも」

「もちろん、自分では認めませんし、何も行動にうつしているわけでもないです。岩崎さんはすでに結婚してお子さんもいるし。でも、僕にはわかるんです。妙子さんの気持ちは変わってない」

「妙子さんは聡明な人よ。藤子さんと岩崎さんとのことも、元はと言えば自分が優柔不断だったから起こったことだ、って、心にけじめはつけているわ」

「だから余計、見てるのが辛いんです。ターコ先輩は強いから……その強さが、痛々しく思えてしまうんですよ」

「あなた」

珠美は、優しく言った。

「やっぱり、妙子さんのこと、好きなのね。そうじゃないかな、って、最初に会った時に感じたけど」

「絶対に成就しない片思いです」

菅野は言って、頭をかいた。

「どうしてそんなこと、決めつけるのよ。あなたの方からアプローチしないからいつまでも妙子さんは、あなたの思いに気づかないんじゃない？　先輩だ後輩だ、って、あなたの方でそういう枠をはめこんで考えてばかりいるから、あなたの、男としての良さが、妙子さんには見えないのよ。今すぐは無理でも、妙子さんが落ち着いたら、しっかり自分の気持ちを伝えてみたら？　どうせ、絶対に成就しない、なんて言ってるんだから、玉砕したらしたで、失うものはないでしょう」

「そうですね……考えてみます」

菅野は、一瞬、珠美から目をそらせた。その様子に不自然さを感じて、珠美は足を止めた。

「どうしたの？　……菅野さん、何か、言いたいことが他にありそう」

「いや、その」

菅野も立ち止まり、ロビーの隅のソファに視線を投げた。珠美はその視線の先を見て、唾を呑み込んだ。喪服のつもりなのか、黒いジャケットを着た島田が、そこに座っていた。

「菅野さん、あなた……島田さんを知ってるの」

「すみません」

菅野はいきなり、頭を下げた。腰を折って、深く。

「黙っててくれ、と言われたもんで……話せませんでした」

「そいつを責めないでください」

島田が立ち上がり、軽く頭を下げ、菅野の背中を叩いた。

「こいつはわたしの、昔からの友人の息子なんです。岡本妙子さんと親しいと聞いて、だったら豪徳寺ふじ子さんと佐古珠美さんとも知り合いになれ、とけしかけたんですよ。それでネタになる情報をくれたら、小遣いやるから、ってね。あ、でも、誤解しないでくださいよ、こいつは小さい頃から、わたしの言うことに逆らってばかりいるガキだったんです。今回も、わたしの協力者になるつもりはないと、つっぱねられました」

「いや、でも」

「いいから、俺が話す」

島田は言って、今、立ち上がったばかりのソファを指さした。

「外にはテレビ局まで来てますよ。今、出て行ったら、食い下がられて不愉快な思いをするかも知れない。もう少し話しませんか」

「あなたとお話することは、もうないと思いますけど。わたしは無名に近い作家です、外に出ても、テレビなんかに摑まるわけ、ないわ」

「それはどうかな。芝崎夕貴斗失踪時点で、あなたは豪徳寺さんの秘書をしていた。今、芝崎ブームが起っている最中、豪徳寺さんが愛人に刺し殺され、その愛人も自殺した。今朝からテレビは大騒ぎでしたよ。佐古さん、テレビはご覧になっていないんですか?」

「今朝、金沢からとんぼ帰りしたんです。パソコンすらまだ、たちあげていません。それにわたし、テレビ、持っていませんから。わたしの部屋、あなたもご覧になりましたでしょ」

「そうでしたか。それは失礼」

島田は自分からソファに腰をおろした。菅野も、その横に座った。珠美は二人の前に立った。

「今も言ったように、この男は、スパイみたいな真似は絶対に嫌だと言いましてね、あなたたちのことは、何も教えてくれなかった。でも昨夜、こいつから電話があったんですよ。あなたが、夜行列車に乗って金沢に向かった、と」

「ごめんなさい」

菅野はまた、頭を下げた。

「佐古先生の顔色が……とても……とても悪くて、なんだか胸騒ぎがしたんです。島田さんからいろいろと……つまらないことを聞いていたもので、それで余計に……」

「焦りました。あなたのあとを追いたくても、急行能登に追いつける列車があるのかないのかわからない。一か八か、車に飛び乗って関越を突っ走りました。長岡経由で直江津を通るとすれば距離ロスがあるから、関越をぶっ飛ばして長岡から北陸自動車道に入れば、糸魚川あたりで追いつけると思ったんです」

「それじゃ、糸魚川からあの列車に？」

「いや、だめでした」

島田は肩をすくめた。

「映画の主人公みたいなわけにはいきませんね。関越で事故渋滞にひっかかっちゃって、長岡ジャンクションの時点で、敗北は決定的でしたよ。それでもまあ、金沢の町をくまなく探せば、あなたを見つけられるかも知れない、と思って、とにかく金沢まで行って、念のためにＪＲの駅に行ってみたら、なんと、あなたがいた。みどりの窓口に。声をかけようとしたら、こいつから電話がかかって来て、豪徳寺さんが殺された、と教えられたんです。あれが朝の、七時半過ぎくらいか？」

「そんなもんだったです。島田さんのことは忘れちゃってて、佐古先生に連絡してしばらくしてから、思い出して電話したので」

「あんまりびっくりして……どうしていいのかわからなくなって、しばらく、駅の喫茶店で休んだんです。眩暈がして……」

「無理もないですね。衝撃的でしたから」

「コーヒーを飲んでいくらか落ち着いて、すぐに東京に戻らないと、と思って、切符を買いにみどりの窓口に」

「だろうと思ったんで、わたしもそのまま、車で東京に戻りましたよ。帰りも所沢で渋滞して、首都高でもひっかかって、喪服の用意もできなかった。なんとかお通夜のお焼香だけできて、ホッとしました。豪徳寺さんの霊前には、報告しておきたかったんです、どうしても」

島田は、両腕を上につき出してのびをした。それから、背筋を伸ばし、座ったままで、珠美を見据えた。

「三年前、芝崎夕貴斗のマネージャーが芝崎と連絡がとれなくなった日、銀座のバー、プール・モアに、芝崎は現れた。当時プール・モアに勤めていた、まりあさん、という女の子が、カウンターに座ってママと話し込んでいた芝崎夕貴斗のことを憶えていました。彼女は、芝崎夕貴斗のファンで、彼がたまに店に来るたび日記にそのことを書き記していたんです。日付、曜日、すべてわかっています。三月十日、芝崎が沖縄ロケから戻った翌日のことでした。そして同じ三月十日、芝崎夕貴斗は、上野駅で目撃されているんです。やはり芝崎のファンだったOLが、たまたま見かけて、カメラ付携帯電話で、芝崎の写真を撮ってました。最近の芝崎ブームで、インターネットでは芝崎関係のページがたくさん作られているんですが、その中のひとつにその写真があったのを見つけたんです。当時のものなので画素数も少なく、遠くから撮っているので正直、ぱっと見ただけでは芝崎本人かどうか怪しい、という写真だったんですが、写真をネットに掲載したOLさん本人と一昨日、ようやく会えまして、画像の提供を受けて画像処理してみたところ、間違いなく芝崎夕貴斗だと、わたしは確信しました。しかしそのこと自体よりもっと驚いたのは、その写真には芝崎の他にもうひとり、わたしが知っている顔が映っていたことだった。……あなたです、佐古さん」

珠美は答えなかった。島田の少し紅潮した顔が、なんだか滑稽だ、と思っていた。

「それ以来、芝崎夕貴斗は煙のように消えてしまった。しかしあなたは昨夜、その上野駅に現れて、ひとりで急行能登に乗った。それでようやく、謎が解けました。あなたと芝崎夕貴斗とは、三年前にも同じようにして、夜行列車に、たぶん、同じ急行能登に乗ったのだ、と。そしてあなたは北陸の旅から無事に戻り、今こうして、ここにいます。しかし芝崎夕貴斗は、その同じ旅から、戻らなかった」

菅野が下を向いた。優しい男なのだ、と、珠美は思った。この男とならば、妙子は幸せになれる。

「あなたにお尋ねしたいんです。芝崎夕貴斗さんは、どこにいるんですか。あなたと共に金沢に行き、それから、どうされたんですか？」
島田の言葉に、珠美は、静かに微笑んだ。

夕貴斗は金沢になど、行かなかった。列車が糸魚川に着いた時、あたしたちは降りてしまった。あたしが、降りたい、と言ったから。
日本海で朝を迎えてみたい。そう言ったから。

他に方法など、なかったのだ。夕貴斗は、あたしと藤子の二人に復讐しようとしていただけだった。離婚して夕貴斗の元に戻らなければ、夕貴斗が昔、藤子のために二人もの人間を殺してしまったことを、マスコミに告白する、と言ったのだ。
あんなにも追い詰められた夕貴斗を見ているのが辛かった。あたしを取り戻しても、少しも幸せにはなれないと知っていながら、虚勢を張り、命がけであたしと藤子との繋がりを断ち切ろうとしている夕貴斗を、あれ以上、見ていることは出来なかった。
藤子のためにしたんじゃない。そうじゃないのよ。

珠美は、黙ったままで返事を待っている島田に向かい、心の中で言い訳した。

だって。

珠美は、自分が笑い出していることに気づいたが、どうすれば笑うのをやめられるのかわからなかった。

だって、すぐに捕まるはずだったのよ。そうでしょう？　ただ二人で海岸を歩いて、背中に朝日がのぼった。海草が絡まったものが砂浜に打ち上げられていて、足でつついてみたら、赤錆の浮いた、船か何かの部品だった。くの字に曲がった鉄材だった。それを持ち上げて、あまりに重くてよろめいて、あたしを支えようとかがんだ夕貴斗の上に、打ち下ろした。夕貴斗はそのまま動かなくなった。他には何もしなかった。何もせず、そのまま夕貴斗を浜に残して、あたしは駅に戻り、東京へと戻った。すぐに警察が来て連行されると思ったから、お風呂に入り、髪をカットし、すべて覚悟して待っていた。それなのに、夕貴斗は発見されなかった。春の低気圧が近づいていて、その日の昼前から日本海は荒れ、午後から嵐になった。夕貴斗の遺体は、高波にさらわれて海の彼方に持ち去られたのだ、と気づいたのは、何日も経ってからだった。

「あの人がどこにいるのかなんて、わかりません。なくしちゃったんです……誰かがすぐに見つけてくれると思ったのに……わたし、あの人を、なくしてしまった」

珠美はやっと、答えた。

「わたし、夕貴斗の他にもあの日、なくした物があるんですよ」

珠美は、手にしていた小さな葬儀用のバッグを開け、中から、星砂の入った瓶を取り出した。

「これと同じ物を、あの時、海岸でなくしたの」

「……海岸？　金沢近郊のですか」

珠美は島田の問いは無視し、土産物の小瓶を足もとに落とし、黒いパンプスで踏みつけた。ガリッ、という音と共に瓶が割れた。珠美は膝を折り、その場にしゃがみこんで、星の砂を手ですくった。

口元に運び、舌で舐めとって、口に入れ、噛んだ。

ようやく、涙がこぼれた。藤子が死んだと聞かされてから、停まってしまっていた心臓が、やっと動き出した、そんな気がした。

「夕貴斗は……答えを知りたいと言った。わたしの書かなかった結末を知りたいと。それなのに、海岸を歩きながら、夕貴斗が口笛で吹いたのは、漕げよマイケルだったの。藤子さんの作品で使われていた曲だったのよ」

「星の砂って、どんな味がします？」

菅野が、とても優しい声でささやく。

「僕も食べてみたいな」

「だめ」

珠美は、微笑んでいた。

「これはあげない。これはあたしのものなの」

珠美はもうひと舐め、舌に星砂をすくい、口に含み、嚙んで、呑み込んだ。

憧れの味なんてしない、と思った。

本書は「小説宝石」（小社刊）二〇〇五年十二月号～二〇〇六年五月号に
連載された作品に加筆訂正したものです。

柴田よしき（しばたよしき）

一九五九年東京生まれ。九五年に『RIKO―女神（ヴィーナス）の永遠―』で横溝正史賞を受賞し、デビュー。警察小説、本格ミステリー、ホラー、伝奇、恋愛サスペンスなど、幅広いジャンルで活躍している。

近著に『窓際の死神（アンクー）』『夜夢』『シーセッド・ヒーセッド』『激流』『猫は引っ越しで顔あらう』『星の海を君と泳ごう』など。

柴田よしきホームページ http://www.shibatay.com

銀《ぎん》の砂《すな》

二〇〇六年八月二十五日 初版一刷発行

著者 柴田よしき
発行者 篠原睦子
発行所 株式会社 光文社
〒一一二―八〇一一 東京都文京区音羽一―一六―六
電話 図書編集部 〇三（五三九五）八二五四
販売部 〇三（五三九五）八一一四
業務部 〇三（五三九五）八一二五

印刷所 萩原印刷
製本所 榎本製本

落丁・乱丁本は業務部へご連絡くだされば、お取り替えいたします。

ISBN4-334-92513-8

光文社文庫・柴田よしきの好評既刊

猫と魚、あたしと恋

生きるため、恋するため、壊れてしまう〝あたしたち〟を描く九編。

◉定価：本体552円＋税 ISBN4-334-73744-7

猫探偵 正太郎の冒険①

猫は密室でジャンプする

飼い主のミステリー作家を「同居人」と呼ぶ雄猫の正太郎。特技は推理！

◉定価：本体590円＋税 ISBN4-334-73797-8

猫探偵 正太郎の冒険②

猫は聖夜に推理する

雄猫の正太郎が友犬のサスケと、論理のアクロバットを展開する六つの事件簿。

◉定価：本体533円＋税 ISBN4-334-73969-5

猫探偵 正太郎の冒険③

猫はこたつで丸くなる

正太郎が難事件を解決する七編。正太郎のマドンナ・トーマとの恋物語もあり。

◉定価：本体590円＋税 ISBN4-334-74016-2

光文社文庫・柴田よしきの好評既刊

猫探偵　正太郎の冒険④
猫は引っ越しで顔あらう

文庫オリジナル

東京で暮らすことになった正太郎。新たな仲間と事件解決に大活躍する四編。

◉定価：本体533円＋税　ISBN4-334-74076-6

風精《ゼフィルス》の棲む場所

竜之介は京都北山の奥にある村へやってきた。そこは地図にもない場所だった。

◉定価：本体476円＋税　4-334-73890-7

星の海を君と泳ごう

月《ルナ》生まれのララ。明日を信じて生きる少女の、愛と夢と冒険のファンタジー！

◉定価：本体476円＋税　ISBN4-334-74104-5

光文社・話題の近刊